当代中国文学书库

人生大客串

林坚 ◎ 著

中国文联出版社

图书在版编目（CIP）数据

人生大客串 / 林坚著 . -- 北京：中国文联出版社，
2023.1

ISBN 978-7-5190-5003-0

Ⅰ.①人… Ⅱ.①林… Ⅲ.①中国文学—当代文学—
作品综合集

Ⅳ.①I217.2

中国版本图书馆 CIP 数据核字（2022）第 245541 号

著　者　林　坚
责任编辑　李　民　周　欣
责任校对　周建云　李　晶
装帧设计　中联华文

出版发行　中国文联出版社有限公司
地　　址　北京市朝阳区农展馆南里 10 号　　　　邮编　100125
电　　话　010-85923025（发行部）　　　　　85923091（总编室）
经　　销　全国新华书店等
印　　刷　三河市华东印刷有限公司

开　　本　710 毫米×1000 毫米　　1/16
印　　张　15
字　　数　269 千字
版　　次　2023 年 1 月第 1 版第 1 次印刷
定　　价　75.00 元

目 录
CONTENTS

第一篇 诗

序·林间徜徉

阳光点点，溪水潺潺
雾霭漫漫，小径弯弯

思绪悠悠，情意绵绵
感悟深深，喜气洋洋

高山流水，鸟语花香
空气清新，神怡心旷

政通人和，国强家昌
行走神州，奔向远方

第一辑 自然时空

路

小时候
总搞不清楚
路有没有尽头

长大了

才知道山外还有山
路怎么也走不完

走过了
一条又一条路
没有一条重复

成功　没有捷径
失败　不是止步

树

扎根大地恋泥土
枝丫向上不屈服
绿叶繁茂留荫护
果实累累不自顾

小船

没有桅杆
没有帆
也没有桨
一只小船在飘荡

看不见岸
望不到边
也不知航向
只有水连着天

天色暗了
风要来了

雨要落了
小船会怎么样

云

乌云又浓又厚
积聚了太多的忧郁
云霞绚丽灿烂
满怀着小小的希冀
云里雾里
你还是你

星

漫天群星
有多少会有相会的际遇
也许很多很多
都只能失之交臂

茫茫星空
彼此凄凄迷迷寻觅
你自熠熠闪烁
傲视环宇

探测仪照到你
却测不出你的星座、星等、星级
或许你是流星
倏然而去

每颗星都有她的位置
星与星遥相注视

心与心祈求着撞击
星星可知我心

月

月儿高悬天上
也有阴晴圆缺
传说嫦娥奔月
玉兔姣姣吴刚醉

谁说日月争辉
各有各的岗位
如果没有一轮明月
世界就少许多意味

月光如水洒银辉
星星点点惹人怜
月亮可知人心事
明月相思几时回

黑洞

深不可测
引力大无比
无论什么
只要被吸住
就无可逃逸

本身不发光
却有无穷魅力
唯你不知道

才更促你着迷
非要探个究底

终于你被吸入
及至融化、湮没
你还不知
究竟为什么
却已融为一体

诱惑你
鼓动你
吸引你
乃至吞噬一切
这就是黑洞

花

花开　送来欣喜
花落　带走落寞
花开了总要落
落花化泥也护花

塑料花

姹紫嫣红
争奇斗艳
装点满屋生辉
可惜　没有生命

雪

大雪落燕京
若久旱甘霖
立春后下雪
春雪贵如金

白雪覆大地
澄碧复宁静
天地一片白
冰清玉洁心

雪落静无声
雪融化无影
气候自难测
人间有真情

风雨雪交加
世界不安宁
若得顺自然
天下才太平

（2009-2-17）

时间

没轻没重　有长有短
没大没小　有来有往
不寂不灭　有生有死
无影无形　有质有量

时间是医生
能医治一切创伤

时间是杀手
能毁灭一切生命

时态

过去已逝
终究不可唤回
任你处心积虑也徒劳无益
往事如烟　缥缥渺渺
甩甩头挥挥手
告别过去

时间不会中断
没有绝对虚空
今天承继昨天
现在连接过去
画一个拐点再画一条新的轨迹
向着明天向着未来延续

无物能常驻
太阳会更新
明天又会有新的黎明
最简单的道理谁不明白
最复杂的是
缠缠结结的心绪

直线

平行线——
谁也不靠谁
隔着多远就是多远

永远不可能相会

射线——
同一个起点
通往不同的方向
越走越远

相交线——
从不同地方来
交会在一点
又向不同地方去

曲线

抛物线——
优美的弧度
柔滑的气度

双曲线——
模样似孪生
却相互背着脸

莫比乌斯曲线——
看着很近
其实相距很远

证明

已知条件
求证结果
条件清清楚楚

证明劳心费力
借用公理定理
寻求辅助佐证
弄得精疲力竭
结果明明白白

距离

隔着千山
隔着万水
隔不断一片真情

近在咫尺
若隐若现
只是模糊一片

经历

经历
是成熟的催化剂
审视过去的足迹
是为了迈出新的步履

不要说
抽刀断水水更流
毕竟是
一江春水东流去

明天
比昨天更有吸引力
心儿向着明天

只把昨天留给回忆

角度

家长告诉孩子
该记住的东西要记熟
不该看的书不要读

学生报告老师
爸爸说有些东西不用记住
妈妈说有的书可以不读

不在乎

如果一切都已看穿
哪在乎什么悲伤和痛苦
如果心还在追求
就不要只是回顾

是否真的不在乎
人生是一本仓促的书
不可能拥有一切
只好匆匆去解读

第二辑　爱念情愁

爱的关系

我深深地爱上了你
你却对我不在意

我只有把爱埋藏在心底
默默地为你祝福

你说你爱我
我真的感谢你
请原谅我不能接受你的爱
但愿不会给你太多的伤害

我爱你至深
你爱我情真
我们永远不背离
一生一世总相依

你不爱我　我也不爱你
我们也不是仇敌
人生旅程路漫漫
我们同是行路的人

爱在哪里

爱　写在心里
印在眼里
渗透在一举一动里
为你无眠　为你心系魂牵

你的瞳孔里有我的影子
你的心里有个地方装着我
我全身心被你占满
你的一切就是我的所有

我们一起走过东西南北

一起经过风雨四季
共同拥有我们的世界
直到永远

如果生活中没有爱

如果生活中没有爱
就没有激情　没有热忱
没有向往　没有期待

孤独苦闷何处遣
满腔衷曲向谁诉
只是因为没有爱

生活中没有爱
就像迷失了方向
疲惫的双腿不知往哪迈

生活中不能没有爱
为了得到爱
首先得把生活爱

不由自己

才下眉头
又上心头
爱原来不会自己走

爱来就来
愿走就走
何必自己系死扣

来也匆匆

去也急就

好像风一样自由

走与留

要走

你就潇洒地走

何必一步三回头

要留

你就痛快地留

莫怀千年万岁忧

是走是留

你自仔细琢磨够

我却怎么也猜不透

得与失

想得到

偏又怕失去

结果是

未得到　却已经失去

既然得不到

也就无所谓失去

却又偏偏

把它们连在一起

差距

想要向你唱支歌
不觉嗓子已嘶哑

想要跟你说句话
心却跳了一百下

想要镜子
却只找到玻璃

想要幸福
却碰到了痛苦

缘

缘未到时无所求
相互无缘没来由
缘若已到又相投
山崩地裂不分手

缘未尽时
赶也赶不走
缘若已尽
枉然一梦如水流

是缘不是祸
命运有意来牵头
无缘何须愁
坦坦荡荡写春秋

有缘来相逢
相知相惜莫成仇
缘尽任尔去
潇潇洒洒不回头

不一定

不一定每种滋味都要尝
既然尝过最苦的黄连
还有什么痛苦不能承担

不一定每本书都值得读
如果读过最精彩的篇章
其他就会觉得平平淡淡

不一定每条路都要走遍
要是知道错在何处
引导你的就是正确的前方

不一定每首歌都好唱
有时唱不出来或唱跑了调
最动情的也许缠绵也许高亢

[原载《星星诗刊》1993（9）]

才知道

走了很远很远
才知道 走错一条路
离得很近很近
发觉还是遥远

投入很多很多
才知道　真是不值得
所得很少很少
恍如一阵轻烟

希望很大
失望很深
醒悟太晚
悔恨太迟

孤独

你不知道我的心在淌血吗
你看不出我的悲伤吗
只给我留下凄凉和寂寞
孤独无人分享

说不出我有多么深的想望
也就说不出多么深的失望
难道是不可为而为之
谁愿意绝望谁又心甘

心里只告诫自己
要耐得住寂寞
既然你不愿赶走我的痛苦
我又怎能强人所难

我们真的不能永远同行吗
来来去去都是形影孤单
可是请你记住

无论你在哪里我都会给你一瓣心香

情感飘荡

不知道我的爱要飘向何方
不知道哪里是最佳归宿
很久很久
经过长途跋涉
千里万里
还没有找到寄托
爱不是目的
情无需停泊
飘荡飘荡
情感飘荡

不知道谁的心能够接受
不知道谁才是最好搭档
爱的漂泊
寻觅停靠的岸
风里雨里
到处有我的足迹
爱总在飘荡
情一直激荡
飘荡飘荡
情感飘荡

迷人的错

你的美丽不是错
你的气质迷恋我
不知不觉　我的心被你俘获

你还不察觉

你的善良不是错
你不忍心伤害我
不即不离　我为你手足无措
你给我幻觉

你的决定不是错
为了你我甘愿认错
不明不白　我全身心投入
一个迷人的错

［原载《星星诗刊》1992（11）］

偏偏

要是你不爱我便罢了
偏偏你是那样一往情深
你只是内心想着我便罢了
偏偏你要让我知道你的心

我要是能控制住自己便罢了
偏偏心如野马无所羁绊
我们要是无缘再见也就罢了
偏偏命运又让我们相遇

你要是洒脱一点也就罢了
偏偏你要执拗不移
你要是恨我一点也不怪你
偏偏你满怀爱意

我要是能不伤害你的心就好了

偏偏已经无法做到

你不曾走进我的心里也就罢了

偏偏你占据了一块领地

要是能平平静静地度过就好了

偏偏生活不让我安宁

要是过去没有这些经历

偏偏这一切都已经发生

[原载《星星诗刊》1992（11）]

体验

走过春夏秋冬

每个季节都有风景

幸福不能伪装

痛苦却可以遮掩

是非难以评说

每个人都有自己的体验

希望与失望

开始满怀希望

终究却是失望

不管你在哪里

我的心始终把你存放

人生有始有终

宇宙可有始终？

一念三千世界

苦海无边

何处是岸？

第三辑　心灵家园

我与世界

世界变得越来越快

越来越奇妙　越来越精彩

人越来越多　认不过来

事越来越忙　做不过来

路越来越长　总也走不完

兜来兜去还走不出一个圆

不知该去迎合这世界

还是用力把世界翻一个个儿

我势单力薄

这世界依然巍峨

世界是真大又真小

大到无边又小到在眼前

一点一滴感染着我

千奇百怪吸引着我

万事万物影响着我

不知道会在哪里失落

优胜劣汰是自然法则

顺应时势才不失英雄本色

我尽力而为

这世界与我同在

心曲

上下几千年的文明

纵横数万里的土地

我们在这里繁衍生息

长江雄风

黄河巨浪

造就我中华民族

绵延不绝

从远古走向未来

多少年的烽火连绵

多少代的忧患相继

自强不息：我们的民族魂

和平发展

开放竞争

自立世界民族之林

百折不挠

奉献火热的心

家园

同一个地球

同一个宇宙

我们分享同一个太阳

我们拥有一个共同的家园

珍惜温熙的阳光

珍惜碧绿的草地

我们从自然中索取

向世界做出奉献

啊，家园

我们共同的家园

高山不可挡

大洋难隔断
我们不同肤色不同语言
我们同处一个世界大家庭
珍惜宝贵的和平
珍惜诚挚的友谊
我们都是地球公民
世界属于我们全体
啊，家园
我们共同的家园

追求

只问耕耘
不问收获
能有什么

快乐
不在结果
而在追求

痛苦
不在难受
而在接受

幸福
不在享受
而在拥有

忙

过去的日子很匆忙

做什么
来不及仔细思量

现在也忙得一塌糊涂
忙什么
人们见面总这样打招呼

将来是否也要忙个不亦乐乎
想要做的是否都能做
不想做的是否可不做

寂寞的滋味

寂寞有什么味道
寂寞是一种独特的滋味
寂寞是一种难以说清的感觉
屋子里空空荡荡只有空气作伴

街上人来人往
你却孤身一人
亲人朋友都在远方
只有你独来独往

寂寞总是不请自至
主客不分甚至喧宾夺主
又总挥之不去
还自以为是你的忠实伴侣

寂寞很深
上天下海了无痕
寂寞很浓

酽酽稠稠化不开

寂寞没滋没味
如白开水
寂寞又苦又涩
谁不曾体味

多与少

读诗的人似乎不多
写诗的人却还不少

读书多的人以为还读得不够
没读多少书的人却不愿意再读

钱多的人不一定富有
钱少也并非一无所有

说得多不一定有思想
沉默并不意味一无所知

做得多的人往往不愿意多说
光说不练的人却还不少

懂得越多知道所知甚少
过的桥总不会有走的路多

人越多机会越少
人越少麻烦越多

多也是少，少也是多

多少是多少

奉献之歌

我是一片绿叶
衬托花的鲜艳
吸收阳光雨露
吐出一缕清香
没有绿叶相托
哪有百花娇妍
啊，我像绿叶一样奉献

我是一朵白云
飘在湛蓝天际
积聚所有力量
与乌云相抵抗
愿天下阳光普照
永远是晴朗的天
啊，我像白云一样奉献

我是一粒砾石
铺在前进路上
经过多少坎坷
辗过多少艰险
哪怕粉身碎骨
我也心甘情愿
啊，我像砾石一样奉献

我是一颗星星
挂在浩瀚天宇
我有我的轨道

不与日月抢跑
愿发出我的光亮
在茫茫夜空闪现
啊，我像星星一样奉献

境界

人生境界有多重
生存　享受　发展　贡献
思想境界　道德境界
进入高境界需要苦修炼

山外有山楼外楼
最可怜坐井观天
不识庐山真面目
身在山中遮望眼

知人知己不容易
推己及人更难得
独善其身须长持
慎终追远臻无限

人生四季苦乐年华
五味俱全都体验
随心所欲不逾矩
朝闻道夕死可矣

往事

往事并不如烟但已渐行渐远
弹指一挥间却已过多年

记忆深处
轻易不能启封

人到中年
所有的伤感、感恩、快乐、愁怨
都存在心间
岂足为外人道

值得回味的，保存
无足挂齿的，删除
保持好心情是要紧的
友情是永远的

(2007-4-13)

沉重与烂漫

现实总有些沉重
没有那么烂漫
当然，春天到了
树会绿，花会开

到什么山唱什么歌
见什么人说什么话
头顶星空灿烂
脚底地球自转

(2007-4-16)

和谐

因为有不和谐
而追求和谐

世上难有圆满
一切都是一个过程

修正就是改错
却很不容易
大道至简
真正明理的又有几人

人生于世
关系万千重
沧海一粟
却承载了整个世界

(2007-4-17)

林间百灵

清晨，在林间
听见百灵婉转的歌唱
百啭无人能解
因风吹过树梢

林间有雾
山色空蒙轮廓依稀
林间有光
斑驳穿行五彩斑斓

山间流水潺潺
和着百灵鸣唱
奇峰兀然突起
引领错落群山

犹有莺歌燕舞

百灵自在领唱

不管曲高和寡

曲曲动听声声脆

棋道人生

黑白方圆

纵横交织

纵是十九点

横也是十九点

星位天元

落子无悔

你围我攻

突出重围

腾挪追杀

连接救援

互相配合

整体布局

棋如人生

一步关联全局和一生

错走一步，危及全局

一步高招，化险为夷

千变万化

没有重复的棋局

人生却只有一次

谁愿意稀里糊涂出局

棋局

人生有很多棋局
可能和不同的人对弈
可能棋逢对手
可能眼高手低
也可能不在一个量级
最重要的是相信自己

不到最后关头
决不轻言放弃
胜固可喜
败亦不必太在意
顺势而为
不以成败论英雄

有道是
当局者迷，旁观者清
既在局中，也要能跳出局
以静制动，反求诸己
心中不服输
屡败屡战何足惜

人生也是一场博弈
因时因地因人而异
初始条件不同
导致不同轨迹
胜负并非天注定
一切都要靠自己努力

（2007-10-2）

命运

说什么前世今生
叹什么来世
能感知的只是现实
现实并非皆如意
改变不了环境
能改变的只是自己

尽心尽力
最难战胜的是自己
不管天高地远
不怕荆棘丛生
走自己的路
让别人说去

人生难得一知己
自度度人
推己及人
先人后己
当然这是理想
也是应该努力的方向

历史时空

登长城，望苍茫大地
万丈豪情涌心间
历史有距离，也有深度
只能挖掘和猜测
但不能剪裁

时光悠悠

水流云住

人在历史坐标中

只是小小一点

但不可藐视

第四辑　四处行走

成都

蜀国祭拜武侯祠

惠陵孤寂几人知

草堂流连浣花溪

游客重温少陵诗

锦里寻觅市井味

蓉城饮茶夜继日

冬去春来逛庙会

金沙踏访古城池

乐山

仁者乐山智乐水

三江汇合显灵气

大佛端坐带笑意

巨佛横卧大山里

连绵群山皆似佛

东方佛都千佛立

乐山乐水佛在心
山水相连成一体

峨眉山

十方普贤菩萨光
万年寺中殿无梁
金顶佛光人称奇
银殿铜殿做道场

双桥清音听鸣泉
白水秋风闻馨香
群猴嬉戏山林间
镜湖倒影似梦幻

西岭雪山

大邑西岭千秋雪
日月坪上阴阳界
野牛小道生箭竹
南国冰雪足观赏

蜀道不再难上天
高空索道入云端
云里雾里身何在
怎觅东吴万里船

三星堆

五千年前三星堆
蜀王纵目青铜盔

扑朔迷离不知底
究竟何来何处归

铜杖玉璋摇钱树
象牙石斧和海贝
沧海桑田多变幻
文明解谜知是谁

（2009-2-5/9）

南京

东晋王谢乌衣巷
石头城里明城墙
桨声灯影赏秦淮
夫子庙中吟华章

虎踞龙盘紫金山
中华中央大气象
总统府临梅园村
国共纷争伴成长

巍峨雄浑中山陵
孝陵风光显苍茫
玄武莫愁燕子矶
登高望远栖霞山

长江奔流成弓形
江心洲头百花香
大桥飞跨通南北
东西往来无阻障

（2009-4-11）

无锡

锡山无锡矿
灵山有大佛
惠山泥人笑
紫砂壶中天

太湖美在水
可惜蓝藻长
环湖遍湿地
生态自循环

(2009-4-12)

扬州瘦西湖

桃红柳绿瘦西湖
长堤垂杨摆细腰
舟行湖中扬州曲
二十四桥玉人箫

白塔俯瞰五亭桥
金山袖珍风云绕
熙春台照烟朦朦
徐园月观花衮衮

扬州个园

春月宜游竹篁里
夏日荷花映池塘
秋时可登黄石山

冬雪透风穿漏窗

（2009-4-13）

祭比干

赤胆忠心比干魂
千古谏诤第一仁
心忧殷商社稷危
仁义无私心永存

神勇刚烈谁能比
气魄精神励后生
祭奠先祖涕泪下
世世代代相传承

（2009-4-27）

访朝歌

沬邑淇水古朝歌
酒池肉林演悲乐
淇奥绿竹军庠在
太行云梦显巍峨

摘星台上丹心碎
长林石室坚公生
诸侯会盟立牧誓
牧野伐纣商被克

（2009-4-26）

咏三仁

比干死谏惊天地

箕子避走海东夷

微子幸存立宋国

三仁彪炳日月霁

和宗弟咏三仁①

林公死谏肝胆照

箕子文达东夷岛

微子立宋犹国难

三仁祠堂传德道

鹤壁之行

淇水之滨，太行之脉

鹤舞中原，壁立千仞

大伾巨佛，浮丘霞姑

浚县庙会，社火相传

泥咕咕叫，狮子头摇

柳编精致，淇鲫优游

淇园绿竹，梦里追寻

古时盛况，何时再现

---

① 林之源

鹤壁神游

太行山脉淇水滨
仙鹤栖于南山壁
女娲炼石古灵山
云梦军庠朝歌泣

天然太极阴阳图
淇园绿竹曾茂密
淇水悠悠楫松舟
驾言出游写我忧

河水清澈诗流淌
文豪药王沿岸居
三珍鲫蛋冬凌草
一河五园生态宜

大禹治水大伾山
中国最早石佛立
黄河故道临帝王
阳明题诗留胜迹

浮丘碧霞佑生灵
奇窟千佛伴道儒
浚县庙会千年历
社火相传遐迩闻

彩画泥塑泥咕咕
柳编精致花果盛
摇头狮子送吉祥

文化遗产有传承

（2010-2-25/28）

比干庙祭先祖

（一）

淇卫荡荡，牧野恢恢
比干宗庙，气势宏伟

千古一臣，极谏无愧
三日不去，魂断心碎①

放胆直言，无私无畏
精忠报国，仁义永垂

孔子剑刻，文帝立庙
太宗封谥，乾隆御碑

文人叹咏，武士敬佩
各朝瞻仰，历代祭会

（二）

芳草萋萋，林木森森
红墙白璧，绿意葱茏

古柏苍松，吉祥龙凤
没心有种②，天地动容

---

① 比干向纣王进谏，连续三天，终被纣王剖腹挖心。
② 没心菜只在比干庙中生长，堪称绝景。

碑匾林立，感德言功
天下林姓，始祖是颂

上香下跪，祭拜隆重
泪洒前庭，情怀独衷

百川汇海，万脉归宗
四海苗裔，追远慎终

（庚寅四月初四，2010-5-17）

林氏源流

太祖比干，罹难商亡
仁德无双，一脉相传
长林石室，坚公出世
左林右泉，历尽风霜

博陵开端，西河发祥
放公问礼，济南增光

下邳分支，颖禄各领
晋安流芳，阙下露降

九牧十德，无林非榜
莆田吉地，妈祖开光

四海播迁，八方衍生
辗转流离，木林成森

承先启后，披肝沥胆
英杰辈出，史迹辉煌

祖先荫庇，子孙兴旺
世系绵延，家族永昌

大连

金沙银沙星海湾
燕窝岭连老虎滩
棒棰岛上海之韵
鸟语花香好景观

日俄建筑今犹在
有轨电车服役长
足球骑警展盛装
走向世界倚海洋

（2010-3-25）

旅顺

渤海黄海交汇线
战略要地旅顺口
军港之夜静悄悄
和平期冀伴战舰

白玉鸡冠堡塔存①
日俄监狱关东院②

---

① 1904—1905 年，白玉山、鸡冠山成为日俄战争的战场，日本获胜，占据旅顺长达40 年。日军修建的纪念塔、俄军堡垒遗迹犹存。
② 日俄监狱旧址、日本关东军司令部旧址、关东法院旧址陈列馆已对外开放。

义士遗骸无处寻①

警醒后世望久远

　　　　　　　　　　　　　　（2010-3-26）

湄洲妈祖庙

天后圣母妈祖神

身许大海救众生

慈孝有声天地老

护国佑民万世春

摩崖题刻伴群雕

升天古迹祭英魂

宫殿凌空起瓣香

湄洲圣境永留存

　　　　　　　　　　　　　　（2010-4-7）

惠安

花巾斗笠惠安女

银链筒裤飘逸衣

蝴蝶女神舞沙滩

风情无限写传奇

余晖映照洛阳桥

中原子民大迁徙

晋安王陵林禄息

---

①　朝鲜义士安重根刺杀日本原首相伊藤博文后，被日本关东法院判处绞刑，1910年3月26日在旅顺就义，遗骸无存。韩国总统李明博发表谈话，要求日本方面提供相关材料，以寻找义士遗骸。2010年3月26日，旅顺殉国先烈纪念财团等举行了追慕安重根就义一百周年活动。

施琅将军风水地

崇武古镇显雄浑
威镇海邦留胜迹
渔舟飞扬涌波浪
海天南音有魅力

（2010-4-9）

回母校宜丰中学

耶溪河水绕盐步
螺峰尖下多樟树
教室操场和食堂
中学五载在此度

传授解惑奠基础
老师教诲入耳目
理想情操得熏染
坚定信念始上路

四季轮回历寒暑
八班子弟多走读①
几度同学有分合
同学情谊堪倾诉

书声朗朗恍如昨
百科知识皆输入
读书竞赛攀高峰
田间劳动洒汗珠

---

①　全年级共八个班，除来自农村的外都是走读。

43

几多旧址新楼矗

初中教室成艺术①

此楼风貌成标志

少年情怀梦回顾

(2010-5-1)

过南昌

南方昌盛之地

古时豫章郡治

赣江抚河无言

青山贤士有诗

藤王高阁望远

王勃临江赋诗

青云谱留书画

东湖西湖映日

八一起义风云

多少英雄同志

烈士魂存洪都

梅岭巍然气势

一江两岸开发

环境亮化美化

中部崛起可待

江西腾飞指日

(2009-5-8/10)

———————

① 读初中时的教学楼改为艺术楼，这是唯一保留下来的老楼。

回宜丰·新昌

古邑宜丰复新昌
蔡氏献地始建县
成语之乡心相印
千塔之县生态源

耶溪河畔螺峰尖
平政桥孔印月圆
南屏山上岳王庙
崇文塔临渊明园

洞山良价逢渠悟
黄檗希运棒喝禅
惠洪冷斋书夜话
思敬盐乘独志县

宜丰旧貌换新颜
新昌扩张绕山间
十里长街有气势
五盐生辉不夜天

(2009-5-8)

经上高

敖阳古镇锦江之滨
上高会战英烈无名
徐市苎麻远销海外
七宝山酒浓香重情

(2009-5-9)

访宜春

八方来宾客，四时皆宜春
秀江戏碧水，春台观全城

古袁州要地，鼓楼城中镇
袁山风景丽，明月山迷人

温汤沐体健，园林可养神
生态环境美，山水满乾坤

(2009-5-9)

走萍乡

萍乡连接湘赣地
秋收起义举红旗
安源工农团结紧
晴空震天响霹雳

赣西湘东走江湖
风俗相同多亲戚
罗宵山脉贯南北
萍水相逢通东西

(2009-5-9)

杭州留影

苏堤白堤杨公堤
刘庄汪庄三台庄
水墨天竺茅家埠

永福桥外新西湖

雷峰夕照三潭月
钱塘潮涌六和塔
梅妻鹤子山不孤
六艺圆融马一浮

玉泉老和浙大路
紫金校区新气度
留下小和林苗圃
几多学子伴山读

西溪湿地成公园
梅兰柿竹芦苇渡
孤岛上有秋雪庵
禅指竟为其昌书

南宋故都销金锅
市井喧嚣伴歌舞
暖风熏得游人醉
更朝换代谁欲顾

现代园林山水城
环境友好共目睹
宜居宜学亦宜善
天人合一心中诉

（2009-6-1/3）

桂林之行

游桂林两江四湖

观资源风雨河灯
访百卉冷香书屋
赏天门丹霞美景

（2010-8-19/24）

苏州古城

姑苏吴侬软语，水城遐迩名闻
怀想枫桥夜泊，愿听寒山钟声

吴王试剑虎丘，子胥悬眼东门
平相齐盘阊葑①，宝带万年渡僧②

（2011-3-25）

水乡

三月水乡风光好
七里山塘景色丽
小桥流水伴人家
古寺名园留足迹

运河龙舟几度过
桨声唉乃依旧闻
世代沧桑生巨变
今月也曾照古人

园林

典雅疏朗园林居

---

① 苏州古城有八座城门，名为平、相、齐、盘、阊、葑、胥。
② 宝带、万年、渡僧为苏州的三座桥名。

48

拙政园里显生机
留园吴下名园冠
不出城廓山林趣

宋朝始有沧浪亭
元代初建狮子林
渔隐精致网师园①
伯温私宅香岩定②

虎丘

吴中第一虎丘塔
三绝九宜十八景
阖闾试剑卧剑池
孙武练兵作兵营

东坡放言不留憾
生公讲坛石点头
云岩禅寺下二仙
玉兰书台映松影

木渎

古镇木渎吴绍韵
灵岩山寺摩崖石
西施几番临水桥
乾隆六下御码头

---

① 网师园最初名为渔隐。
② 定园相传最早为明刘伯温私宅。康熙题"香岩"。

严家花园家淦宅
榜眼府第桂芬居
毓秀清嘉拱桥过
虹饮山房行宫辟①

太湖

太湖之美美在水
白鱼白虾小银鱼
三桥连接洞庭山
一湖引致游人密

（2011-3-25/27）

南通

通江通海南通州
一城三镇矗东南
长江奔流终入海
狼山观音频上香

张謇创业奠基础
沈寿刺绣手工坊
国维讲学师范堂
兰芳演出音绕梁

实业为父教育母
纺织交通初气象
中国首开博物馆

---

① 虹饮山房为乾隆下江南行宫。

天下拭目大洋港

(2011-3-25)

南昌游

逶迤梅岭观千峰

恢宏西山道万寿①

休闲康都望山水

清爽湾里避尘垢②

四处五教再同游

一生朋友重聚首

文史哲法互参习

财经人文相通透③

(2011-4-27)

八大山人纪念馆

王子开基炼丹处

隐居垂钓祀梅福④

太极太乙天宁观

黍居鹤巢青云圃⑤

绿树翠竹生野趣

灰瓦白墙立红柱

---

① 西山道观名万寿宫。

② 梅岭宾馆对面为康都休闲养生园，位于南昌湾里区。

③ 同游五人皆为教授，其中四位处级干部：江西财经大学博士后管理办主任王耀德，法学院院长邓辉，首席教授、原学报副主编龚汝富，艺术学院院长包礼祥。专业分别为哲学、法学、历史、文学，在财经院校需要发展人文教育。

④ 周灵王之子王子乔在此开基炼丹，西晋梅福在此隐居，后人建"梅仙祠"。

⑤ 太极、太乙、天宁为观名，黍居、鹤巢在青云圃（谱）内。

花影摇曳映曲径
碧波荡漾见鱼凫

八大开径滨梅湖
山人卓荦儒道佛①
遗民禅师画巨匠
孤松双鹰脱世俗②

以少胜多笔洗练
柔中寓刚意高古
笑之哭之由君裁
残山剩水可留住③

景德镇

三省交汇古浮梁
昌江乐安汇鄱阳
湖田瑶里高岭土
千年窑烟代相传④

白玉薄胎青花瓷
粉彩祭红釉重妆
古镇瓷都生态城
景德工艺天下扬

（2011-4-29/30）

---

① 八大山人兼通儒道佛。门前楹联：开径望三益，卓荦观群书。
② 孤松、双鹰为八大山人代表作。
③ 八大山人落款有似笑之、哭之，所画山水颇为苍凉。
④ 景德镇原名浮梁，景德年间名景德镇，位于江西、安徽、浙江三省交界处；昌江、乐安江汇入鄱阳湖；湖田为古窑址，瑶里邻近高岭，为风景区；高岭土为制作陶瓷的原料。

恭王府

一座王府，半部清史
亲王府邸，萃锦园林

和珅始建，金丝楠屋
九九间半，神秘夹壁

乾隆宠用，逾规越位
胆大妄为，嘉庆赐死

奕䜣承继，十院三开
三路五进，神殿客厅

谈判悲怆，历经耻辱
奇闻轶事，神秘笼罩

银安嘉乐，多福乐道
天香庭院，葆光锡晋

佛堂箭道，尔尔乐古
萨满祭祀，后罩万贯

前府后园，风水宝地
亭阁水榭，木竹怡神

安善明道，棣华独乐
滴翠邀月，妙香听雨

秋水山房，养云精舍

澄怀撷秀，曲径通幽

康熙题福，三绝一宝
绿瓦红柱，韵花飞蝠

沁秋艺蔬，怡春宝朴
牡丹红艳，梧桐惟素

花繁林茂，山环水绕
庭深廊回，亭高台静

雕梁画栋，王府博览
历史如烟，今朝谨观

（2011-5-8）

敦煌

敦大煌盛，花雨丝路
沙漠绿洲，莫高宝窟

千秋壁画，万卷经书
玉门阳关，飞天永驻

（2011-7-17）

宁夏之行

塞上江南，米麦粮川
黄河平缓，灌溉全区

贺兰山口，岩画神奇
世代先民，劳作累积

西夏王陵，枕山蹬河
土堆风化，文明残迹

兴庆西塔，唐徕引渠
艾伊河畔，海宝福地

暮鼓晨钟，玉皇金身
河山一揽，飞檐迭起

百零八塔，历代修葺
青铜峡下，挡水阻泥

沙漠碧湖，芦苇湿地
近荷远山，飞鸟游鱼

沙水相融，水绕沙丘
湖山相映，苇荡津迷

沙坡鸣钟，铁路穿沙
羊筏漂河，骆驼载骑

大漠孤烟，长河落日
高山绿洲，锦绣雄奇

西部影城，星光风雨
古镇缩影，岁月留迹

荒凉沧桑，满天风云
经典传承，产业基地

冬长夏短，南高北低
胡麻枸杞，煤棉电机

回民自治，穆斯林居
开斋望月，清真凤栖

南北移民，东西交汇
古今相承，时代呼吸

（2011-8-16/19）

澳门

南海妈阁，禅院教会
多元文化，中西交汇

各色人等，群贤荟萃
博彩赛马，引人不归

金碧辉煌，灯火点缀
弹丸之地，金迷纸醉

龙环葡韵，积聚风水
填海造地，地比金贵

横琴莲花，关闸拱北
连接珠海，区域共美

（2011-9-6/8）

沈阳

浑河穿过沈阳城

故宫遗迹文物存
大小青楼张帅府
风云叱咤有见证

辽河文明历久远
红山文化遐迩闻
重工基地今转型
举目东北看辽沈

(2011-9-22)

鞍山

钢城始立贡献巨
生态立市创新意
百湖湿地万鸟飞
千山峰峦苍翠滴

世界之最玉佛苑
来自深山真岫玉
佛祖观音观世相
笑面罗汉览圣地

(2011-9-23/24)

第五辑　聚会·祝寿

丙子春节相聚

分处三地成五方
还有一个下九泉
已然而立与不惑

也会偷闲学少年

悠悠往事历历现
几经转徙随运迁
岁月无情人有情
心向父母为支点

（2000 年春）

家风醇厚——贺父亲七十华诞

林区田矿遍足迹
大事若小化神奇
昌明通达如海涵
家风醇厚不绝缕

承前启后奠宏基
平和仁德创业绩
延揽五邑心襟阔
年丰人寿永相怡

（2000.8）

快活乐观——祝贺妈妈七十大寿

古稀之年精神爽
福星高照笑声喧
培育儿孙付心血
甘之如饴无怨言

辗转各地跨行业
好胜创优勇争先
积极奉献人称颂

老当益壮余热献

待人热诚遐迩闻
宾至如归为人羡
帮困济贫热心肠
吃苦耐劳持勤俭

快活乐观身心健
逢凶化吉意志坚
子孙满堂亲友聚
祈愿益寿又延年

（2002.3）

国强家昌——贺父亲八十华诞

慎终追远思比干
忠孝传家精神爽
命运沉浮与国连
赤胆忠心献给党

服务桑梓留足迹
勤恳为民众人赞
经历万苦过眼云
奉献一生品高尚

国运昌盛人康健
忆旧话新再展望
感世抒怀有豪气
亲朋相伴无怨谤

谦和厚道仁义存

　　　　　明智洞察老当壮
　　　　　寄望后代出息大
　　　　　国家强盛家永昌

（2009.8）

风雨历程——父亲八十年行迹述要

（根据父亲回忆录《风雨历程》提炼）

　　　　　生于石市松树山
　　　　　自小经历贫与寒
　　　　　读书私塾入简师
　　　　　奠定基础志气长

　　　　　建国前夕始工作
　　　　　借粮援军迎解放
　　　　　土改普选抓抗旱
　　　　　兴修水利渡难关

　　　　　投身兴办垦殖场
　　　　　白手起家业兴旺
　　　　　官山护林又造林
　　　　　自然保护区上榜

　　　　　文革挨斗被打倒
　　　　　坚定信念相信党
　　　　　苦雨凄风经受住
　　　　　相濡以沫避风港

　　　　　复出工作担重任
　　　　　派到同安办瓷矿
　　　　　澄塘煤矿终采煤

农业局里抓示范

革委主任管经济
组织调度抓生产
启用干部重知识
处理问题纠错案

县长负责新规划
城乡面貌大变样
经济文化相配套
造福一方为民忙

高风亮节推新人
人大主任退二线
依靠制度严监督
关注人才早成长

关工委里献余热
关心下代有担当
组织活动重教育
出谋划策成高参

提出三好为人观
良好性格胸怀广
良好处世适环境
良好关系善交往

心宽快乐自平衡
知足常乐不比攀
进取有乐做奉献
助人为乐常相帮

　　　　　　　　先进十佳老干部①
　　　　　　　　革命资格老实人②
　　　　　　　　厚德载福功千秋③
　　　　　　　　身正榜样称模范④

注：

①先后获得宜春市、江西省、全国关心下一代工作先进个人，全省首届十佳少先队志愿辅导员、全省老干部先进个人、全市百佳老干部先进党员、全县十佳老干部先进党员等称号。

②宜丰县第十一任县委书记张海如在为《风雨历程——林大昌回忆录》作的序中说："林大昌可谓'三老'：一是老革命，二是老资格，三是老实人。"

③宜丰县第十三任县委书记伍自尧题词："厚德载福　功在千秋"。

④宜丰县第十八任县委书记赖国根题词："一身正气　两袖清风　县长榜样　家教模范"。

庆贺爸爸妈妈钻石婚

　　　　　　　　大道直行历征程
　　　　　　　　昌盛繁荣梦成真
　　　　　　　　承传家风树楷模
　　　　　　　　平易踏实过一生

　　　　　　　　钻研人间百味闻
　　　　　　　　石烂海枯心意诚
　　　　　　　　纪行南北路宽广
　　　　　　　　念想古今万世存

　　　　　　　　　　　　　　　（2012-12-23）

贺步成舅舅七十寿联

　　　　　　步桑梓诗坛志苑，有功有德

成华夏文人墨客，无悔无忧

（1997）

贺步成舅舅八十寿联

八十年觉斋披肝沥胆担道义
几代人盐步尽心着力成文章

（2007）

师友聚苏州

林海留大椿，山水万重英
国林徐自立，林间尤显静①

东吴话低碳，姑苏听吴音
量子总缠绕，物联亦关情②

谈笑封大师，金刚本未名③
定园品香茗，山塘留合影

江南园林美，倚赖好环境
师友同游乐，玉壶在冰心

（2011-3-25/27）

祝福导师刘大椿教授

科学活动立新论

———————

① 嵌名导师刘大椿、师母万重英，师兄吴林海、吴国林、肖显静，师弟徐治立。林间为本人笔名。

② 在苏州大学（东吴大学旧址）参加"低碳经济背景下的科学决策和城市发展"研讨会，吴国林谈量子缠绕，吴林海谈物联网的应用。

③ 戏封显静大师、文化大师、气功大师、未名大师。导师称之为"四大金刚"。

互补方法引众生
人文教育慎评价
科技哲学勤耘耕

教书育才垂范正
指点迷津道行深
导之以轨博和约
德识才学善美真

自强不息有所为
于心无愧不违人
豁达大度求共鸣
与人为善避鬼神

一如童趣喜集邮
水中冲浪好健身
率性尽兴而随缘
追求快乐达观成

取法乎上不放弃
锲而不舍有指针
岸边观潮洞观火
剑胆琴心自著文

(2009-5-30)

林之源在江西师大讲座

诗书画印，瑶湖讲座①

---

① 应江西师范大学美术学院邀请，《中华书画家》杂志特约编审林之源做"诗书画印：艺术与生活的感悟"讲座。

艺术感悟，生活启蒙

读万卷书，行万里路
名山大川，众妙之门

欲工善事，先须做人
上山寻宝，下笔有神

多行善事，少言空说
积善为德，下自蹊成

求真向善，臻美达圣
苦尽甘来，水到渠成

冷香书屋，古韵琴声
滕王诗序，沁脾萦魂①

躲避喧嚣，回归山林
十年高卧，一心静沉

山水长卷，行云流水
草木花鸟，径桥山人

一汪清水，万顷波涛
山人独思，有酒盈樽

天高云淡，风光月霁
畅谈天下，满座高朋

(2011-4-28)

---

① 林之源背诵《滕王阁诗序》和《冷香书屋记》，引人陶醉。

赠之源兄

林泉高致隐深山
之江资源写华章
源远流长听涛声
兄弟品茗闻茶香

道高至极只是常
佛门内外可修禅
儒雅兼爱书画印
通贤达圣非平凡

(2010-5-18)

贺哥哥生日

林密山高太阳岭
南下石市北草坪
兄带弟坐自行车
长路颠簸不消停

诗会创办春秋吟
书刊撰编水土情
宜丰宜春及新余
丰产丰裕平常心

祝姐姐本命年顺利

林木繁茂石花尖
玫瑰芬芳红艳艳

姐驮小弟走石板

笑言不听放一边

生龙活虎本命年

日积月累多贡献

快言快语心耿直

乐天乐地情无限

（2010-5-18）

第二篇　小品·小说

校园 TDK（特写）

为了解青年们的心态，最近我在 R 大学采访了一些学生和青年教师，录了几盘磁带。现把内容整理出来，供读者参考。

A（中文系研究生）：近来报考研究生的人又多了起来，为什么？人往高处走，有台阶就上。应届毕业生为缓分配找工作，读完研究生挑选余地更大。在职人员考研究生，或是为了更充实自己，或是为了"跳槽"，毕业后换个单位工作。当然，还有种种原因，恐怕难以尽列。

你问我为什么要读研究生？老实告诉你，是为图清闲！读书，就不必像"上班族"那样，"朝八晚五"，有事没事把办公椅坐穿！还有一点，是为了学外语。学校才有学外语的良好条件。专业课用不着费什么劲，扎扎实实把外语弄精了，就是个很大的收获！

学外语为什么？出国是一个目标，当然，哪有那么容易？要考 TOEFL、GRE，你看我这些书：《TOEFL600 分对策》《GRE 应试技巧》，还得听录音，大面积的高强度集中轰炸，把我给弄得昏天黑地！我现在一心入"托"，有人笑话是"全日托"！不这样哪对得起那几十个美元呢！当然我指望托美国人的福，也真想有一天把全世界的外国人都招为我的学生，跟我学"之乎者也"，看他们托谁的福！

B（国际经济系助教）：树挪死，人挪活。流水不腐，户枢不蠹。在世界范围内的流通与交往是不可避免的。国门一开，再关就关不住了。任何一个人都不能离开他人而孤独地生存，任何一个国家和民族都不能脱离世界大家庭，自立于世界民族之林。如果不搞开放和交往，还是闭关自守，只有走进死胡同。竞争，总是优胜劣败，生物界和人类社会都是这样。

无论是人还是国家，都应该学习最好的东西，发挥出最大的潜能。水涨船高，世界就是这样发展的。发达国家向发展中国家和落后国家展现了它们未来发展的景象。当然，不能亦步亦趋，拾人牙慧，而应该跳跃式地发展，把人家最好的东西拿过来。

我是学经济的，很渴望学习最先进的经济思想和方法，如果能亲自经历国际经济竞争的战场，那最好不过了！出国进修，我是望眼欲穿！可是公派出国轮不到我，据说要到 35 岁以后！到那时"人老珠黄"，黄花菜也凉了！我不相信天上会掉馅饼，即使掉下来也是残缺不全的。世上从来没有什么救世主，一切都要靠自己！对了，我正在准备考 TOEFL。

你看看我们现在的条件：房无半间，兜里没有几个钱！尽管精打细算，可总是入不敷出，书也不敢买。当教师的不买书，又没有一个安静的读书备课的环境，岂不要误人子弟？这还在其次，更重要的是生存都艰难！要想改善，须等到猴年马月？人家说，"要发财，到国外"，尽管有些悲凉，可这是事实！当然，国外并非天堂，人家栽树并不是为了让你摘果子吃的。同样是中国人，为什么有人在国内不起眼，到国外却自成气候？

实话实说，出国深造于国于己都有利。别看现在在国外的好些留学生还没回来，可是如果有良好的条件和环境，谁不想回来报效祖国？

不管白猫黑猫，总是个猫！中国人无论走到哪里，不还是中国人？

C（新闻系本科生）：我马上要毕业了，可工作还没个着落！跑了好些新闻单位，碰了一鼻子灰！可恼的编制、户口、住房等问题，总是一瓢冷水浇将过来！其实呀，坐着铁交椅的人不一定是能干事的人，可你搬得动吗？女生就更难了，除非是社长、总编的女儿或儿媳！

马上要毕业，当然要找个落脚的地方，要不怎么吃饭？民以食为天，没有起码的吃喝住穿，一切免谈。可是找一个安身之所怎么这么难？有的单位要签合同，一签就是五年，真可怕，那不成老太婆了？谁愿意"从一而终"，在一棵树上吊死呀？我生性不喜欢受束缚、被管制，我就喜欢由着自己满世界跑！

外面的世界很精彩。我就想多跑一些地方，亲身经历、报道一些重大事件。好了，不扯那么远了，我还要接茬去跑单位哪！

D（投资经济系研究生）：上大学，读学位，本身就是一种"投资"，当然期望得到最大效益。穷学生，一个月七八十块钱，寒儒一个，只能把从牙缝里省下来的钱往脸上抹！我们女孩子，化妆品总不可少吧？衣服不能一衣穿四季吧？我为什么不能拥有？我有自己的"资本"，就有人愿意往我身上投资。你能阻挡人家的投资意愿吗？这些衣服、香水，还有这项链，都不是我自己买的，怎么买得起？人家愿意送，我为什么不可以收？回绝人家，人家还会觉得没面子，只好满足他了。当然，谁要想占我的便宜，没门儿！我冲他笑一下，他不就值了？千金还难买一笑呢！何况还陪人跳舞。再说，投资者不止一个。我干嘛要被人捏在手里？不管是风险投资，还是短期行为，我会注意分寸的。当然要好好算计，但用不着用计算机来算。生活没有一个固定的程序，最重要的是自己的命运还是要自己来设计。

你以为我好比众星拱月，心里好高兴？才不！跳舞很轻松，生活却不轻松。你不去上课，老师第二天就找你谈话，晓以利害，考试不给你通过怎么办？没完没了的考试，一篇接一篇的论文，非得叫你像上紧了的发条不可！

找男朋友？时间、机遇都有，可就是没运气。在一起玩玩可以，可真要交付终身，就像找一件特别称心的衣服一样特别难！这可不像是证券、股票什么的可以转让，就要看运气啦！

E（哲学系本科生）：跳舞就是跳舞，干嘛要想别的，那就没劲了！"此亦一是非，彼亦一是非"。人就需要超脱一点。万物皆备于我，杂念摒弃于外，返璞归真。

人总是希望得到自己没有的，一旦得到又怎么样呢？"一旦拥有，别无所求"？那样人类就不会发展了。人总不会满足，但"知足常乐"也不是没有一点道理。关键是掌握一个"度"。人比人，气死人！人人都有自己的生活准则。教授即使没有当服务员的孙女赚得多，他也不会去摆摊卖茶叶蛋。歌星、影星可能会为出场费待价而沽，面对孤儿也可能会有恻隐之心。个体户、暴发户可能有很多很多的钱，但如果他头脑空白，那也是"富饶的贫困"。人怎样才算活得好呢？可能千人千面，难以一统天下。

你有跳舞的自由，也有不跳的自由；你可以欣赏人家跳得好，也应该允许跳得不好的人踩你的脚。说一声"对不起"，回一句"没关系"。跳舞就能培养自尊和尊重别人。人和人需要相互尊重，相互照顾。

F（统计系研究生）：不好意思，我只是舞会的一个看客。年轻时没学过跳舞，现在"老胳膊老腿"，怕得罪"英俊少年"，说怎么这么不知趣！所以宁愿当看客。

如果说人生是大舞台，我多半充当看客，当然我自己的生活自己不出演不行，但我的戏很蹩脚。大学考了三年，研究生也考了两次。几次就差那么一点！总是不甘心，才走到今天，连老婆也耽误了！我不知道自己是否也耽误了人家，也许有那么个人在等着我也说不定呢！眼看快过"而立之年"，业未立，家未成，徒手打天下，每一步都不容易。

现在好多人考 TOEFL，有的人号称"铁托"，奔着出国。我还没有这个打算，本来脑子就不是特别灵，如果加入"托派"，真是要靠菩萨保佑！无论是佛还是上帝，都是进口货。中国人口占全世界五分之一，过些年恐怕到哪里都有中国人。当然，人的先天条件和后天环境都不同，智力、体例都有差距，不可能处于同一"等高线"。而且，饭总要一口一口地吃，首先得找到饭碗。眼下可不好找呢？是不？

G（历史系讲师）：人称历史是"夕阳"性专业，招的学生好多不是第一志愿。所幸这班学生素质还不错，"既来之，则安之"，当然，也有人"身在曹营心在汉"。不过有一门课程受到了普遍欢迎，就是中国书法。我是书法协会的会员，兼教书法课。

有个女生很有灵气，对书法又爱好，经常跑来向我借字帖，请我做示范，当然是个别辅导。她一来我情绪就特别好，写的字也格外有神。起初没觉得什么，可是风言风语却传开了。原本没有什么，这样反而把我们的关系拉近了！"师生恋"有什么不对吗？鲁迅和许广平不就是师生？

大学时代正值一个人的青春年华，要阻挡爱情是没有道理的，也是不人道的。关键在于有正确的态度，应该尊重人的感情。

H（法律系研究生）：今年颁布了《妇女权益保护法》，妇女为什么需要保护？还不是因为自己不够强大！再回到母系社会当然不可能，男女绝对平等也不可能。妇女在社会中的地位是历史形成的，但也不是一成不变的。有人说，女人是男人幼年的摇篮、中年的靠椅、晚年的拐杖，有没有道理？没有女人，世界就不再有活力，也就黯淡无光！帕瓦罗蒂唱的《我的太阳》不是把女人比作太阳？可是女人往往不知道自己真正的价值，从小就作为"软性形象"来培养，经常作柔韧无依状，总试图找一个靠山来遮风挡雨。

世界上有"女强人"，是否钢嘴铁牙不近人情？不见得吧？贤妻良母是否有标准尺寸？如果说上帝造人，那也不是一个模子。说什么"女人是男人的一根肋骨"，胡说八道！说男人女人互相寻找另一半，那还差不多。

并非每个人都能找到理想的伴侣，即使找到了"另一半"，也有可能分手，现在离婚率上升是不可否认的事实。如果继续在一起对两个人都是痛苦的话，那还是早点解脱了好！《婚姻法》保障结婚自由，也准许离婚自由。当然，我只是在理论上说说。我有那么可怕吗？

I（外语系本科生）：我运气好，真的！

从小我就有两个爱好：一是外语，二是舞蹈。原来读外语学院附属学校，所以不费劲就进了外语系。小时候我在少年宫舞蹈队，走路都好像踩着舞步。TOEFL 已考过了，当然要出国呀！当然是去美国，因为美国最发达呀！而且我男朋友在经贸部驻美机构工作，去过好多国家，就跟在国内串个门一样方便！

我朋友对我说，美国人讲 fact（事实），中国人讲 face（面子）。美国人 kiss（亲吻）很平常。美国是一个 melting pot（熔炉），各种文化交融，形成一种大杂烩，不也挺有意思吗？手上戴着瑞士的表，身着法国时装，脚穿意大利的皮鞋，坐着日本的车，穿行在 Wale Street（华尔街），多么浪漫！可以上学，可以 dance（跳舞），等安定下来了，生个 baby（婴儿），当美国人的妈！噢，这些都是个 dream（梦）！谁不想做个好梦呢？

从录音机里取出"TDK"磁带，忽而想到，所谈的这些内容：TOEFL、Dance、Kiss，不正是 TDK？

（原载《山西文化》，1993 年第 3 期）

逛书市（小品）

人物：

书商（简称商）：男，售书个体户

编辑（简称编）：女，出版社编辑

教授（简称教）：男，大学教授

学生（简称学）：女，大学生

[舞台正中偏右斜放着一张桌子。书商上，提一个大包，从里面拿出一些书摆放在桌子上。]

商：（双手举着几本书）瞧一瞧，看一看了嘿！畅销新书大联展：《万岁爷和老百姓》《高官和小蜜》《情场得意》《少女心中的白马王子》……

[编辑上。]

商：嘿！要荤有荤，要素有素，要什么有什么！看《病入膏肓的风流皇帝》"追逐"《浪女科妮卡》，从《国共决战》到《为什么要实行一国两制》，《白领必读》《职场潜规则》……

快来瞧，快来看嘿！

[编辑站在书桌前翻书看。]

商：这位大姐！您看上哪本了？

编：我要的书恐怕你这儿不会有。

商：（低声）是《金瓶梅》还是《查特莱夫人的情人》什么的？

编：呵！你就不怕给"扫"了？

商：你看我这里多是红色和绿色的，哪有黄的？得，得，别在这儿找茬！

编：我还真得给你找找茬！你刚才吆喝什么"病入膏盲"，错了！应该是"病入膏肓"！

商：哟，您还挺较真儿！您是老师吧？

编：我是给人做嫁衣的。

商：裁缝？好，领导时装新潮流！您来本《春秋装新款式》？或者《今年流行红裙子》？

编：（笑）我可赶不上这一会红一会白的时装潮流。我想买一本钱钟书的

《管锥编》。你这儿有吗？

　　商：管什么？没听说过。

　　编：管子的管，锥子的锥，编织的编。这本书好多书店缺货。

　　商：您要的是不是编织毛衣什么的？

　　编：我说的是一本学术著作。

　　商：咳，那读得多费劲！不如来本琼瑶的小说解解闷儿！（手里举一本书）好多老太太都喜欢看呢！

　　编：（笑）《六个梦》！我早已不做梦了！你自个儿"琼瑶"去吧！（下）

　　［教授上，提着一个塞得鼓鼓囊囊的包，走到桌前。］

　　教：师傅——同志——先生——老板！您辛苦啊！

　　商：（笑）您叫我书贩子、倒儿爷都成！心不苦，命苦！

　　教：看你挺实在的！求你一件事行吗？

　　商：什么事儿？您说吧！

　　教：是这么回事儿！我在大学当老师（掏出教师证）。

　　商：哟，大教授！

　　教：（从包里拿出一本书）这是我写的书。好不容易出版了，出版社要我自己包销两千册。可我上哪儿销去？师傅您是行家，专干这个的，给帮帮忙怎么样？

　　商：那要看是什么书？我瞅瞅！（接过一本书）玄，玄……

　　教：《玄奘西行考》。

　　商：玄奘？听着够玄乎的呀！

　　教：就是唐僧，唐代高僧唐三藏。

　　商：噢，那不就是《西游记》的事儿？

　　教：这可不一样。《西游记》是神话志怪小说。我写的《玄奘西行考》，对唐玄奘到印度取经的整个过程做了全面而翔实的考证，无一字无来历。这在世界上可是第一本！

　　商：敢情还是世界之最哪！（作思考状）"西天取经走大路"，说不定会有人感兴趣。我可以代销试试。

　　教：出版社给我七折。你跟我结算，按五折都行。总比堆我屋里强啊！

　　商：咳！我不会占您的便宜的。只要书能出手，该您的就是您的。

教：那可太谢谢你了！我把书搁这，你给打张收条。

商：（在一张上写字）得咧！

教：谢谢，谢谢！让您受累了！（下）

商：（大声吆喝）要想知道《西游记》的唐玄奘怎么取到真经的，独此一家！

［女大学生上。］

商：哇塞！一看就是名校出身！要不要《托福秘籍》《GRE专攻》？

学：我随便看看，要轻松一点儿的。

商：嚯，有啊！琼瑶、席慕容、岑凯伦，正是《彩霞满天》，《月朦胧，鸟朦胧》，眼望《窗外》，不知《几度夕阳红》，走进《庭院深深》，《心有千千结》，《雁儿在树梢》叫，带走了《六个梦》，还有《一颗红豆》《在水一方》……

学：（笑）好像你是琼瑶的"粉丝"？

商：我妹妹才是呢！你就像我的妹妹啊！

学：谁是你的妹妹？别贫了！（拿起一本书，交钱）给你Money！（欲走）

商：别着急走啊！这还有本特走俏的书。你不是想出国吗？就要看看唐代高僧出国取经是走的什么道儿！（拿一本书给学生）

学：嗨，这不是我们老师写的吗？我还给他抄书稿来着。他送了我一本。

商：那我考考你。你知道钱钟书吗？他写过什么书？

学：Of course！他写的《围城》我看过好多遍呢！还有《管锥编》，听说很难懂。

商：噢，就算考试通过！（用手一挥）"拍死！"

学：No，应该是Pass！

商：这老外可真折腾死人！过了是"怕死"，是叫"也死"，亲嘴是"Ki死"，怎么都跟死挨着？

学：你IQ不高，嘴却忒贫！Bye-bye了您哪！（蹦蹦跳跳地下）

商：爱Q是什么玩意儿？跟阿Q什么关系？哎，到点了，收摊喽！（下）

［编辑上，胸前戴一工作牌，把一摞书放桌子上。

教授从另一边上。］

编：教授，您好！

教：唉，是你呀？怎么也站柜台来了？

编：我们出版社在这儿参加书展，我们来轮流值班。您看到什么好书了？

教：好书是不少，可价钱也很高！

编：这次书市上的书都优惠，多买了还有奖。

教：呵，也搞有奖销售啊！

编：我感觉，自己花钱买书的人不多，大量购书的还是单位。爱读书的人好像越来越少。

教：不能这么说，阅读兴趣不同倒是真的。

编：教授，您的新著快写完了吧？

教：嗨，早就写完了，正安安稳稳地躺在我的抽屉里呢！出书难，书出了也难！去年出的一本还有一千多册堆在我屋里呢！

编：您知道，出版社也有难处。学术著作多半赔钱，您要能找到补贴就好了！

教：到哪儿找财神爷？

编：像什么课题经费呀、出版基金呀、文化工程呀，多想想路子！

教：所谓路子，其实是要有"圈子""面子"！我听说有位画家出了本画册，他的家乡给全部包下来了。他很高兴，可是回故乡一看，小孩子玩的飞机全是他的画！唉！（摇头叹气）你忙，我到别处看看。（下）

[书商上。]

商：感情您跟我是同行啊！

编：应该说是同业吧！我是编辑，来书市了解行情。

商：那我在你们出版社批点书行吗？

编：行啊！（给书商一份资料）这是我们的最新书目。

商：（翻看书目）《当说者被说的时候》，这说的是什么呀？《非婚两性关系》、《性》，这两本还行！

编：我可得告诉你，这两本不是一类的，这本《性》讨论的是中国哲学史的一个范畴，是学术著作。

商：那我不要了！要不然，人家会说"挂羊头卖狗肉"呢！

[女大学生和教授从两边上。]

学：（对教授）老师，您好！您的大作我拜读了，写得真好！

编：没的说，在学术史上是绕不过去的。

教：（点头）谢谢！（对书商）老板，有劳你了！

商：嗨，别提了！您老那书好是好，可我扯破嗓子喊了几天，也没卖出去一本！您还是另想辙吧！

编：看来还是要找对路的渠道。

教：出版社找选题，就像婆婆挑女婿。可是丑媳妇总要见公婆。

编：我们不过是接生婆或助产士，还要做好嫁衣！

商：那我不成了人贩子了？

学：书是有生命的，好书帮助我们成长，好像阳光雨露，好比航海的灯塔、登天的云梯。

商：不读好书，不知好歹。

教：写书、编书、卖书、读书，哪一个环节都少不了。

编、商、学：（一起）愿好书越来越多，好（四声）书的人更多！

毕业时分（小说）

一

"太阳烘烤着地球，就像烘烤着一块面包。"有位朦胧诗人有这么一句诗，说得很形象么，似乎一点也不朦胧。

还是五月，却已如炎夏一般，燥热难当。太阳真是个掌握不好火候的面包师。

教室里没有窗帘，太阳光无遮无拦直射入内，一点面子也不给。同学们各自坐在座位上，姿势、神态各式各样，但都显得无精打采的样子。要是有空调就好了！可这里不是宾馆！只有一把大叶蒲扇在男同学中传递，呼呼地扇起一阵阵风。女生们有的摇着精致的小折扇，有的则没完没了地用花花绿绿的小手绢擦汗。香气混杂着臭汗，味道可不怎么样！

讲台上，系里毕业分配领导小组组长、系总支朱书记在作毕业分配动员报告。

从以往的分配可看出大致方向。以前都是由国家统一分配，"一个萝卜一个坑"，把你往里拨弄，不能有挑选的余地。现在不同了，允许自己找工作，但还有一部分国家指令性指标，以充实国家重点建设、急需用人的单位；还有部分省区规定：从哪里来，回哪里去。同学们大都愿意像刘巧儿一样"自己找婆家"，做过各种试探，漫天撒网，有人欢喜有人愁。也有一些单位到学校来要人。有的同学老往系里跑，想打探消息。可朱书记俨然当做重大机密而不吐口风，只是不紧不慢地说："急什么？到时会开会宣布的。"

这会儿，朱书记一板一眼，公布那些早已不是秘密的"秘密"。他的嗓音很高，是过去在部队喊口令练就的；并且说一句便停顿一下，留足时间让人去领会，也为下一句的出口提供过渡。他时不时朝窗外看一看，似乎嫌树上叽叽喳喳地叫个不停的知了毫不识趣，竟与他同时发言。

报告抑扬顿挫，声调时高时低，大家早已习惯了。

"在分配面前，是一个考验，啊？……有的同学不错，表示坚决服从组织分配；而有的人呢？啊？……总想挑肥拣瘦，只为自己着想，这样能行吗？啊？……"

突然教室里静了下来。朱书记走到辛明身边，而辛明全然不觉，正在一张纸上画着。坐在旁边的杜江看了一眼，纸片上出现一幅漫画：米老鼠、唐老鸭、三毛等拿着扫帚、铁锤、毛笔之类，旁边写着"党叫干啥就干啥"。朱书记把纸片收起，铁青着脸，对辛明说："开完会你留下！"

冲着朱书记走回讲台的后背，辛明做了一个鬼脸。

朱书记继续他的报告："分配还没有开始，就有不少人来要求照顾。应该照顾的当然可以照顾，但有些人挖空心思，是心里有个小九九。啊？……国家需要是第一位的，国家培养你们这么多年，花了多少钱？啊？……要以大局为重嘛！你们班党支部准备讨论几个同学的入党申请，那么，还要看在毕业分配中的表现！这可是关键时期！啊？……"

他有意无意地用目光在教室里扫了一遍。

班党支部书记丁子申也用目光巡视了一遍。

教室里一片肃静，只有扇子扇风的声音。窗外知了还在不知疲倦也不知羞地叫个不停。

朱书记讲了一个多小时，头上都冒汗了。他端起茶杯润了润嗓子，终于转过话头，请班主任雷老师做具体部署。

雷老师在硕士毕业后留校，一直当班主任，他针对分配和自己找工作的几种类型做了说明，说最后需要综合平衡。征得朱书记同意后，他宣布会议结束。

同学们走出教室。只有辛明没动，等着听朱书记训话。

二

好些同学骑车到八一湖游泳。

湖面闪着一道道金光。太阳已偏西，但威势还很猛。来游泳的人不少，水中红绿青蓝紫游泳衣缩成一个个五颜六色的点。北京的游泳场不多，室内游泳馆价格高昂，喜欢游泳的人便涌向几个还没有禁止下水的"潭"啊"湖"啊的什么地方。

人在水中游，自由式、狗刨式、仰泳、蝶泳、蛙泳、潜泳……游过之处，激起水波，泛起一层层涟漪。漂浮在水面上，仰面望天，白云悠悠，变幻出各种形状，有的如扬蹄的战马，有的如悬崖峭壁……阳光照在身上，火辣辣的，却又痒酥酥，和水相融，浑身清爽，又有一丝滑腻腻的味道。

"嘿！你出什么神呢？"周灵向杜江游过来，问。

"我在看云彩。你看——那个像什么？变幻无穷，多么奇妙！可要看透了，不过是大气、尘埃什么的不同组合和太阳的反照而已……"杜江眯起眼睛说。

"噢，天上的事情在地上看起来总显得虚无缥缈！人总是处于现实之中的。哎，你找单位有什么眉目？"

"八字还没有一撇呢！"

"喂！哥俩侃什么呢？"游过来一人，是辛明。

"朱书记又教导你了吧？"

"是啊！书记问我画的是什么用意？我报告说当时'意识流'正起作用，听到书记的讲话也记下来了。就这么回事。他让我写检讨。我痛快地答应了。检讨还不是轻车熟路？"辛明总是对什么都不在乎。

"是留京还是回去？我还没有想好。"周灵曾任团支部书记，后来到校学生会当了个部长，想走仕途，前几年有所谓"第三梯队"，但不知怎么又停了。

"嗨，大丈夫四海为家，为什么非得留在北京？"辛明接过话茬，说："我原先也想拼命留在北京来着，也趟过不少路子，可都碰了壁。现在也想通了，在哪儿不能活？再说了，在这里我不过是条虫，回去我可就是条龙！"

周灵不吱声，也盯着天空飘动着的云彩，似乎在神游！

度过四年大学生活，多少也对北京有了些感情。尽管这里春秋季大风刮起，黄沙满地，直往人嘴里灌，比不上江南的山青水秀，可北京是首都，是全国政治、经济、文化中心，这里有很多很多机会……北京打个喷嚏，全国就感冒，世界上也有反应……

放眼四望，南面矗立着"彩电中心"大楼，雄踞四周，可刚来北京时还是那苏式建筑"军博"高出一头，只不过几年工夫，一幢幢高楼大厦拔地而起；二环、三环，据说还要修四环……像摊一张大饼！玉渊潭北面是钓鱼台国宾馆，据说里面风景秀丽，遇到外国元首来访，好些路段实行交通管制。

转眼间，夕阳西下，晚霞笼罩着大地，日落处，一片绚丽夺目！

"夕阳无限好，只是近黄昏。"周灵说道："有人说人老了就犹如日落西山，真的到老了恐怕就不会欣赏落日了！"

"好像是叔本华说过：我们的生活就像一幅油画，从近看，看不出所以然来，要欣赏它的美，就非站远一点不可。"杜江说。这一点，很多人会有同感。

"是啊！时空是无限的，而我们所有的却极其有限，一切只不过一瞬间。曾经有过的而今不再有，现在有的正如过去不曾有一样。还是'老叔'高明啊，只有现在才是真实的。人生本来就是空虚的，人生最大的真理就是及时行乐。"辛明把叔本华叫"老叔"，够亲切的！

周灵反驳说："你别搞错了！他其实是说这种见解是最愚蠢的见解，因为在其次的瞬间也就不复存在，人生正是要用奋斗来填补空虚。"

"人生是因为有了空虚才去把它填满吗？"辛明跟他抬杠。

"唉，用不着在这里讨论什么人生问题。该来的就会来，该走的就会走。"杜江说。

"的确咱们该走了！"周灵说："你们先回去吧，我出去还有点事儿。"

三

分配牵扯着大家的神经。八仙过海，各显神通。虾有虾路，蟹有蟹路，都在各自找门路。

毕业论文都已完成，分送老师评阅，等着答辩。

晚上闲了下来，分成几摊，展开棋牌大战，棋局有象棋、围棋、军棋，牌局有"争三先"、"拱猪"、"拖拉机"，等等，还有一帮人观战。

"喂，快熄灯了啊！"刚从盥洗室出来的生活委员韩福成提醒大家。

话音刚落，灯熄了。学校规定晚11点统一关灯。

"他妈的这鬼熄灯制度，限制人的自由！"辛明和杜江下围棋，一个劫打得生死攸关，却不得不罢手。

同学们陆续洗漱上床。

一间宿舍住八个人。每天晚上都要开"卧谈会"。

辛明说："这样的日子不多啰！我还得回边疆。到时候你们可得来看我啊！"

有几个边疆省份要求"哪里来哪里去"，辛明的父母是从内地去支边的，按他们的说法"献了青春献子孙"。不过辛明挑的单位挺好，省外贸厅，正需要"国际化人才"。

大学真是改造人的地方。当年辛明刚入学时，土里土气，但他是全班第一个穿西装的，也是舞会上的常客；还常常出现在"英语角"，用带有地方口音的英语和师妹们对讲。

"老汉，你到哪个最需要的地方去？"辛明总把"老韩"的"韩"发成四声，因为韩福成年纪大一些，倒也相称。

韩福成说："我大概得回去。尽管我们省没有硬性规定，我还是想回去建设家乡。当然，如果组织上有别的安排，我是会服从的。"

韩福成是班里发展的第一个党员，有很强的组织观念。听说他在老家谈了个对象，那也是需要服从的吧？

"老杜，听说你要去报社，那可是'无冕之王'！希望还能有机会下棋啊！"辛明对睡在上铺的杜江说。

"要能去当然好！《一盘未下完的棋》从中国下到日本。如果你出国，我也追着去啊？"杜江是校报的通讯员，曾在一家报社实习，正想留在那里，可也面临着激烈的竞争。能不能去成还不一定呢！

四

杜江去图书馆查找资料，准备为报社写一篇稿。从图书馆出来，见到周灵。

周灵说："我正要找你呢！毕业前咱们班支部要发展党员。我极力推荐你，愿意做你的入党介绍人。可是有个情况，丁子申想发展苏亚菲。他是书记，他跟总支说话分量也更重。这是关键时刻，你可得好好表现！"

杜江说："谢谢！我会严格要求自己，向你学习，向党靠拢！"

他们向食堂走去。周灵说："我跟你通个气儿！今年有几个国家重点建设部门的指令性指标。朱书记动员我去一个培训中心，那个地方比较偏僻，谁都不愿意去。我去踩点，了解了一下，的确不是个好地儿！当然，如果组织决定了，我也得服从。这点觉悟还是有的。"

正说着，迎面看见丁子申和苏亚菲走来，两人挎着胳膊。

苏亚菲把胳膊从丁子申臂弯里抽出来，对杜江点了一下头，对周灵仿佛没看见。

丁子申对杜江说："组织发展的事我们正在考虑。这时候可别出什么岔子！"

周灵神色有些不自如。因为苏亚菲曾经是他的女朋友。刚入学时，周灵担任团支部书记，苏亚菲担任文艺委员，他们经常一起组织策划集体活动，一来二去，出双入对，好了几年，被当做同学之中恋爱成功不多的范例。可是在实习时，周灵去了外地，苏亚菲留在北京，和已保送上研究生的丁子申一个组。面临分配的关口，周灵是"泥菩萨过河，自身难保"。丁子申是干部子弟，自身无忧，苏亚菲要他帮忙联系工作单位，作为同学也不能不管。苏亚菲天天缠着他，让他招架不住。丁子申经过一番情感与道德的折磨，在道德上似乎有夺人之爱之嫌；但从感情上，他年龄较大，经不住苏亚菲的温柔攻势，终于被她支使得团团转，被她"领导"了。

广播喇叭里传来歌声："不是我不明白，这世界变化快！"

五

等待，等得人心焦！

有的人大局已定，静待瓜熟蒂落；有的人去向不明，忧心忡忡；也有的人抱着听天由命的态度。

毕业前，要搞一个纪念册。洗印了照片，每个人题词留念。同学四年，这个时候才觉得对一些人了解不够，可是不久就要告别了！

辛明受命设计一个"班徽"。他发挥所长，设计样稿，大家提了些建议，最后大家认可。外围一个圆，用四季青叶作边缀，代表友谊长青；中间是紧握的双手，表示聚散依依；用四色代表春秋四载，还挺有艺术韵味！

辛明是个怪才。画漫画，在校园里有点小名气。《走向未来》丛书刚上市，他就倒腾了一批在校园里卖，又卖《风流女皇》《马拉多纳》《从混沌到有序》，包括从正规的出版社进的严肃的、高雅的学术经典和从地摊上趸来的带"色"的、血腥的读物都卖，赚了一笔钱。有了资本，便"招蜂引蝶"，身边总有小女生跟着他。大学里有些人是把恋爱当做必修课来上的，成不成不管，要有点体验。辛明的女伴总在更换。他还有理论根据：所谓"University"，就是"由你玩四年"！

六

填报志愿前一天晚上，丁子申、韩福成、周灵被叫到系里开会，很晚才回来。

韩福成叫住正要去盥洗室的杜江，说："雷老师找你，在楼道口，你赶紧去吧！"

这时，宿舍里的灯已关了，只有走廊和楼道亮着灯。杜江见到雷老师。

雷老师的神色很严肃，脸庞显得有些憔悴。这些天他一个一个找同学谈话，真够累的！

"这么晚把你找来，是碰到一个难题，要请你协助处理。"雷老师说。

杜江满脸疑惑地看着雷老师。

"是这样，原本安排周灵去那个培训中心，可突然有个情况：各地都在选拔一批后备干部。周灵被他们省委组织部挑中了，这符合他的志愿，我们也乐于推荐。可是培训中心的名额是指令性的，必须得完成。只能在留京的同学中调剂。"雷老师停了一下说："我们考虑了很久，现在大部分同学都已经定下来了，只有你和苏亚菲有机动余地。那个单位客观条件是不太理想，但又急需人，并且需要有一定能力的人，经过锻炼就能独当一面的，发展前景也是不错的。你考虑一下怎么样？"

杜江完全没有心理准备，前一段时间，经过"过五关斩六将"，凭着他这几年发表的一些文章和综合能力，报社同意接收。他犹豫着，不知说什么好。

雷老师说："毕业前还要发展一批党员。你们班支部已把名单报到系总支了。朱书记说就看分配这一关了。你好好想想。当然，我们也不强求。"

雷老师说完走了。他家住校外，还有不近的路程。

杜江躺在床上，左思右想，一晚上没睡着。

七

第二天集中在教室，填报志愿，单位都公布了，每人可以填报两个志愿。

韩福成第一志愿填培训中心，第二志愿填他们省的民族事务委员会。

周灵第一志愿是他们省委组织部，第二志愿填培训中心。

辛明自然报他们省外贸厅。

单位新增一个保险公司，这是丁子申为苏亚菲联系来的，别人自然不敢问津。

杜江第一志愿填报社，第二志愿填培训中心。

八

等待的日子觉得时间过得特别慢，让人想起爱因斯坦的"相对论"。

这一天总算来了！

还是在教室，气温更高，知了还在叫。

朱书记在讲台前，一板一眼，大声宣布毕业分配方案：

韩福成：＊＊省民族事务委员会

辛　明：＊＊省外贸厅

苏亚菲：＊＊保险公司

周　灵：＊＊培训中心

杜　江：＊＊报社

…………

怎么？是这么个结果？

杜江如愿以偿，甚至觉得意外。周灵近来都在看有关"领导学"的书，正准备学以致用，大展身手呢！怎么变卦，而去填培训中心的缺了？

苏亚菲眉开眼笑，拍了一下丁子申的手。

丁子申忙把她的手推开，众目睽睽呢，要注意影响！

辛明东张西望，似乎要根据各人的表情好画几幅漫画。

韩福成还是一副沉稳的神态。

朱书记又以抑扬顿挫的腔调做总结报告："总的来说，同学们在这次分配中表现得不错，大都顾全大局，以国家需要为重。这样很好！啊？……有的同学通过供需见面落实了单位，这也是政策允许的。但也有那么一些同学表现得……不那么令人满意！啊？……无论在什么单位、岗位，都要听从组织安排！要把党的需要放在第一位！啊？……"

接着，雷老师布置了一些具体事项。

会议结束后，朱书记、雷老师让丁子申、韩福成、周灵、苏亚菲、杜江留下开个小会。

朱书记说："我们党要求党员在任何条件下都要无条件服从组织，入党积极分子也得严格要求自己！你们支部上报的两位入党候选人在毕业分配前的表现还不够成熟，总支决定组织发展工作停止进行。希望你们继续努力，党组织的大门始终是敞开的。"

杜江自忖：就因为没把培训中心列为第一志愿而被认为不成熟吗？

苏亚菲满不在乎的样子，留京户口解决了，靠着丁子申这棵大树，党票早晚会到手的。

据消息灵通人士辛明掌握的情报，有人写信反映周灵生活作风不够严肃，因而被他们省里拒绝接收。是谁？为什么要这么做呢？

大学生活就要结束了，而结束就意味着新的开始……

考验神经（小说）

一

市西郊景色秀丽，又是科研机构、高校集中的地方，新近开了几家大商场，除了可供购物或一饱眼福外，也是一个散步的好去处。

四面围墙把 M 大学紧紧箍住。近来学校决定搞"周边开发"，开始砸墙破壁，准备兴建公寓、写字楼，充分利用这黄金地段。寸土寸金，浪费就是犯罪！工地上打桩机的响声，吵得喜欢睡懒觉的人不得不早起。

紧挨着工地的一幢筒子楼，还是 50 年代的建筑物，作为教工宿舍，不少人在这里进出。据说现任几位副校长，当年也曾在这里住过。这个楼的层高比时下的高层建筑每层高出许多。楼道里摆着各家的炊事用具，挤得满满当当，中间留的空好像战争年代的工事巷道。水房公用，水费由各家平摊。厕所一层两个，东头的女性要到西头"方便"，西头的男性要到东头去解决问题。好在大家都习惯了，似乎不觉得有什么不方便。

紧挨着厕所的一间，住着胡子龙。他是这幢楼的老住户。他老婆在外地，调不过来，就不能按人口申请单元楼住宅。他屋里经常聚集一帮人，高谈阔论，神吹海聊。大学教师个个能侃，讲台上循循善诱，讲原理、方法、程序、规则，下了课就没那么多规矩，山南海北、天上地下无所不谈，说到痛快处，大家一笑，美其名曰"快乐学院"！

这天，屋里又聚了好几个人，椅子只有两把，还有一把重心不稳。一张硬板床，一张桌子，都坐了人。闲聊过一阵，谈起正题。胡子龙联络些人，准备编撰《文化大辞典》，今天就是来商议着手进行。

胡子龙一把大胡子，颇有道家风范，他说："任何时候，总得有些文化人来做文化事业。经济和文化，好比两个轮子，缺了一个也不行。我们搞这本《文化大辞典》，一是为社会做点事情，二也是为大家搞点实惠，评职称啦换点钱啦，都是有用的。"这话很实在，谁愿意做毫无用处的事情呢？

胡子龙介绍说，已有好些学界名流答应做顾问，这样一个大工程，要拉些人来壮壮门面，我们还请了一个实实在在的顾问，这就是编辑顾问。他指了指坐在床上的申甲。现在请申甲讲讲体例要求。

申甲是出版社的编辑，宿舍就隔几间，他与这几位都很熟。他说："各位都是相关领域的专家，做学问都有一套，可编辞典不能各行其是，要有统一的规程，事先一致了，后面可免很多麻烦……"

"好了，大编辑。"魏逢时打断了他的话说，"我们又不是第一次做这活。有问题我们随时向你请教。"他也住这个楼，在另一头。不过他在这间屋子待的时间恐怕比他在自己房间的时间还要多，眼下他就坐在桌子上，说话大大咧咧。

坐在椅子上的叶南不时调整身体重心，以免椅子失衡。他大概觉得与真皮沙发比起来，这样坐着简直是受罪，他要胡子龙赶紧说说怎么具体操作。

胡子龙说："我们共同来做这个事情，希望能够合作愉快。各位责任都不轻，一定要按时、保质、保量完成。否则，'秋后算账'要打折扣！"他拿出拟好的条目大纲，分成几个大部分，分派给各人。他又强调说："文化包含的范围太广，我们选词条、作注解一定要搞出自己的特色来！"

落实了具体分工，叶南就要走，胡子龙说："别忙，申甲还有什么要说的？"

申甲说："本来用不着多说，我只是提醒一下：《知识产权大辞典》曾被一位知识产权专家起诉侵权！希望不要惹什么麻烦。"

胡子龙说："文责自负！'文抄公'必留骂名！"

叶南扶了扶眼镜，慢条斯理地说："有条'墨菲定理'：偷一个人的想法是剽窃，偷很多人的想法就是研究。"

魏逢时说："古人发明了文字，我们所做的不过是把它们重新排列组合而已！"

大家相视一笑，各自分散了。

二

申甲正为房子的事头疼。

房管科的人找过他，说按学校的规定：单身职工两个人一间屋，你现在一个人一屋，这不合适，学校的房子这么紧张，你得腾出半间让一个人搬进来。

申甲和人合住了好几年，同屋的人在职读完了博士，便分到了独自一间。申甲正庆幸可以有大一点的空间，因为出版社不坐班，平常他都是在宿舍办公，审读书稿，通读清样，两个人在一屋有很大的干扰。他知道这个楼里很多人都是慢慢由两人一屋调到一人一间的，怎么就要给这屋里加人呢？要加就应该是女主人哪！

学校强调住房紧张，可有些房间长年空着，也不知是怎么回事。好不容易同屋的人调出去了，再让他和人"同居"，怎么会愿意呢？房管科说要是占房的话就得罚款！靠工资吃饭的人怎么能承受得了重罚？

申甲知道硬顶是顶不过去的。该怎么办呢？

门被推开，进来的是任艺。任艺和申甲是老乡，正在读研究生。

申甲拿出几个橙子给她。三下五除二，皮肉就分家，橙汁已溜进她的肚里。申甲一直很奇怪她动作怎么那么利索。

任艺说："嘿！我正给你们打工呢！叶老师是小包工头，听说总包工头是那位大胡子。"现在什么都讲"承包"，学生叫老师"老板"。

"是叶南找你了吧？"

"打工吧，装备工具不齐，叫人怎么干？这是书单，你给我找齐！"任艺说话多是命令式。

申甲说："你需要什么就自己找嘛！反正这里对你都是开放的。"

申甲的书比较多，而且杂，那年任艺考研究生就从他这里借了好些参考书。

任艺便从书架上搜索，找到了几本，叹了一口气，说："还是不齐，你想办法借吧！"

申甲看了看书单，说："这方面的书，叶南那里应该会有，可以找他借嘛！"

"那你跟我去找他！"

叶南住在一幢新盖的"博士"楼，因为有资格居住者都是留洋归来或国内毕业的博士而得名。原先这里是一片小树林，而现在正向"水泥森林"发展。

申甲按了门铃，叶南出来开门，见了申甲，一脸矜持，见到后面的任艺，便满脸绽笑，忙请他们进屋。

申甲走在前面，正要在客厅里沙发上落座，叶南一扬手："里面请！"

叶博士住着两室一厅，以前申甲来他都是在客厅接待，莫非有女士来便可"登堂入室"？

他们在书房里的真皮沙发上坐下。屋里布置得挺有异国情调，家具式样、色调典雅，还有用大木桶装的青枝绿叶，让人觉得生趣盎然。

"哇！这么漂亮！"任艺忍不住惊叹。她主要对装饰柜里的各种小玩意儿感兴趣。

申甲说明来意。叶南忙不迭地说："没问题，没问题！"他转过头对任艺说："我找你时就说过我可以提供资料！"

任艺说："不好意思！这几本书能借吗？"

"No problem！"叶博士从书柜里拿出几本书，说："这几本也能用得着。我们不能光靠第二手材料，要读原典，把人家最先进的思想吸收过来！"

任艺的头点得跟鸡啄米似的，说："您说得太好了！不能总是做'二传手'！有了充分的材料，就不怕'巧妇难为无米之炊'了！"

叶博士谈笑风生，谈他在澳洲的种种见闻：悉尼歌剧院、华人街、袋鼠……

申甲说："现在正流行《娶个外国女人做太太》。怎么样？"

叶博士不屑地说："那种人跟我们不一样。国家公派留学的不必为衣食担忧，可也少了一点自由，到了期限就得回来。不过再出去也是有机会的。"

叶南在澳大利亚得了博士学位，回来才知道夫人耐不住寂寞，和一个美国人有染。他当机立断离了婚，儿子判给了女方，没多久跟着"洋爸爸"去了美国。每当儿子从大洋彼岸打电话来，一声"爸爸"，让他觉得自己扎下的根还是实实在在的。

申甲提醒任艺该走了。任艺似意犹未尽。

"今天我正好没什么事，你们就留下尝尝我做的烤牛排吧！"叶博士表现得少有的好客。

申甲想走，见任艺不动，那好，不吃白不吃，就领教一下洋博士的手艺吧！

在外留学的中国人似乎都无师自通地会一两手烹调。叶博士做出几个菜，中西合璧。

任艺作淑女状，小心翼翼地使用刀叉，一边连声叫好吃！

从博士家出来，任艺说："瞧人家留过洋的就是不一样！"

申甲只好苦笑。他说了房管科要往他宿舍再安排人的事。任艺说："那怎么能行呢？坚决顶住！"

怎么顶呢？

三

魏逢时穿过"巷道"，上完厕所，便拐到申甲的宿舍。他是从来不敲门的，脚一蹦，门开了，对申甲说："我得请你帮个忙！"

"什么事？"

"马上不是要评职称了吗，我那本书什么时候可以出来？"他双眼盯着申甲，问。

申甲说："刚发排，总有个周期吧。"

魏逢时一拱手说："劳你老兄催一催，加个塞。有本专著一送，这分量就不一样了！劳驾啊！我要评上了，必当重谢！"说完又迈进隔壁胡子龙的房间。每次他上完厕所，像例行公事，总要在胡子龙那里呆上好半天。

一年一度评职称工作开始。

评职称就像登山，越往上走越难。路很窄，可挤的人很多。

胡子龙、叶南、魏逢时都申报副教授，而名额只有一个！职称跟工资、住房分配面积有相应的关系，而且名分更重要。

该谁上？谁不认为自己是最合适的人选？

胡子龙是"文化大革命"前入学的大学生，后两年卷入那场内乱，体验了惊心动魄的灵魂和肉体的战斗。时间到了便算毕业，"一刀切"面向基层，他被分配到一个穷乡僻壤，当"孩子王"。他一个人什么课都教，闲下来常常望着星空出神。后来公社调他去当文书，县里又把他调去当秘书。恢复招考研究生后，他"短促突击"一番，返回母校上研究生。入学后，他沉迷于游离已久的专业领域，并广通旁及，多方涉猎各门学科。毕业后留校任教，开设了好几门课程，颇受学生欢迎。他的脑袋像多功能机器，善于把看似不相关的东西组装到一起，给人以奇妙之感，令人叹为观止！他讲课输出信息量很大，充分体现了"知识爆炸"，学生听得如坠五里云中，可又觉津津有味，还经常在课后成群结队地到他宿舍来请教。而且，他笔头很快，出手不凡，频发频中，是实实在在的多产高手，论文散见许多学术刊物，还参与编书、撰写专著多部，曾获市、校级优秀科研成果奖。

叶南出生于知识分子家庭，从小耳濡目染，饱读诗书，考大学是手到擒来，成绩出类拔萃，大学毕业免试推荐上了研究生，然后被选送到国外读博士，学成归来，颇受器重，而且经常被邀请参加一些外事活动，在学校有些名气。

魏逢时生长在农村，初中毕业回乡，干活很卖力气，被推荐作为"工农兵学员"上了大学，参加"斗、管、改"。三年断断续续的文化课，补充了头脑中的饥荒；阶级斗争的"主课"，使他深谙人际关系的厉害。毕业后系里留他做办公室工作，跑跑颠颠的事都交给他。恢复高考后，"工农兵学员"的牌子总叫人轻看，他下了一番功夫考研究生，由于人头熟，导师也给他照顾，总算"脱帽加冕"，然后进了教研室。讲了几年课，编了一本教材，被纳入学校的教材出版计划，由申甲担任责任编辑。他还给一些企业搞搞咨询，当当"吹鼓手"，也捞点外快。

三人争一个名额，无论谁上，总有两人败阵。

古代有个故事：三个立下大功的武士，被奖赏两个桃子，三个武士极重义气，谁也不忍伤害另两个，只好自杀以成全他们，结果三个人都"成仁"。这便是"二桃杀三士"。

而现在只有一个桃子！

四

房管科向申甲发出最后通牒：这个星期必须腾出半间，让人搬进去！否则要重罚！已通知单位督促执行。

申甲有点乱了方寸，这可如何是好？忽然一想，怎不找胡子龙请教对策？胡子龙作"高参"已名闻遐迩，近在咫尺，焉能不求？

胡子龙听了申甲的告急求助，嘴里吐出一口烟雾，说道："至少有三种方案。"

"哪三种？"申甲急切地问。

"第一嘛，赶紧结婚。这是一个根本措施。房管科一看，屋里已经有两个人啦，也就没法逼你。"

申甲说："来不及呀！也还没到谈婚论嫁的时候。恐怕行不通。"

"第二，软磨硬泡，远交近攻。必要的话上点贡。这不是没有先例。"

"不一定能行。听说房管科刚换了几个人，换下的人都出了问题。"申甲也不擅长做这样的事情。

"还有一招，可是牵涉到几个人。"胡子龙顿住，似乎要卖点关子。

"您明说。"

"你怎么不在这楼里打打主意？"胡子龙又吐出一口烟，慢悠悠地说："你忘了老魏现在不也是两个人的名义一间房吗？另一位实际上是不住的。让老魏向房管科申请要一间房，快四十岁的人了，这不过分吧？你再让那人搭在你屋里，这不就解决了吗？"

"这倒是个好主意。可还得要老魏他们合作。再说如果房管科不同意呢？"申甲还是担心。

"这就要要要嘴皮子了。我看没问题。"胡子龙似成竹在胸。

"谢谢您的指点。试试看吧。"

申甲去女研究生楼找任艺。楼前竖一块牌子，红字赫然入目："男宾谢绝入内！"只能在传达室传呼。据说男女生分楼是为了便于管理，杜绝男女同居的事发生，但却挡不住一些女生被小轿车接走，有次酒店查房就查出好几起女大学生被"金屋藏娇"，通知学校去领人。

任艺从楼上下来，见是申甲，问："什么事儿？我正要往你那里去呢！"她似乎不愿意申甲来找她，倒是她经常往申甲那里跑。

申甲说："我们分了一点泰国香米，比食堂的饭好吃多了！"

"那太好了！现在就去吧！"

任艺只动口不动手，就等着吃现成饭。

申甲通过一个朋友搞了一个煤气罐，是没"本"的"黑罐"，需高价换气。但有了这套家伙，可以自己改善一下生活。灶具放在走廊里。申甲炒了几个菜。

任艺从小在家里娇生惯养，依赖惯了，坐享其成，吃着香喷喷的饭菜，也没忘表扬两句。

吃完了饭，任艺问："这房间不会再进人了吧？"

申甲说："我正要跟你商量呢！你帮个忙，我们先办个'登记'怎么样？"

"什么？你是说办结婚证？"任艺的脸一下红了，急急地说："我还想都没想过！你一说，我头都大了！"

申甲说："我也是被逼的呀！不就是要以这个名义留住这房子嘛！你不也不希望有别人进来吗？"

"你如果是要找个人来解决难题的话，你找别人好了，我以后再也不来打搅你了！"任艺以忿忿的口气说。

"别着急呀！我当然不会强人所难。只是确实需要帮忙。"申甲一摊双手。

"这事我没法帮你。"任艺说得斩钉截铁，转身匆匆地走了。

申甲自知还欠火候，也难怪她"不合作"。

申甲穿过楼道，去另一头找魏逢时。

魏逢时的房间，被一张席梦思床占去多半，屋里的摆设表明主人形单影只。

申甲直奔主题，提出"调房"的事。魏逢时在床边踱了几步，说："哥们的事理当帮忙。只是几年前我就向房管科申请要房，反而被呛了一顿。管房的人说，你找到人结婚，立马就给房。这不明显挤对我么！"

申甲说："你眼看就要进入高级知识分子行列了，还两个人一屋，说起来令人寒心嘛！你在学校不是挺有关系的吗，找领导打个招呼，还不是小菜一碟？你这一关过了，也是帮我的大忙！"

魏逢时说："那我再卖一回老脸吧！"

他近40岁，可还是一个"王老五"。他通过各种渠道物色、搜索人选，可是高不成、低不就，见过的姑娘怕可以编一个"娘子军连"了！他曾在胡子龙、申甲等面前发牢骚：现在的姑娘真是不可思议，但凡有点姿色的就把尾巴翘起来，忘了人类进化得已经不需要这种功能；有些姑娘太轻浮，遇到第一个对她有好感的人，就急急地把自己嫁出去，不知后面还有更好的；也有不少"老姑娘"自我感觉甚好，总认为还有好的在后面，而对已经够可以的都看不上眼，结果自己也成了"剩女"！但他自己还一直在进行"找人工程"。

五

职称申报表发了下来。胡子龙、叶南、魏逢时都拿到了表，填报教学情况、科研成果、外语水平等项目。

他们都来找申甲，请他到出版社开证明：他们分别是已列入出版计划的大型辞书《文化大辞典》的主编、副主编、常务编委，并承担撰写大部分条目的重任。

几位碰了头，心照不宣地笑。

胡子龙催问编撰进度。现在进展最慢的是叶南负责的部分，叶南找了好些研究生操刀，可是迟迟收不上来。胡子龙说："对学生你不能'温良恭俭让'，得对他们厉害一点，说一不二，不及时交稿不让他毕业！"

魏逢时倒都是自己动手，不过大部分是复印件，也都是他编的教材的内容，只是经过剪刀、浆糊拼接，再经过一番排列组合。胡子龙看过他先交的一部分，很严厉地说不合格，需要重新整理、润色。

魏逢时脸上有些挂不住，悻悻地走了。

按科研成果，魏逢时比不过胡子龙，也不及叶南，在这方面他处于劣势。何况他心思也不在做学问上，除了要找老婆，还要找钱，也就是炒股票。

前一阵他通过做生意场上的中介人，赚了一笔钱，便想用钱生钱，赚更多的钱！于是投资股市，经常往交易所跑。看《证券报》《证券周刊》，听广播、电视中的股市分析，情绪随股市升降而涨落，弄得人们可以从他脸上判断股市行情！

系里职称评审小组为报学校名单排序很是费神。按资历和年龄，胡子龙第一，其次魏逢时，叶南最后；按学历，叶南最高，然后是胡子龙、魏逢时；按在校工作时间，魏逢时最早，胡子龙居中，叶南最晚。学术成果、教学状况各有千秋，尽管总体上毫无疑问胡子龙排第一，但有评委说，由于各人专业不一样，不能用一把尺子来衡量。

开了几次会，来回商议，最后投票结果，排列顺序是：胡子龙、叶南、魏逢时。

六

周末，任艺没有像往常一样来申甲这里，她可能心里还拧着劲呢！

魏逢时兴冲冲地对申甲大声说："告诉你一个好消息！费尽我口舌，还动用了校领导的关系，房管科同意了！我同屋那位的住房证在这里，你拿着到房管科办个手续就行了。我给你帮这么大的忙，我的书可得快点出来！"

申甲说："行！我加班加点地给你赶！"

魏逢时拉着申甲去找胡子龙打麻将。三缺一，老魏说："把叶南叫来，反正他现在也没老婆管着！"他到楼下电话室给叶南打电话，上来后说："洋博士可不闲着！听动静他屋里好像有女人呢！"

正好有个研究生找胡子龙。魏逢时说："大周末的，别陷在象牙塔里出不来！你来得正好，凑一手，回去可不能宣扬啊！"学校规定，在学生宿舍不准打麻将。

四人四方，垒起"长城"，不觉时间过得很快。胡子龙嘴里叼根烟，吞云吐雾，慢悠悠地说道："麻将和围棋都是中国人发明的，可玩麻将的远比玩围棋的多。日本人喜欢玩围棋，他们能够牺牲局部而注重整体利益。中国人喜欢玩麻将，总是'上家盯下家，我不和也不让你和'！扑克牌是西方人的发明，他们喜欢玩桥牌，强调通过相互配合来取得胜利。而中国人玩'拱猪'，害起人来一个比一个狠！"

魏逢时说："可不是！玩里面也有文化的差异，这里学问大着呢！"

胡子龙有着一心二用的本事，一边玩着，一边侃侃而谈，经常有些"奇谈怪论"。很多人都喜欢听他云山雾罩地"神侃"，来的多是雄性，偶尔有女生来多半听不懂，而且也受不了满屋子的烟味。他老婆迟迟调不过来，他又不愿意去跑关系，懒得去操这份心，只是一年两个假期早去晚来，平时一个人在这里过着逍遥自在的日子。

按他的学术成就，评个副教授本不在话下，外地有人成果还不及他的一个零头还评上教授了呢！可他申报了好几年，由于种种原因，都被抹了下来。

"咚咚咚"，有人敲门，"长途电话！"

胡子龙到楼下接了电话，回来脸色肃然，说："家里老母亲病重，得速去！"

七

根据上级指示，为留学归国人员提供工作和生活的最佳待遇，学校职称评审委员会决定给学成回校的教师、研究人员专门拨出指标，解决他们的高级职称，其中自然有叶南。

叶南放下心来，更频繁地参加一些外事活动，而且身边的女伴经常更换。

任艺好些天没来申甲这里，申甲去女研究生楼又没找到她，留下话请她来一趟。"

晚上十点多钟，任艺急匆匆地来到申甲宿舍，很疲惫的样子，往床上一靠，说："唉，累死了！"

"干嘛呢？这么些天不见踪影？"

"这几天我师母生病住院，'老板'找我去医院看护。我能不去吗？"她口气中有些怨气。

"医院不是有护士吗？"

"你怎么这么不懂世故？按说应该家属陪，可'老板'的子女都出国了。要不是冲着他说可以为我向国外大学推荐，我才不愿受这份罪呢！噢，你找我什么事？"

申甲说："告诉你，经过做魏老师的工作，再跟房管科交涉，把他那间房另一位老师调到我这间，这样就解决问题了。"

"那好啊！省得你打歪主意！"

申甲瞪她一眼，说："另外，叶老师责怪我，好像是我不让你跟他联系似的，他催你赶紧把那些词条写好交稿。"

任艺叹口气，说："一大堆事摊到我头上，我又不是钢铁材料制成的！你替我回复他，过几天我就全部交给他。"

申甲听得有些不高兴，你"全部交给他"？顾不得挑剔，说："也别太累了，要注意休息。"

任艺说："哎！我饿坏了！有什么吃的没有？"

申甲说："有啊，白木耳加苹果，给你煮了吃。"

任艺说："别把我吃了就行！"

申甲用钢筋锅放上白木耳，加苹果丁，在煤气罐上炖。炖好以后，加点糖，盛一大碗给任艺。

任艺吃得正香，门被推开，进来的是魏逢时。他连忙说："对不起！非常Sorry！挺甜蜜的嘛！"

"有什么紧急指示？"申甲问。

"没什么大不了的。就是问一下我的书的进度。"

"快了！教材是学校重点保障的。"申甲回答。

"那不打搅了。"魏逢时转身出了门。

任艺恨恨地说："这人一副色迷迷的样子，经常在路上拦截女生搭讪。好多人都怕他。太给大学老师丢脸了！"

申甲说："人有人的活法。最重要的是自己管住自己。"

任艺吃完了，说："对了，我准备考 TOEFL，要换美元作报名费。我'老板'有美元，他儿子寄来的，可以按官价换，要不到黑市换太亏了！可我现在没钱，你给我匀点行吗？"

"要多少？"

"先换 50 美元。凑个整，你给我 500 元吧！"

申甲拿出 5 张"老人头"给她。

"哎哟，这么晚了！我得走了！楼门都关了！"

申甲送她回女研究生楼。楼门已关，叫了半天门，看门的老头才把门打开，嘴里还嘟嘟囔囔。

申甲走回宿舍楼。夜深人静，校园树林里还有些人影晃动。

八

出版社把《文化大辞典》列为重点出版书，准备参加两年一次的国际图书博览会。上百万字的大辞典，装潢、印制要搞好，需要大笔资金，可眼下出版社面临资金周转的困难。为按时优质出版，主管社长让申甲转告辞典主编，希望他们提供一部分资金，以保证大辞典顺利出版。

胡子龙去了老家还没有回来。申甲便给叶南打电话。他知道叶博士手上有几个课题资助不菲，其中就有专门用于出版补贴的。

电话铃响了很久，才听到叶南还带着深重呼吸的声音："哪一位？"

申甲简要说了一番。

叶南说："这个主要应该老胡来解决。不过我也可以想想办法。还有，不能在一棵树上吊死嘛！你也找找老魏，他不是能耐挺大的吗？"

申甲听到电话那一头有女人的笑声。

申甲去敲魏逢时的门，听到屋里好像有动静，但没有反应。

过了一阵，申甲出门倒垃圾，远远看见在另外一个门洞，魏逢时在送一个女人。

申甲再去敲魏逢时的门，还是没有反应。但门虚掩着，他轻轻一推，门开了。魏逢时正坐在桌前，戴着耳机，在专心致志学英语哪！

申甲拍了一下魏逢时的肩膀，两人同时说："对不起！"

申甲说："找你有十万火急的事！《文化大辞典》出版需要一笔资助经费。老胡不在，只好请你出马。我知道，没有你搞不定的事！"

魏逢时说："你甭给我戴高帽！我不像老胡、小叶他们那样有这基金那课题的，我哪来的钱？"

"你别给我打哈哈了！你的路子野，神通广大，搞点钱赞助一下还不是小菜一碟？"申甲知道魏逢时过日子很抠门，但拉赞助挺在行的。

"如果我炒股赚了，这点钱不在话下！但眼下是熊市啊，我套在里面可惨了！"魏逢时还叫苦。

申甲说："我们社长说了，提供资助的企业或机构，可以在醒目位置标上名称，这不也是做广告吗？而且，你拉赞助成了，就可以进入主编副主编行列，别坐失良机啊！"

停顿半晌，魏逢时说："那我琢磨琢磨吧。"

申甲正要去办公室，准备向社长汇报，任艺突然来了，身上散发着很浓的香水味。她从包里拿出几本书，说："还你的书。"

申甲问："词条都写完了？刀枪入库了？"

"我刚交给叶老师。他答应给我往国外大学写推荐书。"

"写推荐书不是要有高级职称吗？"

"你怎么一根筋？叶老师的副教授不是已经定了吗？没几天就批下来了。按他的水平，报教授也差不多呢！"任艺似乎对叶南很了解的样子。"行了，我还有事，我得走了！"说完，便急匆匆地走了。

申甲感到对任艺还有点捉摸不透。

九

胡子龙回来，就被系主任训了一顿，说你这一段跑哪里去了？来无踪去无影的，眼里还有没有单位和领导？

胡子龙心中叫苦，他走得急，没来得及向系里报告，只是委托魏逢时向系主任请假，那么是魏逢时没有传到话。

魏逢时见到胡子龙，说："我真该死！前一段忙得昏天黑地，没顾得上到系里去通报，让你挨批评！我罪该万死！"

胡子龙宽厚地一笑，说："该当何罪？过去了就算了！"

魏逢时又连忙表白，一直在设法为大辞典找资助，找了好些门路，总算有着落了，不过人家也是有条件的。

胡子龙说："你把钱拉来，功莫大焉！"

《文化大辞典》稿收齐，胡子龙从头至尾通读、审改，有些条目如魏逢时承担的部分，让他改得面目全非。

尽管魏逢时为拉赞助立下汗马功劳，可胡子龙坚持不让他署名副主编。魏逢时很不高兴，但也不敢较劲。

最后，胡子龙找了几个研究生，按汉语拼音顺序排列词条。这项工作量很大，连续折腾了好些天。

完工后，胡子龙请大家喝酒。魏逢时和申甲也在内。本来也叫了叶南，但他说有重要外事活动而不能来。

在餐桌上，几个研究生有些拘谨。胡子龙说："民以食为天。大家随便好了，不要委屈自己的肚子。"

趁着酒兴，魏逢时发起了牢骚："咱生得真不是时候！早生一些，赶上玩刀摸枪，打江山坐江山，连老婆都有供给！晚生一些，一出生就看电视、玩游戏机，还可坐模拟的宇宙飞船，哪像咱只能玩泥巴球！"

胡子龙说："人的命运是由多种因素决定的，有时候也不得不被命运拖着走。时势、环境等对人的影响错综复杂……"

酒过三巡，一个研究生说："光吃吃喝喝不够味，是不是来'卡拉OK'助酒兴？"

胡子龙说："好吧，今天就让你们尽兴！谁先唱？"

"Lady first！"

音乐响起，一个女生声音略带沙哑地唱《跟着感觉走》："跟着感觉走，紧抓住梦的手……"

"一派胡言！"魏逢时酒喝得上了脸，像煮熟的虾，嘴里嘟嘟囔囔："梦……怎么会有手？我……做过多少回……梦！可怎么抓不住……你的……手？"说着手一抓，却捏住一个啤酒瓶，又往自己杯里倒。

胡子龙把酒瓶夺下，说："你喝多了！成何体统？"

魏逢时手一拂，还想抓酒瓶，身体失衡，眼看要摔倒，坐在旁边的申甲赶紧扶住他。

胡子龙说："我去买单。你们先走吧！"

申甲搀扶着魏逢时，走出餐厅。

魏逢时嘴里还说个不停："月上柳梢……头，人约……黄昏……后！可惜……你那……小老乡，名叫任艺，却很……任性！……"

从后面赶上来的胡子龙和申甲一起把一滩烂泥似的魏逢时扶回了宿舍。

胡子龙说："真是斯文扫地！"

十

职称评定结果公布，大爆冷门：魏逢时评上副教授，胡子龙和叶南榜上无名！

据知情人士透露，在学校职称评审委员会评议到胡子龙时，主管副校长提出几点意见："第一，胡子龙夸夸其谈，好大喜功，好搞花架子，出了几本书，写了很多论文，就像流自来水一样，可见其中的水分有多大！第二，有人反映胡子龙多次外出不请假，爱犯'自由化'。到外地讲课，不征求教研室、系里意见，更不会主动上交酬金啦！第三，胡子龙极力宣扬'性文化'，公然把'性'讲到了课堂上！这是一个严重的问题，岂能容忍其泛滥？我们要为人师表，而不是要诲淫诲盗！"

由于这位副校长主管评职称，胡子龙就被打入另册了。

评议魏逢时，有委员提出：论学术水平，魏逢时远不如胡子龙，评职称还是应主要看科研成果和教学业绩。既然这次胡子龙未批，魏逢时也不能上，否则摆不平。

副校长说："小魏在学校工作多年，还是很有成绩的嘛！他出了一本书，引经据典很扎实。他为学校和企业搞横向联系，也做了很大的贡献。这样的同志就应鼓励和奖励！"

于是魏逢时过关，仅比法定票数多一票。

叶南本是走特殊系列，早已内定，谁知节外生枝。据有关方面称，他在与外国人交往过程中，说了不该说的话，这关系到国际影响的问题。而且，他染上了西方资产阶级的生活作风，有人反映他和几个女学生有某种不正当关系。为此，学校还要调查，评职称便暂缓。

申甲见到魏逢时时，发现他的神情很古怪：半喜半忧，就像一个正在大笑的人突然听到噩耗一样脸部神经错了位。

很明显，可喜的是他评上高级职称，成为"高知"了，实现多年的一个梦想。忧什么呢？原来，前几天股价疯了一样狂泄不止，他实在忍受不了，便忍痛割肉，全部抛出，以少受损失。谁知那正是股价跌到最低点的时候，第二天股市开始反弹，这几天更像是芝麻开花一样节节高。这样一来，叫他后悔不迭，心如刀割一般！

魏逢时对申甲说："我还真得感谢你！不是那本书出得及时，就根本没指望！对了，我告诉你一件事。你知道叶南为什么给刷下来了吗？有人举报他屋里经常留宿女生，其中一个就是你那位小老乡！哎呀，不该对你讲这个。不过你早晚得知道。好，我请你'撮'一顿！"

申甲一听，哪有心思跟他去吃饭？心里只觉得憋得慌！

有人把"Modernization"译为"妈的奶真甜"，这就是"摩登"女性？

既然如此，也不值得他惋惜了。只是他心里难以掩平深深的创痛。

胡子龙神态很平静，似乎什么事也没有发生。他真是修炼到家，任何磨难都不在话下？

他说："我并不在乎别人、甚至社会对我的评价。我自己知道我是谁，我是干嘛来的，我的存在是独一无二的。还有什么看不开的？"

他打点行装，准备回老家。儿子考大学前，他要坐镇指挥，那是他的希望！

（原载《天津文学》，1997年第6期）

第三篇 杂文·时评

第一辑 人生

人生极限

极限，在数学中是指变量 x 逐渐变化，趋近于定量 α，它们的差的绝对值小于任何已知的正数，那么定量 α 就叫做变量 x 的极限。

人生有没有极限呢?

我们不妨把人生的最高目标比作极限。人一生中有许多目标，达到一个目标又有新的目标在招手。人们为要实现目标，孜孜不倦，努力奋斗，不断接近目标，最后达到极限。每个人的目标都不尽一致，并非任何人都能实现目标，要完全达到极限几乎是不可能的。但人们总在追求，不怕艰辛和困苦，一点一点向目标靠近，这个过程就构成了人间一幕幕悲喜剧。

在数学家看来，除了创世的那一瞬间和热寂的那一瞬间，世界只是渐渐在做积分。人的一生仅仅是趋于零的一个 $\triangle t$，在如此一个无穷小区间，被积函数可以看做不变。这就是说，在浩瀚的宇宙空间中，人是极其渺小的，人的一生也极其短暂，单个人几乎可以忽略不计，然而正是这一个个渺小的元素，汇合、积聚，世代延续，才构成了大千世界，经天纬地，绵绵不绝。

生命好似一抹光辉，闪一下便消失在黑暗中。人们也许什么也找不着，永远莫名其妙，临了便是死亡。"朝闻道，夕死可矣!"大彻大悟，便是极限。

人的一生，不应该碌碌无为，哪怕做点蚂蚁搬家的工作，集腋成裘，聚沙成塔，也很可观。不要总想着做轰轰烈烈、惊天动地的伟业，"千里之行，始于足下"，一切都要从一点一滴做起，尽管平凡，却蕴含着伟大。

"吾生而有涯，而知也无涯。"生命是有限的，而认识世界、改造世界是无限的。世界、宇宙本来就无边无界，不可穷尽，人们对世界、宇宙的探索也就无休无止、永无尽头。一个人、一代人的力量是有限的，而世世代代赓续不绝的人类的力量是无限的，世界没有什么人间奇迹创造不出来！

一个人，只要把毕生精力奉献于社会、为人类服务，便是价值的实现，也就达到了极限。

（原载《中国人民大学校报》，1992-10-05）

价值的自省

一个人要想有所成就，首先必须对自己有清醒的认识。

许多人自以为很了解自己，其实，真正认清自己并不是一件容易的事。

古希腊德尔斐的太阳神庙曾刻下"认识你自己"的箴言。苏格拉底把它引为座右铭，他认为人应该认识自己的无知。

苏格拉底还打过一个比喻：人面对一个圆，他知道的只是圆里的东西，是有限的，而圆外面的领域他毫无所知，而那却是无限的。

一个人自小到老，都在不断地自我认识。有的人能够看清自己，了解自己的所作所为，对自己有一个公允的评价；有的人却浑浑噩噩，终老一生，无所作为；也有人留下一个个的谜，让后人去破解、去评判，自己不置一词。

美国著名历史学家丹尼尔·布尔斯廷用两个词来提炼人类的历史，就是"发现"和"创造"。发现是对世界本来存在的现象、规律予以探寻、追索，发现世界的本来面目。人类具有创造精神，创造出符合自己意愿的产品和作品，把世界变成人化的世界。

科学家、发明家、政治家、艺术家们在不同的程度和不同的领域发现或改变了这个世界，创造了巨大的价值，在人们心中树立了价值连城的纪念碑。

普通人能不能创造价值？世界正是由一个个的普通人组成的，各行各业，各司其职，都在创造着价值。

怎么衡量人的价值？

　　是否一个人的地位或所拥有的金钱、财产与他的价值成正比？

　　人不是物，不是商品。把人的价值混同于人格商品化，是把人降低为物。然而这种观念根深蒂固，许多人认为"金钱代表人的价值"合情合理。

　　在市场经济条件下，尽管人的能力和贡献与金钱和物质的回报有一定的联系，但并不意味着金钱就代表着人的价值。有一些东西是无法用金钱来度量的，如情义无价。古往今来有多少伟大的人物曾经清贫困顿，但并不能抹杀他们人格的光辉、价值的卓绝。有些人虽然有钱，却"穷得只剩下了钱"！

　　地位、金钱、财产、名誉等，是个人从社会所得到的，只是表示社会对他的一定的评价，并不等于这个人对社会贡献的本身。社会给予个人的评价和报酬，是经过社会过滤了的，同他的贡献并不完全一致，甚至可能很不一致。有时缺少公正和公平，需要正确对待。如著名物理学家吴健雄，用实验证明了杨振宁、李政道提出的在弱相互作用下宇称不守恒的定律，但没有得到与之相称的荣誉。许多人为她鸣不平。她虽然没有得到诺贝尔奖金，但她为科学所做的贡献永载史册，同样受到人们的景仰。相比之下，一些品质低劣的技术或演艺人员，仅凭耍耍小聪明、耍耍嘴皮子，却常常索取高价，难道不觉得汗颜吗？

　　一个人最忌自高自大、目中无人、目空一切、恣意妄为。因为人是社会的人，他不能脱离其他人而生活，必须依赖这个社会，依赖其他人的创造和贡献。同时，也不应该自轻自贱、自暴自弃、目光短浅、碌碌无为。"天生我才必有用"，每个人都有每个人的用处，要自我把握，审时度势，确定自己能干什么，不能干什么。当然，要受环境、条件的制约，不可异想天开，建造"空中楼阁"，而要脚踏实地，扬长避短，只做自己可能做得到的事情。

　　一个人越少依赖他人，而自立自强，越有自我价值。他对社会所做的贡献越大，就越有社会价值。

　　每个人的能力有大小，但只要竭尽所能，作出自己的贡献，也就是实现了价值。

（原载《中华儿女》，1999 年第 1 期）

人生大客串

（一）

人生好比舞台，每个人都扮演一定的角色，同时又观看其他人的演出。

如工人、农民、士兵、干部、知识分子、个体户，等等，标明了一定的身份和地位，他的职业就是其主要角色。然而，人往往不甘囿于一个角色，而要"客串"起种种其他的角色。从领袖到老百姓，无不有过"客串"的境遇。

（二）

毛泽东是一个伟大的政治家、军事家，他的一生决定了中国很长一个时期的命运。他也"客串"了富有浪漫气息的诗人、书法家的角色。他那通天贯地、气势磅礴的诗作，"问苍茫大地，谁主沉浮"、"数风流人物，还看今朝"，不是大手笔怎么写得出来！他的书法如行云流水、潇洒自如，成为人们喜爱的珍宝。应该说他的"客串"是无意的，这显示了一个伟人的多方面才能。

南唐后主李煜，工书，善画，通晓音律，写出了脍炙人口的"问君能有几多愁，恰似一江春水向东流"的佳句，却也是"客串"之作，因为他的"职业"是皇帝。有人说，如果他不做皇帝而专做词人，也许成就更大亦未可知？

电影演员出身的里根曾入主白宫，做了美国总统，这在其他国家似乎不可想象。总统也能"客串"一个？美国是一个多种族、多种文化交汇的国家，标榜"you can, so can I"（你能，我也能），人人能当总统。当然，总统只有一个，竞选总统需要一定的条件和资格。没有巨资作后盾，谁敢问津总统宝座？谁能生下来就料定自己能当总统或者只能当一个清洁工呢？

（三）

科学家以大脑细胞结构精细、逻辑思维缜密而著称，但也有许多科学家"客串"在艺术和其他领域。

大物理学家爱因斯坦是一个出色的小提琴手。文学家歌德做过光学方面的研究。著名数学家苏步青擅写古体诗词。被美国国防部长称为"他能值五个师"的中国国家杰出科学家钱学森，除在力学、工程控制论、系统科学领域有卓越成就外，近年来涉猎哲学社会科学也多有高见，新论频出，这是"客串"出的成果。

人称"科学怪人"的吴学谋，1984年获首批国家级有突出贡献的中青年科学家称号，1988年入册剑桥国际学术界名人录。他在早年，除了读书访学外，曾经先后做过叫卖、临时工、赤脚医生、宣传队员、工作队员、美工、炊事员、园林工等。他在20世纪50年代开拓了数学内跨专题的逼近转化论，后来又研究电磁介质动力学等价论，20世纪70年代中期创立泛系方法论，多年来涉及的领域有：应用数学、纯粹数学、力学、计算物理、医学、生态、哲学与自然辩证法、军事科学、系统工程、建筑与现代设计法、管理、编辑出版、地震、文艺、新闻、教育、计算机与人工智能、模糊数学与多值逻辑等。谁能说得清哪是"客串"哪不是"客串"呢？

（四）

艺术有"通感"，文艺界"客串"的就更多。

画家黄永玉写的诗集获全国新诗大奖，令诗界惊叹。作家冯骥才曾是篮球队员，又画得一手好画。

相声演员牛群在说唱之余，"玩"起摄影，有的作品其拍摄角度、效果为专业摄影人员所不及。电影演员"客串"唱歌，歌唱演员"客串"舞蹈或节目主持人。体操王子李宁退役后经营"健力宝"和服装，武术冠军李连杰拍电影，歌唱家朱逢博开酒家，不都是"客串"吗？

（原载《青年月报》，1993年第7期）

论人的品位

从古到今，无数的人在历史上留下了足迹。综观众多人的品位，有高下、真假、善恶、美丑、圣俗之别。

首先从高下来看，可分为劣品、下品、中品、上品和极品。所谓劣品，指对人类和社会、国家造成灾难、罪大恶极之人，如希特勒、东条英机之流；下品，指一生干了不少坏事的人，自己也没有得到好报，如各类犯罪分子。中品，指一般的、平庸的人，安分守己，得过且过，不求有功，但求无过，向往太平日子，也不损害他人，从人数来说，这类人最多；上品指有重大发明创造和杰出贡献的人，如各行各业出类拔萃的人物；极品指引领人类前进方向、思想传播久远、影响众多民族的人，如孔子、释迦牟尼等。

再从真假来看，有赝品、次品、真品等。赝品不是真正意义上的人，只是徒有人的外表，是人类中的败类；次品指不完整、有残缺的人；真品则是具有独立人格和意志、完全意义上的人。

从善恶来看，有不同程度的恶人、善人。有恶贯满盈、十恶不赦之人；也有为非作歹但保留有恻隐之心的人；有独善其身的人；也有广施善果、兼济天下之人；最高境界是真正能普度众生的人。

从美丑来看，这不是指人的外貌，而包括人的心灵、气质等所有方面。美是崇高、善良、真诚的；丑是卑鄙、恶劣、虚伪的。外形俊朗、漂亮不一定心地高洁；虽然丑却也可能温柔、善良；相貌平平也可能人品出众。必须全面、综合地看。

从圣俗来看，圣人是人类的理想，引导人向往神圣，达到最高境界。凡夫俗子也可以成圣，只要一生真心修行，追求超凡脱俗，不以善小而不为，不以恶小而为之，日积月累，"顿悟成佛"。

人的品位表现在人的思想、态度、行为举止之中。不是由自己定高下，而是由他人、历史评判品位的。

有的人曾经风光之极，但经不住岁月的洗礼而留下恶名。

有的人生前默默无闻，死后却受到后人们的景仰。

有的人自视甚高，结果却跌得很惨。

有的人与世无争，最后"天下莫与之争"。

真正伟大的人永远活在后人的心中。

卑劣的小人、恶人终究会被钉在历史的耻辱柱上。

人啊人，请注意你的品位！

谈以人为本

人是宇宙的精英、万物的灵长。

在现代企业的活动中，人是最积极、最活跃、最关键的因素，是创造力的源泉，是企业提升竞争力之根本。

中国古代就有人本观念。黄石公在《三略·上略》中最早提出人本思想。他说："庶民者，国之本。"能否"得人""得心"，是关系到国家存亡的头等重要的事情。

孟子在《孟子·尽心下》中第一次提出"民为贵，社稷次之，君为轻"的思想，指出"得民心者得天下""失其民者失天下"。人是社稷之本、国之本。

荀况说："人之所以为人者，何已也？曰：以其有辨也。"（《荀子·非相》）即是说，人之所以为人，就在于人有意识，能思维，具有主观能动性。

"民为邦本，本固邦宁。"

人是社会有机体的"细胞"，人群共同体好比社会有机体的"器官"或"组织"。生产方式决定并制约着全部社会生活的领域和过程，好比社会有机体的"骨骼"，支撑着社会机体，决定着它的存在和发展。全部社会有机体的"血肉"，包括一切政治的、思想的等等复杂的社会关系，都是在物质生产方式的"骨骼"基础上竖立和"生长"起来的。

科学发展观的落脚点在人，本质和核心是以人为本。以人为本，就是要把人民的利益作为一切工作的出发点和落脚点，不断满足人们的多方面需求和促进人的全面发展。具体说来，就是在经济发展的基础上，不断提高人民群众物质文化生活水平和健康水平；要尊重和保障人权，包括公民的政治、经济、文化权利；要不断提高人们的思想道德素质、科学文化素质和健康素质；要创造人们平等发展、充分发挥聪明才智的社会环境。以人为本是发展的目的，以经济建设为中心是实现这个目的的手段。

人是生产力中最具有决定性的因素，人才资源是第一资源。经济发展要达到高水平，文化发展要体现高品位，社会发展要达到高程度，关键在于提高人的素质。人的素质集中反映着社会的文明程度。要把人作为企业发展的根本出发点，把充分调动人的积极性作为实现企业目标的根本途径。必须为了人，尊重人，相信人，依靠人，激励人，团结人，开发人，发展人，使人能动地发挥其无限的创造力。

以人为本，就要把人作为社会发展的主体和中心，以满足人的需要、提升人的素质、实现人的全面发展为目标。

现代企业的人才观，应有"爱才之心，识才之眼，重才之胆，荐才之勇，用才之道，容才之量"。因而，应该尊重人才，重视人才，注重发现人才，任用人才，培养人才，保护人才，集聚人才，服务人才。唯才是举，唯才是用，知人善任，广纳群贤，人尽其用，各尽所能，使人的能动性、积极性得到最好的发挥。

托·沃森说："一个企业成败的关键，在于它能否激励员工的力量和才智。"

比尔·盖茨说："职员是微软公司的宝贵资产，只有智慧灵活的头脑，才能不会落后于人，永处高峰。"

美国经济学家莱斯特·瑟罗指出，企业"提高竞争能力的关键，在于提高基层员工的能力，也就是要造就名牌员工"。名牌员工需要具备事业心、真诚心和强烈的责任感，具有高超的技术、熟练的技能，具有创造力，对企业有突出的贡献。

现代管理思想提倡以人为中心，由管理财、物、技术到管理人；由管理人走向善于待人，培养、发挥人的潜力，育人、用人；影响企业形象的不是最好的人，而是最差的人；提倡员工参与管理、参与竞争，让其自主工作，使组织适应人的需要。人类活动的目的是为了提高人的生活质量，包括生活待遇、工作自主性、人际关系、安全感和成就感等。

人力资源是企业的第一资源，要开发和合理配置人力资源，调动全体员工的内在积极性，增强凝聚力、向心力，排除斥力、阻力、摩擦力，注重人的素质、人的协调、人的激励和人的自控，使企业形成良好的组织氛围和自律自激机制，提升企业的竞争力。

企业是否全面关心人的问题，包括三个方面：（1）是否全面满足员工的经济、安全、社交、心理和成就事业等多方面的需要；（2）是否全面关心企业内部各种不同的人员；（3）是否全面关心全社会的各种各样的人，如顾客、社区居民、供应商，等等。

企业不仅应关心员工的生活，也应关心员工的文化学习、志向情趣、思想情绪等等，应鼓励员工全面发展。企业对各类员工的关心是一视同仁的。

员工是企业的主人，应有主人翁意识。

坚持以人为本，应注意以下几个方面的问题：

1. 充分重视人，把员工当做企业的主人

企业即人，没有人就没有企业。要把管理重心转移到调动员工的积极性上来，增强员工的主动精神，人人关心企业的发展，自觉为企业尽心竭力，做出最大贡献。

2. 正确地看待人，处理好管理者与员工的关系

要全面、正确地看待企业全体员工，用人之长，避人之短，量才适用，平等待人；重视企业员工素质的培养和提高，不损人利己，不把员工当做工具和手段。

3. 有效地激励人，充分发挥员工的聪明才智

建立有效的激励机制，创造良好的工作条件，完善人才选拔、培养、任用、激励机制；保障员工的合理权益，满足员工的物质、精神文化等方面的需求，使员工的聪明才智和创造性得以最大限度地得到发挥。

4. 全面地发展人，使员工实现自己的目标

要注意全面提高员工的素质和能力，不能畸形发展和片面使用，使员工感到有发展前景，发挥其潜力，鼓励多方面发展，使企业发展与人的发展目标一致。

论健全的修身之道

一个完整的人、健全的人，应该具备的条件包括：健康的身体、健全的心理、基本的科学文化知识、良好的思想意识，包括符合道德的操守、民主平等的意识、遵守法律和制度的习惯、对本民族文化的了解和认同并自觉地维护、对其他民族文化的尊重和爱护，等等。

换个角度，通俗一点说，需要有头脑、有眼光、嗅觉灵敏、能听取不同意见、能清楚表达、有手艺和技巧、脚踏实地、有良心、有胆量、有宽广的胸怀、洁身自好有活力。这就是要全面调动身体器官，成为一个健全的人。

1. 脑——有头脑

人与动物的区别就在于人能思维，有独立自主的意识。脑袋长在自己身

上，必须独立思考，谁也不能代替。形成自己的思考方式，什么事情都要过脑子，动脑筋，想办法，想清楚，弄明白。掌握哲学逻辑思维，树立科学精神，既有抽象思维，也有形象思维能力，还有数学能力。思维灵活，反应敏捷。凡事问个为什么，行动之前要有正确、清晰的想法，有理想，有目的，有计划，有独立思想，有自由意志。不当傀儡，不为僵尸。

2. 眼——有眼光

通过视觉接受信息。认真看书学习，正确看待事物和人物，具有识别能力。要有眼力，有长远的眼光。能正确地判断，明辨是非，有自己的主见。能高瞻远瞩，不鼠目寸光。透过现象看本质，不畏浮云遮望眼。目光如炬，洞察入微。具有宏阔的视野，眼观八方，前后兼顾，左顾右盼，上瞅下瞰。具有政治眼光和经济眼光，能用系统整体的观点，全面看人看事，不"近视、弱视、斜视"，不持浅见短见偏见。不一叶障目，不有眼无珠。既能看天，也能识人。

3. 鼻——嗅觉灵敏

能分清香臭，感觉灵敏，知道自己要什么，能辨清风向，多吸收新鲜空气，不与恶臭气味相投。具有必要的生理学和气象学知识。

4. 耳——能听取不同意见

耳听六路，不偏听偏信。能听好话、顺耳良言，也能听不同意见、逆耳忠言。认真听人把话说完，侧耳倾听，洗耳恭听。不能左耳进，右耳出。具有正常的接受能力和一定的音乐素养。

5. 口——能清楚表达

我口诉我心，能清楚、明白、正确地表达自己的意见，不说违心话，不人云亦云。不鹦鹉学舌，不造谣传谣。言行一致，不口是心非。嘴上把门，不胡言乱语。具有一定的语言能力和修辞技巧。实话实说，不夸夸其谈，尊重历史，尊重事实。

6. 胃——良好消化

胃口好，消化正常，多方、适度吸收营养。凭本事吃饭，不多吃多占。不贪得无厌、暴饮暴食，也不能忍饥挨饿，营养不良。体内循环有序，恰当释放能量。

7. 手——有手艺和技巧

劳动全凭一双手，每个人应有自己的手艺、技巧甚至绝活。该出手时就出手，不该得时莫伸手。多劳多得，巧劳巧得。掌握科学规律，具有某种技术、艺术或工艺，能利用工具和仪器，进行创造性的劳动。

8. 足——脚踏实地

踏实，本分，脚踏实地，不好高骛远，一步一个脚印。稳扎稳打，步步为营，夯实根基，打牢基础。立场坚定，不做墙头草、风吹两边倒。站得正，立得直。具有必要的地理知识，走遍天下都不怕。立足现实，走向未来。

9. 心——有良心

有良心、善心、好心。心地善良，善解人意，将心比心，宽厚待人。有宽容心态、慈悲心怀，有恻隐之心、不忍之心。尊重他人，己所不欲，勿施于人。心如明镜，觉悟通达。不以善小而不为，不以恶小而为之。心理健康，情绪稳定，能够自我控制，具有道德修养。

10. 胆——有胆量

胆大心细，敢作敢为，敢于承担责任，不畏首畏尾、投鼠忌器。肝胆相照，乐于助人。见义勇为，有正义感。了解法律，遵守法律和规章制度，在法律许可的范围内行动。不能放胆蛮干，也不能被一丝风吹草动就吓破胆。

11. 胸——有宽广的胸怀

襟怀坦白，心胸开阔，大度，能容人，不忌妒。心系天下，胸怀全球。敬重祖先，了解家族、国家的历史。尊重其他民族的风俗习惯，尊重他人的宗教信仰，不强人所难。具有全球意识，掌握必要的天文学知识。胸怀浩然之气，胸有成竹，气定神闲。

12. 身——洁身自好有活力

身体健康，器官完好，洁身自好，不淫秽，不伤人，体魄健壮。具有一定的医学知识。爱好体育运动，养成卫生习惯。一身正气，身体力行，以身作则，修身养性，量力而行，充满生命活力。

这十二个方面，可作为一个健全的人的立身之本、修身之道。

从国民到世界公民

人生活在世界上，属于一定的民族，在某个国家居住和生活，有自己的国籍，也就是某个国家的国民。随着全球化程度的加强，世界已经成为一个

"地球村"，个人也从某个民族、国家的一员成为"世界公民"。

"世界公民"概念最早由古希腊斯多亚学派的哲学家提出，原来的意思是：每一个人既是城邦的公民，又是平等的世界公民。当然，当时他们所认识的"世界"跟现在的世界的范围、特征都不同。有人认为，全球化的进程是从15世纪开启的。马克思在19世纪提出"世界历史"的概念。他认为，由资产阶级发动的工业革命、科技革命和交通革命，打破了民族国家以往的孤立封闭状态，历史向世界历史的转变已不可逆转。

1840年，伴随着鸦片战争的硝烟，中国被迫卷入世界历史大潮。经过一百多年的奋争，中国人民终于站起来了，中华人民共和国的成立，让人们看到了振兴中华民族的希望。

在英国培格曼公司出版的《邓小平文集》序言中，邓小平满怀深情地说："我荣幸地以中华民族一员的资格，而成为世界公民。"这里有几层意思：第一，首先是中华民族的一员，他一再告诫中国人要有自信心、自尊心，要懂得"珍惜自己民族的独立"，并为自己的民族而自豪；第二，作为"世界公民"，必须要有世界眼光，了解世界局势的发展；第三，中国必须融入世界，参与全球化的进程，对世界做出更大的贡献。

邓小平"世界公民"的思想得到国际社会的高度认同。戈尔巴乔夫认为："邓小平的最主要的成就就是经济改革。这是邓小平在世界共产主义实践中创造性地把共产主义意识形态同市场经济结合起来的先例。他在这方面的成就把他列入约翰·凯恩斯或米尔顿·弗里德曼的行列中，后两人曾经强有力地影响了世界各国领导人的思想。"俄罗斯学者威廉·奥弗霍尔指出："在过去的世纪中，邓小平对人类生活的影响超过了任何人。他至少在一段时间内由于保证中国加入到世界秩序的行列而不是破坏世界秩序，这给亚洲带来了和平。"早在20世纪80年代，邓小平曾说过："现在世界上有人在讲'亚洲太平洋世纪'。亚洲有30亿人口，中国大陆就占11亿多。所谓'亚洲太平洋世纪'，没有中国的发展是形不成的。"

每个人对自己身份的认识随着时代的发展和对"天下"、"世界"范围的拓展而不同。早先是对家族、氏族部落的认同，由于民族的形成而具有了民族意识，而在市民社会，作为市民而存在，随着朝代的更替、国家的兴衰，从臣民到国民，经历了漫长的过程。在法治社会，应强调"公民"的概念，法律面前人人平等，公民享有基本的人权，如人身自由、言论自由、思想自由，等等。

国家也是一个历史概念，是随着私有制、阶级的产生而出现的，将来必定消亡。国家有几个要素：国土、国民、国语、国家政权、国家主权等。由于全球化进程加速，世界各国相互交往、联系越来越紧密，越来越成为一个大家庭，国际移民越来越多，许多人改换国籍，加入长期居住地所在国家的国籍，其种族不能改变，而身份发生了变化。跨国公司在世界经济中的比重越来越大，世界经济一体化，伴随着政治多极化、文化多元化的发展，人们逐渐冲破传统的国家意识的束缚，不再狭隘地"爱国"。据考证，列宁在给"爱国主义"下定义时是从狭隘的民族、乡土意义上来说明的，并非褒义词。狭隘的"爱国主义"其实是眼界的狭小、胸襟的限制，因而不适应于全球开放的时代。欧盟为打破国家的局限性做了示范。当然，它还不是取消国家。

按照马克思、恩格斯的设想，把经济和社会的高度发展作为国家消亡的前提，未来将代替国家的行政性管理的乃是经济本身的有机联系和社会的公共管理。社会从国家手中收回了本来属于自己的全部权力，全体人民都成了权力的主人，市民社会和政治国家作为一对历史范畴也就不复存在。

马克思指出："以生产者自由平等的联合体为基础的、按新方式来组织生产的社会，将把全部国家机器放到它应该去的地方，即放到古物陈列馆去，同纺车和青铜斧陈列在一起。"① 列宁指出："马克思从社会主义和政治斗争的全部历史中得出结论：国家一定会消失；国家消失的过渡形式（从国家到非国家的过渡），将是'组织成为统治阶级的无产阶级。'"② 并进而认为："彻底破坏官僚制的可能性是有保证的，因为社会主义将缩短劳动日，发动群众去建设新生活，使大多数居民都能够毫无例外地执行'国家职能'，这也就会使任何国家完全消亡。"③ 由于"国家职能"大部分是社会职能，而且大多数居民能执行"国家职能"，参与国家管理，国家不再高居于社会之上，而是回归社会，因而"国家"就没有存在的必要。

人们的生活和工作，以家庭和城市为单位，不再有国籍之分，但保留有民族的特质，个人的身份以平常居住和生活的城市为立足点，也即生活在市民社会之中。逐步实行城乡一体化，不再有城市户口和农村户口之分。扩大

---

① 马克思恩格斯选集：第4卷［M］. 北京：人民出版社，1995：170.
② 列宁选集：第3卷［M］. 北京：人民出版社，1995：218.
③ 列宁选集：第3卷［M］. 北京：人民出版社，1995：273.

城市的自治功能，以城市为社会组织的聚合地，消除国界，避免国际争端。不再有领土纠纷和战争，不再有杀伤对手的武装力量，只保留处理公共事务的警察。各个城市之间形成不同层次的"城际联盟"，如华北城际联盟、华夏城际联盟、亚洲城际联盟、全球城际联盟。

未来社会的基本原则是"每个人的全面而自由的发展"①，人类社会也就是"自由人的联合体"。那时，社会财富充分涌流，人际关系非常和谐，人人享有充分的自由，得到全面的发展。在"自由人的联合体"社会，人人都具有高尚的道德，不把人当敌人和对手，而互相帮助，协同工作。每个人的全面而自由的发展，是所有人全面而自由的发展的前提。

这是人类孜孜以求的理想，也就是"世界公民"真正实现之时。

小议官民关系

"官"是官员、干部、领导者、管理者，"民"是黎民、百姓、被领导者、被管理者。自然是先有民，后有官。产生了等级社会，就有了一级一级的官。俗话说，"官大一级压死人"。还有言，"官大脾气长"，甚至有人认为"官大学问高""上智下愚"。

官出于民

官也是从民起步的，除非世袭，谁也不能一出世就注定当官。陈胜曾说："帝王将相，宁有种乎？"在注重出身门第的社会，"上品无寒门，下品无世族"，官宦子弟有更多的机会出将入相。在时兴科举制的时代，读书做官成为必由之路。很多人读书也就是为做官。现在实行公务员制度，经过考选，才能进入公务员队伍，但又分为政务人员和事务人员，分成不同的职级：有的有职有级，掌握实权；有的有级无职，只是解决级别而无实职。当官首先要有资格，有本事，有领导才能，也要有机遇。怀才不遇者自古就有。但不能说只有当官才能显示价值。历史上真正留名者有多少是由于其官职？脱颖而出者当了官，但不能忘了自己根在民间，首先具有"公民"身份，然后才是官员。

---

① 马克思恩格斯全集：第23卷［M］.北京：人民出版社，1972：649.

官应为民、亲民

"官"应该了解民众需求，反映民众呼声，"情为民所系，权为民所用，利为民所谋"。这样的官才是民众需要并认可、拥护的官。官作为民的代表，应考虑民众的利益、需求，想为民所想，言为民所言，把民众当做自己的亲人、衣食父母。

官服务于民

人们常说："领导干部是人民的公仆"，是人民的勤务员。既是公仆，就应切切实实为民服务，为民办事，为民解忧排难。

官学于民，问政于民

毛泽东曾说过："人民群众是真正的英雄，而我们自己往往是幼稚可笑的。"实践出真知，真知在民间。官应善于挖掘、总结民众的聪明才智，充分调动广大人民群众的积极性，不能高高在上，而应不耻下问，问计于民，问政于民。先要当学生，才能当先生。不能摆官架子，自以为是，自高自大，而应经常深入民众，走群众路线，一切依靠群众，发挥群众的力量。

官信于民并取信于民

为官者要自信，更应相信民众，信任部下，放手让百姓积极工作，贡献自己的智慧和才干，而不能事必躬亲、越俎代庖。官必须有信誉，得到民众的信任和拥护、支持，当个好官、靠得住的官，而不要当劣官、不靠谱的官。

清官良民相互支持

为官者须清廉自律，不盘剥、压榨民众，不欺上瞒下，不媚上压下。清官自然会得到良民的爱戴和敬佩，官民相互支持，形成和谐的官民关系。

官率民，导引民

既是官，应该比一般民众站得高，看得远，能够高瞻远瞩，而不能鼠目寸光，只注意眼前利益。官应带领民众走向健康、幸福的道路，工作有成效，事业有奔头；生活有保障，衣食皆无忧；人格受尊重，精神得自由。

官民平等

官和民只是角色不同，并不意味着官上民下、官高民低、官智民愚、官美民丑。作为社会公民，官民是平等的，特别是在法律面前，人人平等，而不能让"官大于法"的现象出现。

官应由民推举、由民监督

公民社会应是选举社会，官应由民推举，特别是重要的职位，更应得民心、体现民意。一旦为官，必须身正心正，接受民众监督，勇于接受批评，闻过则喜，有过就改，将功补过，而不能文过饰非，瞒天过海。

官民比应适当

所谓适当，就是既不能过大也不应过小。官民比过高，将多兵少，人浮于事，带来极大的负担。官民比差距太大，缺少干事的人，也不利于社会的正常运行。当然，和谐社会应强调公民自治，官应成为真正的"服务员"、"勤务员"。

官民同乐

官应"先天下之忧而忧，后天下之乐而乐"，以民之忧为忧，以民之乐为乐，也就是官民同悲同喜同苦同乐，官在民间，官融于民。

官归于民

"官家人"也有自己的民间生活，公务之外的活动就属于民间活动，而不能把什么都算在"公家"账上。不在其位，不谋其政，退休后的官员自然应该回归民间。取消领导干部的终身制，不再为官，就不应维持相应的待遇，而应真正成为百姓。

只有人人都以自己的公民身份和独立人格自豪时，才真正进入公民社会、文明社会。

"学"与"官"关系辨

古人早有"学而优则仕"之说，然而人们对此的理解长时期有误，从字面上看，认为是学习优秀、杰出则出仕即当官，却不知其原意。"优"在这里是有余暇、悠闲的意思，"学而优则仕"原意是说学有余力，则可出仕。

古代实行多年"科举"制，中了"举人"则可作为候补官员，一旦出缺，则可为官，因而多年来形成"读书做官"的风气。在"科举"制下，形成"八股"文风，注重形式、格律，而不重真才实学。在这样的导向下，为学、为官皆受其害。

究竟为什么而"学"？为什么而"官"？"学"与"官"存有什么样的关系？

"学"是一个人立身之本，"学"代表思想、知识、学术。学而知之，人生于世，如一张白纸，必须通过学习，获得知识和才能，懂得做人的道理，才能安身立命、修己安人。所谓"活到老，学到老"，就是说学习是人一辈子的事。一般而言，"学"主要是一个人的求学经历，提高学养，获得文凭，表明学有所成；同时，"学"更在于主动、积极地学习，既学习书本知识，还要向大自然、向社会学习。应该随时随地学习，终身学习。所以说，"学"是基础、是条件。

"官"是职权、地位的标志，"官"代表责任、岗位、服务。在中国一直崇尚"官本位"，把官当做"大人""老爷"，而有"父母官"之说，把"官"当做父母，是可以训令、指使自己的人，民必须服从官，听官的话，做官所指令的事。在很长时间里，把"做官"当做出人头地、"向上爬"的代名词。官有大小之分，从小官到大官，一级一级"往上爬"。下级服从上级，上级指挥、命令下级，下级的升迁也决定于上级，因而造成下级只对上级负责却不为民服务、上级只听下级汇报从而下达指示却不了解实际情形。毋庸讳言，有好官、清官，也有庸官、昏官、贪官污吏之类。"官"应该了解民众需求，反映民众呼声，"情为民所系，权为民所用，利为民所谋"。这样的官才是民众需要并认可、拥护的官。

近年来，选拔干部开始注重学历、文凭，就造成许多在职干部通过各种手段去"捞文凭""提升学历"的现象，出现了"真的假文凭""假的真文凭"等奇怪景象，而不管是否具有真才实学。

当然，学历与领导、管理能力并不一定成正比，不能简单地一概而论。

在"学"与"官"的关系上，有这样几种情况：

（1）先"学"后"官"。现在仍然有些人把求学当作为官的"进身之阶"或"敲门砖"，做学问也是为求官。很多时候、很多地方，往往把官职作为对学者的"奖赏"，殊不知，有的人能适应，有的人却是遭了殃，阻碍甚至毁灭其学术生命！

（2）先"官"后"学"。有的人，是先占据了"官位"，再顺便弄个"学位"。在学界也出现了"官大学问大"的潜台词，有官职的人往往居高临下，在学术问题上也自认最有发言权，不管是不是自己专长的领域，也敢云山雾罩地扯一通，甚至"做指示""指方向"，而不管真正有学问的专家在背后耻笑。在一些学术问题的争论上，往往由位高权重者下结论、定是非，而没有学术民主和自由。事实上，并非随着官大学问自然长，往往做了官没有时间做学问结果导致退化。

（3）"学""官"双肩挑或时"学"时"官"。有这样一些人，"学""官"双肩担身上，在学者面前他是官，自以为比学者高明，当仁不让地充当学者们的"头儿"；而在官面前露出学者的神态，自命不凡，好为"官师"。自然，其中有出类拔萃者确能兼顾，但也有两头不落好者。

此外，还有"学"而非"官""官"而不"学"等情况。

应该坚持以下几条原则：

第一，"无学"不能"为官"。一个人不会学习，没有学养，没有专长，怎能承担起应负的责任？不学无术的官非好官。没有一定的学识基础之人，断不能使其居官位。

第二，"为官"必须"向学"。人一旦为官，更应虚心向学，学习自己不熟悉或者不懂的知识领域，既要向上级学习经验和领导艺术，也要向下级学习实用技术，处理好各方面的关系。学无止境，方有长进。

第三，"求学"不必"求官"。应强调把"求学"贯穿一生，这里的"学"是广义的学习，一切都需要学。"官"毕竟是少数，可遇而不可求。削尖脑袋去谋个一官半职，非"学者"所为。"官"只是一时一事之位，"学"则是一生一世所求。

在抗日战争时期，中央研究院历史语言研究所迁到昆明，担任所长的傅斯年想让从美国回来的语言学家李方桂担任语言组主任。李方桂冷冷地说："在我看来，研究人员是一等人才，教学人员是二等人才，当所长做官的是三等人才。"

这种说法自然有偏激之处，但细究起来是有些道理的。因为研究人员要经过艰苦的研究，产生思想，贡献学术成果，或者说是真理的追求者，而不在乎外在的条件，以创造新知、提供新思想为己任，这样的人才是极为难得的，在人才总量中属于少数，在"金字塔"中属于高端。教学人员是新思想、新知识的传播者，负责"传道、授业、解惑"，自己不一定能有所发现和发明创造，但能够领会先贤的智力成果并能传达给人们，教给人们有用的方法和技巧，给人们提供实用的工具，他们比一般人高明处是掌握了知识并善于传授。所谓"做官的"其实是具体事务的执行者、管理者和操作者，他们要遵照研究人员提出的思想、观念去贯彻执行，落实在行动中；而且要按照教学人员所教导的方法、手段，把理论融化在实际中。当然，这里涉及"理论与实践"的多重反复作用,一方面,理论来自于实践;另一方面,理论又为实践提供指导,而且,检验真理的标准也只能是实践。但是从人类历史长河的发展来看,思想家的作用是长久的、范围广泛的;教育家的作用是重大的、不可缺少的;行动者则往往限定在一定的社会历史条件、一定的时空结构之中。可以说,思想、知识可以传之久远,而那些走马灯一样的人物、事件尽管一时风光,但在历史的长时段中退居其后,甚至湮没无闻。

清华大学校长梅贻琦说过,"师资为大学第一要素"。在他看来,教授是学校的主体,校长不过是率领职工给教授搬椅子凳子的。当人们当众表彰他对学校做出的卓越贡献时,他说:"京戏里有一种角色叫'王帽',他每出场总是王冠整齐,仪仗森严,文武将官,前呼后拥,像煞有介事。其实会看戏的绝不注意这正中端坐的'王帽',因为好戏通常并不由他唱的,他只是因为运气好,搭在一个好班子里,那么人家对这台戏叫好时,他亦觉得与有荣焉,而已。"

反观现实,可叹的是,大学"衙门化""行政化",定出一些"副部级"大学、一些"司局级"大学,主要是校长、书记享受"相应级别"的待遇,而对于大学治理并没有什么实质性关系。民国时期,曾规定政府官员不能担任大学校长,大学校长应通过教授委员会选举产生。现在却出现了由"相应级别"的官员去担任校长,甚至让机关的司局长到一些重点大学当校长、书记,而官至"副部级"!这样的"中国特色"在国际教育界只能成为笑柄!

培根曾经说过:"知识就是力量。"而且他还说过:知识的力量不仅取决于其本身价值的大小,更取决于它是否被传播以及被传播的深度与广度。

只有当我们的社会真正尊重知识、崇尚学问、以追求真理为目标,尊崇思想家、学问家、教育家,而不是坚守"官本位"的陈腐观念和风气,不再有教授争当科长、处长、局长、部长的现象,这样的社会才是一个文明的社会,才是符合"科学发展观"的社会。

"君子"与"小人"

"君子"最初是贵族在位者的专称,与士以下的庶民百姓的"小人"对称。以后"君子"逐渐从身份地位的概念演变为道德品质的内涵之称,成为代表个人品格优良的名称。

《论语》中记载的孔子所言对"君子"的要求有三个方面：

第一，有渊博的学问。"君子博学于文，约之以礼，亦可以弗畔矣夫。"（《雍也》）"君子有几思：视思明，听思聪，色思温，貌思恭，言思忠，事思敬，疑思问，忿思难，见得思义。"（《季氏》）"君子不以言举人，不以人废言。"（《卫灵公》）"君子不器。"（《为政》）"君子食无求绝，居无求安，敏于事而慎于言，就有道而正焉，可谓好学也已。"（《学而》）

第二，具有仁爱中庸的精神。"君子去仁，恶乎成名。君子无终食之间违仁，造次必于是，颠沛必于是。"（《里仁》）"君子无所争。必也射乎！揖让而升，下而饮。其争也君子。"（《八佾》）君子"成人之美，不成人之恶"（《颜渊》），"君子贞而不谅"（《卫灵公》），"君子矜而不争，群而不党。"

第三，具有坚强进取的毅力。"君子病无能焉，不病人之不己知也。"（《卫灵公》）"君子疾没世而名不称焉"，"君子义以为质，礼以行之，孙以出之，信以成之。君子哉！"（《卫灵公》）

在言行方面，"君子欲讷于言而敏于行。"（《里仁》）"君子耻其言而过其行。"（《宪问》）在仪表方面，"君子不重则不威，学则不固，主忠信，无友不如己者，过则勿惮改。"（《学而》）"质胜文则野，文胜质则史，文质彬彬，然后君子。"（《雍也》）在生活方面，"君子有三戒，少之时，血气未定，戒之在色；及其壮也，血气方刚，戒之在斗；及其老也，血气既衰，戒之在得。"（《季氏》）

孔子对"君子"与"小人"做了对比："君子坦荡荡，小人长戚戚。"（《述而》）"君子周而不比，小人比而不周。"（《为政》）"君子怀德，小人怀土；君子怀刑，小人怀惠。"（《里仁》）"君子喻于义，小人喻于利。"（《里仁》）"君子和而不同，小人同而不和。"（《子路》）"君子上达，小人下达。"（《宪问》）"君子泰而不骄，小人骄而不泰。"（《卫灵公》）"君子求诸己，小人求诸人。"（《卫灵公》）

"君子"是一种理想状态，孔子的儒学在很大程度上是"君子之学"。孔子曾对子夏说："汝为君子儒，无为小人儒。"所谓"小人儒"，是以礼乐知识为贵族富人相礼谋生的人，或为民间的礼仪活动服务的人。而"君子儒"不再是那些从事"相礼"专门技能的术士之儒，担负起创立礼治或礼教的角色。

孔子对"君子"的境界规定得非常高，仅次于"圣贤"，说："圣人，吾不得而见之矣；得见君子者，斯可矣。"

第二辑 人文

徽章收藏

大凡收藏，总是集中某一品类，具有一定数量，而且是自己喜好的东西。有人集邮，有人攒"火花"，有人收钟表，有人藏名画……我却积聚了形形色色的各种徽章，也可算是一种收藏吧！

徽章，方圆条块，五星六角，形状各异，小的如纽扣般，大的如茶杯盖，千姿百态。它们作为徽记，包含着不同的文化内涵。大抵说来有这么几种：

（一）单位名称或标志，如校徽、厂徽、社徽、公司标志，这些标明工作单位的性质，体现个人的一种归属。还有行业协会的标记，如大学出版社协会等。

（二）节日或纪念活动。如"中国艺术节""第十一届亚运会""科技灯会"等。凡是亲身参加过的，看到徽章，就会唤起美好的回忆。

（三）旅游景点留念。我每到一地，总要留心代表地方特色的徽章，购置一二，以作留念。现有的徽章多是这一类。"先有潭柘寺，后有北京城"，使人想起那绿树掩映中的寺庙，感到历史的沧桑变迁。"京东第一山"盘山，耸立在华北平原。承德避暑山庄"正大光明"匾、普宁寺千手观音像、大同云冈石窟的"飞天"、恒山一绝悬空寺……传响着缕缕不绝的历史余音。"山水甲天下"的桂林、"不识真面目"的庐山、"天下第一关"山海关、飞流直下的黄果树瀑布……令人赞叹江山如此多娇，引无数英雄竞折腰！还有上海的城隍庙、杭州的六和塔、南京的雨花台、哈尔滨的防洪纪念碑、旅顺口的炮台、西安的古城墙……无不记录着人间的风风雨雨，我们无法把它们带走，于是一枚枚纪念章就不仅仅是为了留念，而是赋予了更多更深的意蕴。

（四）奖章。包括各种荣誉奖章和体育比赛的奖章。这种收藏就比较受限制了。

（五）人物像章。"文化大革命"中，毛主席像章风行全国，人们佩戴胸前，以表"忠心"。现在开始再度出现，这是历史的回响。

（六）格言警句。如孙中山所书"博爱""天下为公"，郑板桥的"难得糊涂"。还有一块"忍"字牌，上书"事临头三思为妙，怒上心一忍最高"。凡此种种，体现着不同的思想内涵。

（七）动物或生肖图案。人们往往有自己的宠物，还有十二生肖属相，有人甚至把这种徽章作为自己的"护身符"。

徽章虽小，却包含着多方面的内容，承载着一定的文化信息，可供欣赏、留念。诸君以为然否？

（原载《中国人民大学校报》，1992-5-15）

漫谈旅游

人为什么要旅游？旅游有什么妙处？发展旅游对地方有什么好处？

每个人都有自己的出生地、工作地、家庭所在地，由于学习、工作和生活的需要，免不了要旅行，为了扩大眼界，了解世界，就需要旅游，到远方去，到陌生的地方去，增长阅历，开阔视野。

旅游包括自然观光、人文历史察访、休闲娱乐等。

神奇的大自然，鬼斧神工，造化天成，形成了雪域高原、辽阔草原、沃野平原、连绵沙漠、高山峻岭，有峡谷、溶洞、湿地，还有溪、泉、瀑布、冰川、江、河、湖、海，等等。人的一生足迹所至很有限，但不能阻止对没去过的地方的向往。了解自然，探索自然的奥秘，一定要置身于自然之中。人是自然之子，在大自然中才能放松身心，感悟生命的真谛和宇宙的神秘。

古老的历史遗迹、灿烂的文化遗存、奇异的民族风俗，吸引着人们走四方，凭吊古迹，寻访名胜，了解风土人情。在历史的长河中，演出了多少威武雄壮的活剧，发生过多少惊天地泣鬼神的故事，留下了多少传说，而名人故居、陵寝、遗址、纪念馆、博物馆无不令人发思古之幽情。各种亭、台、楼、阁、堂、榭，各地寺庙、道观、教堂，默默地向人们诉说着历史。现代城市建筑则成为城市新地标，展现了不同城市的风格。

旅游伴随着游玩，也就是休闲娱乐，暂时放下沉重的工作事务，撇开对名利的追逐，给自己放假，悠闲度假，安然玩乐，如来自内陆腹地的人们到海里游泳，来自热带亚热带的人们到雪山滑雪，还有草原骑马、沙漠滑沙、河里漂流、温泉洗濯。或者安静地住在度假村，享受日光、森林、沙滩，调理身心，健康养生。

旅游需要一定的经济实力，人赚的钱就是要用的，空闲时间让旅游来充满，用花掉的钱换来阅历的丰富和视野的开阔，还能获得许多独特的感悟。

旅游，使人们互相往来，加强各地的交流，促进文化的互补，也促进当地经济的增长，扩大就业，提升知名度。因而，大力发展旅游业，将带动相关的产业发展，如交通、建筑业、房地产、饮食、娱乐业、文化展览，等等。

旅游，是人与自然、人与社会、人与人的密切接触，是开放自己、走向世界的必由之途。

竹文化初观

中国素有"竹子王国"之称。竹文化是森林文化的重要分支，具有丰富的内涵、独特的韵味。

竹文化与汉族的先祖

竹文化与汉族的先祖有密切关联。据邵靖宇考证，汉族祖先最初的栖息地可能在滇缅边境和我国云贵高原一带，很有可能在云南中部。[①] 早年的直立人如"蓝田人""北京人"等只是历史上的古人类，如果他们传下了后代，有可能融入了以晚期智人为母本的现代黄色人种中，而晚期智人是从东亚南部来的，并且汉藏语系是在滇缅边境一带形成的，因此说古汉语的汉祖不可能是黄河流域土生土长的，他们只能是从南方北迁到黄河流域的。[②] 到今天，南方汉语方言保留了较多的古音，更接近古汉语，而北方方言应该早年是发源于我国西南的，很可能发源于云南。[③]

从汉字"家"的结构来看，上面是屋顶，下面养猪，表明当年汉祖住的

---

① 邵靖宇. 汉族祖源试说 [M]. 杭州：浙江大学出版社，2001：82.

② 邵靖宇. 汉族祖源试说 [M]. 杭州：浙江大学出版社，2001：146.

③ 邵靖宇. 汉族祖源试说 [M]. 杭州：浙江大学出版社，2001：149.

是地面建筑，是一种"干栏"式结构，下面养猪和关其他牲畜，南方的气候适合这种居住方式。河姆渡遗址的干栏与云南西双版纳今天仍流行的干栏式房屋是一脉相承的。在文字出现的那个年代，黄河流域及以北所见多数是半地穴式的或地穴式的。因而，可以推测"家"字的构思只能是发源于南方的。

在甲骨文中，有"竹"字和许多"竹"部文字。"竹"字是象形字，实际上是画竹叶。两条竹竿，四片竹叶，多么简练和形象！其中有六种竹器名称："竹弗"是箭矢，削竹而成；"竹服"为盛矢器，由竹筒制成；"竹覃"为竹席；"箕、筐、篚"分别为炊具、取土器和盛物具，都是篾编而成的。

汉人祖先很早就掌握了用竹子制作用具和竹器的技能，汉字有许多带竹字头的字，如箱、笼、篮、筐、笳、箕、箩、篓、篱、笆、筷、箸、箭、筏、筑，等等，大部分是古人日常生活的用具，表明古人最初是用竹子制作这些用具的。而竹子主要生长在长江以南地区，黄河流域只有少数地方能长竹子。有人据此推测汉人祖先早年是在南方生活的。早年的竹简用于书写和记录，后来用竹子造纸，用竹干制笔，竹竿用于制作箭，这些都与汉文化密切相关。

竹用具

据考证，距今一万年前的长江中下游和珠江流域的原始人类已经开始利用和栽培竹子。距今约 7000 年前的新石器时代，浙江河姆渡文化遗址中发现了竹席等竹制品。

简——本义指竹书，以"竹"为构件，"间"的繁体字形为门缝渗进月光，表示缝隙。《释名·释书契》："简，间也，编之篇篇有间也。"古代的主要书写材料是竹片（或木片）和帛。在纸发明之前，只有竹书和帛书。《墨子·明鬼》说："故书之竹帛，传遗后世子孙。"《韩非子·安危》说："先王寄理于竹帛。"由于帛比较珍贵，只有官方和贵族才可使用，古代最常见的还是竹质书写材料。竹子用作书写材料需要加工。《论衡·量知》说："截竹为筒，破以为牒，加笔墨之迹，乃成文字。"就是说，把竹子截成竹筒，再把竹筒析成竹条，还要在火上把竹条烤干，这样做原因有三：一是防竹朽坏，二是免虫蛀，三是写字不晕。因为新截的竹子是青色的，用火烤干后青色消失，故此道工序称为"杀青"；又因用火烤时，竹子表面会有水分渗出，跟人出汗相同，故又称"汗青"，或称"汗简"。刘向《别录》记，杀青者，直治竹作简书之耳。《后汉书·吴佑传》："恢（人名）欲杀青简以写经书。"李贤注："杀青者，以火炙简令汗，取其青，易书，复不蠹，谓之杀青，亦谓汗简。"

"杀青""汗青"后被引申为著述完成。古代典籍一般是用汗青后的简书写的，所以也用"汗青"指史册。文天祥《过零丁洋》诗曰："人生自古谁无死，留取丹心照汗青。"

编——编的本义是编连竹简。《说文》："编，次简也。"即是说编排竹简。《汉书·张良传》中有："出一编书。"颜师古注："编谓联次之也，联简牍以为书，故云一编。"编连竹简多用丝绳。《南齐书·文惠太子传》说襄阳古墓出土的《考工记》，是"竹简书，青丝编"。

册——编起来的竹简称"册"。《说文》解释册字："象其札一长一短，中有二编之形。"朱骏声《说文通训定声》："竹谓之简……联之为编，编之为册。"

成语中有"罄竹难书"（把竹子用完了也写不完，贬义）、"名垂青史"（名声永留史册，褒义），也说明了古代以竹为书写材料。

筷——最早筷子被叫做"箸"，显然是用竹子做的，原意可能是"助"，就是帮助吃饭。汉族祖先最早生活在产竹子的地方，以后迁到北方才有了木制的筷子和骨制的筷子。"箸"为什么又叫"筷"？据明代陆容所著《菽园杂记》，人们出行多坐船，怕船行受阻、停留（住），因箸、住同音，觉得不吉利，希望要快，因而箸就被称作筷子。可以推测，汉人祖先不会是从北方到南方的，而是应从产竹子的南方来的。在朝鲜、韩国、日本和东南亚，人们多使用筷子，筷子可称得上汉文化、竹文化对世界的贡献。

簋——是早先用于盛食物的器皿，圆口而有两耳（有似于今天的"煲"），多为陶制，也有青铜制的，在新石器时代出土文物中常见。《说文·竹部》载："簋，黍稷方器也。从竹、从皿、从良。""簋"为会意字，有竹字头，下面是皿，中间是食物，大概上面有个竹制的盖子。金文字形左部食器是有盖的形象。这种器皿可能首先是在南方使用的，如良渚文化出土文物中就有簋，表示汉族祖先从南方陆续北迁的过程中应该有了农业并且学会了制作陶器。在商周时代，簋为重要礼器，使用中以偶数与奇数的列鼎配合。

箭——本义是竹。《说文·竹部》载："箭，矢竹也。从竹，前声。"矢杆或箭杆由箭竹制成，外缠丝线后漆上黑漆，杆的末端有燕尾形缺口，用以挂弦，与甲骨文字形底部形制相同。矢，也名箭。《方言》卷九："箭，自关而东谓之矢，江淮之间谓之金侯，关西曰箭。"《太平御览》卷三四九引北魏阳承庆《字统》："大身大叶曰竹，小身大叶曰箭。箭竹主为矢，因谓矢为箭。"宋代沈括《梦溪笔谈·谬误》："东南之美，有会稽之竹箭。竹为竹，箭为箭，盖二物也。今采箭以为矢，而通谓矢为箭者，因其箭名之也。"大约从汉代开始以箭名矢。

竹乐器

乐器中有"笛"、"箫"、"竽"、"笙"等。

笛——中国故地起源最早的管乐器之一。《说文·竹部》载："笛，七孔（tong）也。从竹，由声。羌笛三孔。"笛是形声字，笛主要由竹管制成，故字从竹。到目前，出土最早的七孔笛是距今7800年至7700年之间的新石器时代的骨笛。1986年至1987年在河南舞阳县贾湖新石器时代的遗址墓葬中，发掘出16支骨笛，用鹤类翅骨截去两端关节，钻七个孔而成。1976年在广西贵县罗泊湾西汉墓出土一件竹笛，用一段带有两个竹节的竹管制成，有七孔在一节内，仅有一孔在头端的竹节之外，可能有一孔为测音孔。据记载，西汉还有四孔笛和五孔笛。最初笛都是竖吹的，与吹箫相似，唐宋以后改为横吹。

箫——编管乐器。《说文·竹部》载："箫，参差管乐。象凤之翼。从竹，肃声。"在商代墓葬中已发现骨箫。1978年河南淅川县仓房乡下寺春秋墓出土一件石箫。1978年湖北随县曾侯已墓出土两件竹箫，用苦竹制成。《尔雅·释乐》记载，有32管的大箫和18管的小箫。箫，又名排箫，因排列竹管而得名；又叫参差，因其排列形状而得名，《楚辞·九歌》有："吹参差兮谁思。"古箫多用蜡封底，不封底者又叫洞箫。

竽、笙——古代簧管乐器，它们外观相似，而竽比笙大一些、管也多。《说文·竹部》载："竽，管三十六簧也。从竹，于声。"《周礼·春官·笙师》郑玄引郑司龙："竽，三十六簧，笙十三簧。"1972年，湖南长沙马王堆一号汉墓出土明器竽一件，还有竽律一套共12管，下部有"墨书十二律吕"名称。古代的竽，既是主要的旋律乐器，又是诸乐的定音标准。《韩非子·解老》："竽也者，五声之长也，故竽先则钟瑟皆随，竽唱则诸乐皆和。"

《说文·竹部》载："笙，十三簧，象凤之身也。笙，正月之音。物生，故谓之笙。大者谓之巢，小者谓之和。从竹，生声。古者，随作笙。"笙是先秦流行的乐器，《诗经》中经常提到笙。1978年湖北随县曾侯已墓出土六件笙，与现在的葫芦笙近似。笙管为竹质管状，笙簧为芦竹质、细条状。

竹子与水土

竹子是一种对酸性土壤有相对严格要求的植物，在地理学中被当作弱酸性土的指示植物。我国酸性土主要分布在长江以南。若干万年以来，南方的土壤多为酸性土。是由于长期多雨南方的红壤和黄壤是典型的酸性土，而竹子就喜欢生长在这种土壤的山坡上及河边。

汉字中还有很多以"禾"、"米"为偏旁的字，远远多于以"麦"、"黍"为偏旁的字。稻作文化发源于南方，黄河流域仅有很少地方能种水稻，农业以旱作为主，种植麦、黍、高粱、小米等。这或可有助于证明汉祖最早是生活在南方的。

南方多茂林修竹，是稻作文化的发祥地。

竹子与文学艺术

许多带竹字部首的词语表示特定含义：

竹篱茅舍，筚门闺窦，蓬门筚户——表示住居；箪食瓢饮，箪食壶浆，深居简出——表示生活简朴；竹马之好，青梅竹马——表示友情；胸有成竹——表示拿定主意；筚路蓝缕——表示创业的艰辛；竹报平安——表示吉祥；金石丝竹，丝竹管弦——表示音乐；丝竹陶写，哀丝豪竹——表示情绪；垂名竹帛——表示名誉；高风亮节——表示品格；栉风沐雨——表示德政；揭竿而起——表示抗争；罄竹难书——表示罪恶深重；等等。

竹格外为文人墨客所钟情。

《诗经》载："瞻波其奥，绿竹猗猗。"

魏晋时代有"竹林七贤"：嵇康、阮籍、山涛、向秀、阮咸、王戎、刘伶，出没竹林，作诗论文，风雅一时。

唐代王维："独坐幽篁里，弹琴复长啸。深林人不知，明月来相照。"

杜甫："嗜酒爱风竹，卜居必林泉。""平生憩息地，必种数杆竹。"

北宋王安石："涧水无声绕竹流，竹西花草弄春柔。茅檐相对坐终日，一鸟不鸣山更幽。"（《钟山即争》）

苏东坡赏竹、咏竹、画竹、吃竹，留下佳话。"长江绕郭知鱼美，好竹连山觉笋香。"对竹的评价："宁可食无肉，不可居无竹。无肉使人瘦，无竹使人俗，若要不瘦又不俗，餐餐笋加肉。"他说，岭南人"食者竹笋，庇者竹瓦，载者竹筏，墨者竹薪，衣者竹皮，书者竹纸，履者竹鞋，真可谓不可一日无此君也"。

辛弃疾提出："眼见子孙孙又子，不如栽竹浇园地。"（《移竹》）

郑板桥的竹画、竹诗、书法堪称三绝。"四十年来画竹枝，日间挥写夜间思。冗繁削尽留清瘦，画到生时是熟时。""御斋卧听萧萧竹，疑是民间疾苦声。些小吾曹州县吏，一枝一叶总关情。"

杨万里表示："不须咒笋莫成竹，顿顿食笋莫食肉。"

竹文化、森林文化、农耕文化，与人类的生存和发展悠然相关。人们用竹子制作各种生活用具，特别是在中国南方，人们的吃（竹笋、竹荪）、住（竹楼、竹席、竹床）、行（竹筏）、用（筷子、毛笔、篮子、筐子等）、乐（竹乐器），等等，都少不了竹子。竹子不仅为人类提供了生存的物质保障，而且提供了丰富的精神养料。人们赏竹、种竹、用竹、画竹、咏竹，寄托了深厚的感情，体现了高雅的理想情操。

参观地质博物馆

中国地质博物馆，其前身是 1916 年始建的农商部地质陈列所，可谓中国最早的自然科学博物馆。

地质博物馆分四个展厅，分别是地球厅、矿物宝石厅、史前生物化石厅、国土资源厅。

地球厅按地球圈层结构布局陈列，展示地球是一个由岩石、矿物、大气、水和生物构成的地球各圈层共同组成的一个巨大系统。在 3 亿万年前，所有的陆地都连在一起，叫做古联合大陆，分为六大板块，后出现漂移，而分为五大洲，形成了无数的岛屿，海洋分割为四大洋。从外太空看地球，是一个蔚蓝色的星球。

矿物宝石厅有世界最大的"水晶王"，巨型萤石方解石晶簇标本，各种精美的矿物标本如蓝铜矿、辰砂、雄黄、雌黄、白钨矿、辉锑矿等以及种类繁多、令人眼花缭乱的宝石、玉石等。地球上还有许多宝藏等待人们去开发。

史前生物化石厅展示了蜚声海内外的巨型山东龙、中华龙鸟等恐龙系列化石，还有北京人、元谋人、山顶洞人等古人类化石，以及珍贵的史前鱼类、鸟类、昆虫等生物化石。人类的进化是一个漫长的过程，与生物圈的其他生物共生。

国土资源厅展示了中国的地形、地表、地貌，包括各种矿产、丰富的海洋资源等。中国可谓地大物博，资源丰富，但资源并不是取之不竭、用之不尽的，很多资源不可再生，人口、环境与资源紧密相连，人们在开发和利用资源的过程中，必须保护环境，以可持续发展。

博物馆的陈列内容关注人类的生存环境和生存质量，大量采用数字化、虚拟现实、图像显示等形式，据说收藏地质标本 20 余万件，可称雄于亚洲同类博物馆，在世界上也享有盛誉。

地球是人类生存的家园，人们必须了解地球、善待地球，才能更好的生存和发展。

春节的文化意蕴

[摘要] 春节（农历新年）具有丰富的文化意蕴，主要体现为："时序文化"（新旧年交替的时间节点），"庆典（习俗）文化"（充满喜庆气氛，形成了整套系统的过年习俗，包括祭祀、守岁、年夜饭、团年、拜年、放鞭炮、贴春联等），"礼仪（交往）文化"（传统仪式、现代联络方式），"休闲文化"（假日休闲、旅游）等方面，也有一定的政治文化、经济文化、生态文化、信息文化意蕴，具有重要的文化价值。

[关键词] 春节；时序文化；庆典（习俗）文化；礼仪（交往）文化；休闲文化

春节又叫"新年"、"过年"，是历史最悠久、流传地域最广、过节人数最多的一个中国节日，体现了时序文化、庆典（习俗）文化、礼仪（交往）文化、休闲文化等，在现代社会，也有一定的政治文化、经济文化、生态文化、信息文化意蕴，在文化多元化的世界中，有着独特的韵味，具有重大的文化价值。

一、时序文化：中国传统节日之首

年节所体现的"时序文化"，是对重要时间节点的认知和独特的体味。中国传统节日是中国人对时序的具有中华文化特色的理解、规约、文化发明，也是对人类文明的贡献。

"新年"的含义

"年"是一个时间周期。

公历（阳历）一年是指地球围绕太阳旋转一周的时间，一般为365天，准确的应是365天5时48分46秒。为了方便，把一年定为365天，叫做"平年"。而每四年比实际时间少了近一天，在这一年的2月份多加一天，就有了366天的年份，被称为"闰年"。

中国的农历（又称"夏历"），是一种兼顾月亮和太阳的变化周期的日历（阴阳合历）。一年分为二十四个"节气"；十二个月，每月29天或30天。农历的一年比公历的一年要少几天。

一年总有一个起点，就是"新年"。以前，新年被称为"元旦"，也叫做"过年"。"元"为"初"、"始"之意，"旦"是一个象形字，表示太阳从地平线上升起。"元旦"意为"初始的日子"。

岁首的演变和时序的认知

上古时期，人们在岁末年初举行公祭，祭祀诸神，祈求谷物丰收。祭祀仪式充当了文化传承的载体。据记载，中国人"过年"已有4000多年的历史，早在虞舜时就兴起了。舜成为部落联盟首领后，带领部下祭拜天地，人们就把这一天当做岁首，为正月初一，据说这是农历新年的由来。

夏代建寅，以寅月（相当于现在的正月）作为一年的第一个月。夏历中的新年是参照立春日和靠近的新月出现的日子确定的，以"岁"称年，与收获、祭祀及天文星象有关，以岁星（木星）在天穹上运行的位置为岁度的标志，岁首在夏历正月，它代表季节中春的开始，是太阳和月亮在一年中同时可以用来象征"新生"（万象更新）的日子。

商朝的殷历以丑月（夏历十二月）为正月，以"祀"称年，以周期性的年度祭祀时间为一岁之始，这与商朝的文化特性相关。

周朝岁首在子月（夏历十一月），以农事周期时间依据，以农作物丰收为年度时间周期的记时传统。"年"在甲骨文中是人背禾的象形字，指收成，本义是农作物的丰收。《说文》载："年，谷熟也。"当时禾谷一年一熟，人们将禾谷成熟一次称为一年。大年、新年由周代确定，成为庆祝、欢乐的时刻，也成为中国人最向往的日子。

秦始皇统一中国后，以夏历的十月为端月（因避"嬴政"的名讳，称正月为端月）。

汉武帝时期颁布"太初历"，又恢复了夏历，岁首也称正月旦、正日，与四时中的立春节气接近，岁首新年与新春同时庆贺，从此确定了大年的时间，一直沿用到清朝末年。农历年是农业社会的时间标志，体现了农人的生活节律，一年之始与四季之始的时间基本合拍。

魏晋南北朝岁首称元正、元日、元会。

隋唐岁首称元日、岁日、元正。

宋、元、明、清各代，岁首称元旦、元日、新年。

认识时序，就是确定时间坐标，对人一生的成长有重要意义。

"春节"的来历

1911 年辛亥革命成功，公元 1912 年 1 月 1 日建立了中华民国，决定采用公历，规定 1 月 1 日为"新年"，称为元旦。民国政府也兼用传统的农历。1914 年 1 月，政府颁布法令确定旧历的新年为"春节"。在这一天，"凡我国民均得休息，在公人员亦准给假一日"。内务部在致总统袁世凯的呈文中提出："拟请定阴历元旦为春节，端午为夏节，中秋为秋节，冬至为冬节。"[①] 1928 年 5 月 7 日，内政部呈文国民政府，要求"实行废除旧历，普用国历"，但无法根除传统习俗。1934 年停止了强制废除旧历（阴历）的做法。这说明传统的巨大力量。

1949 年 9 月 27 日，中国人民政治协商会议第一次全体会议决定采用世界通用的公元纪年法，并将公历 1 月 1 日定为"元旦"。沿用民国政府的规定，把农历新年称为"春节"。

事实上，我们就有了两个"新年"，但在华人族群中，更看重农历新年，俗称"过年"或"过大年"。

二、庆典（习俗）文化

"庆典文化"，在古代主要是祭祀仪式、祭典，现代则以欢庆仪式、活动为主。

在秦汉以后，朝廷将岁首作为展示与加强君臣之义的时机，民间则作为乡邻家庭聚会的良辰。汉代，"每岁首正月为大朝受贺"，皇帝清早上朝，接受文武百官的庆贺，并举行新年宴饮，是为正旦朝会。一直到清代，元日朝

---

① 转引自伍野春，阮荣. 民国时期的移风易俗 [J]. 民俗研究，2000（2）.

会成为惯例。现代的机关团体也举行团拜会。这就具有一定的政治文化含义。

春节，洋溢着喜庆的气氛。"过年"是中国人和各地华人最盛大的节日，是精神家园的体现，也是民族凝聚力的展现。

春节以年终岁首为时间节点，核心内容是除旧迎新，围绕着除夕和新年，形成了丰富多彩的年节习俗。

我们现在所说的"春节"期间包括"过年"的一段日子，从农历十二月（腊月）二十三"小年"（送灶神）那天开始，一直到正月十五元宵节为止。

从小年到除夕，是"辞旧"的过程。河南开封年谣说："二十三，祭灶官；二十四，扫房子；二十五，打豆腐；二十六，蒸馒头；二十七，杀只鸡；二十八，杀只鸭；二十九，去灌酒；三十儿，贴门旗儿；初一，撅着屁股乱作揖！"[①] 河北邯郸民谣说："糖瓜祭灶二十三，离过年整八天；二十四，扫房子；二十五，做豆腐；二十六，蒸馒头；二十七，赶集上店买东西；二十八，把猪杀；二十九，做黄酒；三十，家家捏饺子。"

腊月二十三，又叫"祭灶节"。有种说法"官三民四船家五"，即官府祭灶在腊月二十三，一般民家在腊月二十四，水上船家则在腊月二十五。灶神是中华文化敬天畏神的表现之一。人们认为，灶王爷自上一年除夕以来一直留在家里，到了腊月二十三便要升天。送灶神的仪式称为"送灶"或"辞灶"，要煮甜汤圆祭拜，或用糖果和年糕，用灶糖或加糖的汤圆粘在灶门或灶神的嘴上，好甜甜他的嘴，给灶神"饯行"，让他"好话传上天，坏话丢一边"，同时也甜甜自己的嘴。

"糖瓜祭灶，新年来到。闺女要花，小子要炮，老婆子要吃新年糕，老头子要戴新呢帽。"这是流行于北方地区的新年歌谣，传递着人们欢庆新年的热切心情。

"二十四，扫扬尘。"作为岁末的时空净化仪式，将屋宇打扫干净，干干净净迎新年。年三十晚上以前必须洗澡，大年洗澡意味着洗去一年的寒酸、一年的尘垢、一年的霉气。俗谚："有钱无钱，剃头过年。"岁末一定要剃头，干净过年。

腊月三十（或闰年二十九）被称为除夕。年夜饭往往是一年之中吃得最丰盛的一次，通常要吃鱼，意为"年年有余"，还要吃肉做的丸子和象征团圆

---

① 《民俗》，1929，第53、54期合刊，109。

安乐的菜肴，在不同地方，要吃馄饨、饺子、长面、元宵、年糕等。年糕象征着中国人对在新的一年"喜事连连"、"步步高升"的美好祝愿。年节食品最能体现民俗的统一性和地方性。酒是新年仪式的重要饮品，新年酒也称春酒，一直到正月十五都算是饮新年酒。北方流行吃饺子，在除夕与新年交替之际，吃饺子以应"更岁交子"时间，表示辞旧迎新。为长辈祝岁祈寿是自古的年节传统。长辈给小孩压岁钱，用红纸包着，叫做"红包"，强调的是压岁钱的祝福意义。一家人在一起"守岁"，通宵守夜，期待着新的一年吉祥如意。

中央电视台从1983年开始，每年在大年三十主办"春节联欢晚会"，实际应为"除夕联欢晚会"，也可视为一种共同的庆典。

更重要的是过年的热闹气氛。从除夕夜到正月初一早上，鞭炮声此起彼伏，喧闹不已。贴门神、贴年画、贴春联、挂春桃、放鞭炮，等等，以示除旧更新。

家家户户贴春联。据说我国文字记载下来最早的一副春联是五代后蜀广政二十七年（公元964年），五代后蜀主孟昶写的"新年纳余庆，嘉节号长春"。明代，贴春联开始盛行。春联讲究寓意吉祥，对仗工整。清代，春联替代了桃符，从驱邪到求吉，反映了民众心态的变化和社会精神的演进。

年画是一种独特的民间画种。民国初年开始出现"月历牌年画"，后来发展成为当代广泛通行的新年挂历。

值得注意的是重视谐音，说吉利的、祝福的话，食物往往也跟谐音相关。通常说"恭喜发财"，"吉祥如意"。鱼代表年年有余，肉丸子意味着团团圆圆，年糕表示步步高。客家人正月初七吃七样菜，包括芹菜（象征勤快）、蒜（象征计算）、葱（象征聪明）、芫荽（象征缘分）、韭菜（象征长久）、鱼（象征富余）、肉（表示富裕）等。有的地方时兴送橘子，以表吉利。

正月初一，俗称"过年"。正月初一是岁之元、时之元、月之元，称为"三元"；又因为这一年还是岁之朝、月之朝、日之朝，又称"三朝"。

在新的一年到来之际，家家户户开门第一件事就是燃放爆竹。王安石的《元日》诗云："爆竹声中一岁除，春风送暖入屠苏。千门万户曈曈日，总把新桃换旧符。"清代顾禄在《清嘉禄》中载："岁朝，开门放爆仗三声，云辟疫疠，谓之'开门爆竹'。"

正月初一到十五（元宵节），为迎新贺岁阶段。正月新年里各地有许多庙会。广东海丰的歌谣说："初一人拜神，初二人拜人。初三穷鬼日，初四人等神。初五神落天，初六正是年。初七七不出，初八八不归。初九九头空，初十人迎行。十一嚷挤追，十二搭灯棚。十三人开灯，十四灯火明。十五人行街，十六人击梨。"[①] 各地舞龙、舞狮子、扭秧歌、踩高跷、放鞭炮、放焰火，十分热闹。北方的庙会则是各种游艺项目的集中展示，各种小吃令人垂涎欲滴。正月十五元宵节，放灯、观灯成为重要习俗，也是过年结束的标志，这一天有送走祖先的习俗，团圆的年就算过完了。

过年习俗代代相传，这就是一种深厚的民族文化传统。

三、礼仪（交往）文化

春节是中国人一个重要的交往节点。"过年"具有丰富的文化内涵，更富于人世伦理色彩，奉祀家族祖先，亲人团聚，亲情融汇。它是中华传统文化的一个集中展现，是亿万中国人情感的聚合，也是礼仪（交往）文化的展现，在中国人的心目中有着神圣的地位。

除夕之夜，阖家团聚，从前家家点烛、焚香、祭祖，一起吃年夜饭（又称"合家欢"、年羹饭、年更饭、团年饭等），习惯上称"团年"。这是家庭团圆的重要时刻，多少年来，人们都看重这一时刻。不管路途多么遥远，在外地的儿孙多半要赶回家，和家人团聚。旧时北京人过年时要吃荸荠，谐音"必齐"，没有回来的人也要给他摆一副碗筷，就是强调新年团聚。以前，一般是晚辈回到长辈所居住的地方，现在，由于工作和时间关系等原因，也有长辈到儿孙辈家里过年，地点变了，不变的是浓浓的血缘亲情。年长者守岁为"辞旧岁"，年轻人守岁可为长辈增寿。长辈要给小辈"压岁钱"。因"岁"与"祟"同音，人们认为"压岁钱"可以压住邪祟，保佑孩子们平平安安，顺利成长。

"拜年"是"过年"必不可少的程序。正月拜年的传统由汉代正日新年拜贺的习俗发展而来。"拜"的原义就是祭祀，最重要的是祭拜祖先，腊月二十四（各地时间略有不同）就接回祖先过年。年复一年的祭祀团聚，巩固了家族的内聚意识。在一些地方，大年初一一早，首先拜天地，其次祭祖先，先给家里长辈拜年，再按血缘关系远近程度给宗亲长辈拜年，然后到同姓的各家拜年；拜完同姓再拜异姓中关系亲近的长辈。宗族社会的传统与中国文

---

① 娄子匡编著. 新年风俗志 [M]. 台北：商务印书馆，1967：32, 33.

明的悠久传承有紧密关系。初二开始到外村的亲戚家拜年，一直拜到初十，所有的亲戚都要拜到。每年一次的拜年礼仪，加强了亲族之间的血缘亲情，维持和巩固着近邻"亲如一家"的地缘互助关系。近年来，在单位盛行"团拜"，员工聚集一团，互相拜年，下属给领导拜年，领导向所有员工拜年，表达感谢、慰勉之情。由于路途遥远、分隔各地，现在人们也采用多种方式拜年，如寄贺卡、打电话、发短信、发 E-mail，还可以通过电视拜年，等等，平常可能疏于联系，而这一段时间是人际互动最频繁的时期。

一年之计在于春，新年孕育着新的希望。人们互相祝福，期待万象更新，祈祷万事如意。"春节"期间的"春运"实为回家"过年"的人口大流动。热烈的贺岁礼仪，不仅巩固了家族伦理关系，增进了家人的亲情，而且使人们的社会关系得到调整。这段时间是聚会的良机，亲友相聚，其乐融融。

四、休闲文化

春节是具有特殊意义的文化现象，在几千年的文化积累与传承中形成了具有丰富内涵的历史文化传统。

春节是中华民族的传统文化遗产，也是休闲文化的源头，需要珍重和保护。

从唐代开始，元日、冬至各给假七日。宋代元宵街市灯火通宵达旦，歌舞百戏，杂耍表演，"奇巧百瑞，日新耳目"。元朝官员在正旦朝会仪式以后，开始民间私人性的庆贺活动，行"岁时庆贺之礼"。明代，无论宫廷、民间都享受着节日亲情。清朝元旦朝会成为朝廷例行仪式，并有歌舞表演，如蒙古乐歌、满舞、瓦尔喀氏舞、韶乐等。朝贺以后走亲访友。

现在，春节放假 3 天，我们把前后两个星期的休息日和公假连在一起，形成 7 天的长假。除了走亲访友，互相宴请，逛庙会，很多人在这段时间轻松娱乐，如玩麻将、扑克、下棋等。香港、台湾放假 8 天。这段时间也是旅游的好时机。

在东亚一些国家也有过年的习俗，如韩国放假 3 天。在世界各地，也吸引了越来越多的非华裔民众参加到过年活动中来。如美国纽约州，中国农历春节已成为该州法定假日。新加坡、马来西亚、印度尼西亚等都举行盛大的新春联欢活动。联合国秘书长以及美国总统、英国首相、法国总统等都向华人祝贺新年。

人们能够自由地休闲，正是社会文明进步的重要标志。

五、传统与现代气息的融合

春节是古老的节日，承载着厚重的传统，在现代也包含了新的文化意蕴，如具有一定的政治文化、经济文化、生态文化、信息文化内涵。

就政治文化意义而言，春节代表着祥和、和谐、稳定。近年来，党和国家领导人选择在春节前后下基层，走访、慰问工作在第一线的工人、农民、教师、科研人员、公安干警、解放军官兵等，给贫困家庭送温暖，带去实惠（如慰问金和过年食品等），表达中央的关怀，与民同乐，共庆新春佳节。春节期间，总有一些人需要坚守工作岗位，而不能与家人团圆，这个时候，以某种方式集体过年（如军营、工地等），通过电视、网络等媒介传达新年问候和祝福，也是很有意义的。当然，社会的安详、和谐并不是以领导人的重视或"在场"体现出来的，甚至可以说，什么时候不再需要领导人去慰问老百姓，家家户户都能过一个好年、快乐的年，什么时候才说明社会真正有了很大的进步；当人们不再以能见到最高领导人为荣，而以自己的公民身份自豪的时候，那时才进入了文明的较高阶段。

从经济文化来看，由于中国人及海外华人把春节当做一个盛大的节日，带动了许多商品的消费，为营造节日气氛，带动了歌舞表演、电影电视、建筑装潢、服装印染、书法绘画以及民间的彩扎业、油漆业、鞭炮业、香烛业、剪纸彩画业，等等，特别是跟饮食相关的行业更是充满了节日的气氛。由过年返乡、旅游引起交通极度繁忙，市场繁荣，春节"黄金周"带来了可观的经济效益，这是在中国出现的独特景象。年终也是算账的时间，结清旧账，希望新年又有好收成！

春节也具有生态文化的意义，包括自然生态和社会生态。新年与四时中的立春节气接近，一年之始与四季之始的时间基本合拍。过年时兴的花果植物寄托了人们的美好愿景，如金橘、水仙花等。开春后也提出了环境保护的要求，如《礼记·月令》记载："孟春之月：祀山林川泽，牺牲毋用牝。禁止伐木，毋覆巢……"从社会生态来看，春节的气氛给人们带来浓浓的暖意，孕育着蓬勃的生机。

随着信息传播技术的发展，现代春节期间成为信息流通的高峰期，手机短信频发，不乏原创性作品，洋溢着文采和生活哲理；电话、互联网连接着在世界各地的人们，可视电话、网络拜年成为新的联系沟通方式，这是现代高新技术和信息文化带来的便利。咫尺天涯，信息即时通达，信息时代信息

"爆炸"，人们互致问候，相互祝福，使"地球村"充满欢声笑语，增强感情交流，这是全球化时代的新景观。人们越来越不局限于偏居一隅，华人更多地走向世界，而春节是联络全球华人感情的最好时机，这也是身份认同的表现。

总之，春节不只是一个节日，而包含着丰富的文化信息。

春节：传统的承载，感情的凝聚

[摘要] 春节（农历新年）俗称"过年"，是中华传统文化的一个集中展现，是亿万中国人情感的聚合，也是礼仪文化和交往活动的集中展现，是人际交往的重要时机，主要体现在：朝会、团拜会、联谊会、团圆、年夜饭、拜年、聚会、聚餐等，并越来越具有国际性。春节承载了浓厚的传统，集中展示了民俗的风味和魅力，寄托着美好的情感，在现代也包含了新的文化意蕴，具有一定的政治文化、经济文化、生态文化、信息文化、精神文化内涵。

[关键词] 春节；过年；礼仪；人际交往

春节，俗称"新年"、"过年"，是汉族以及其他一些民族最重要的节日，在新加坡、韩国、越南等也是法定假日，并越来越具有世界影响。它是人际交往的一个重要时机，承载着深重的传统，凝聚着浓厚的感情，包含着丰富的文化信息。

一、礼仪文化和交往活动的重要时节

春节是中国人一个重要的交往时节。

"过年"具有丰富的文化内涵，更富于人世伦理色彩，奉祀家族祖先，亲人团聚，亲情融汇。它是中华传统文化的一个集中展现，是亿万中国人情感的聚合，也是礼仪文化和交往活动的集中展现，在中国人的心目中有着神圣的地位。

1. 朝会、团拜会、联谊会

在秦汉以后，朝廷将岁首作为展示与加强君臣之义的时机，民间则作为乡邻家庭聚会的良辰。汉代，"每岁首正月为大朝受贺"，皇帝清早上朝，接受文武百官的庆贺，并举行新年宴饮，是为正旦朝会。一直到清代，元日朝会成为惯例。

现代的机关团体也举行团拜会，或举行年度总结和新年联欢会。近年来，在单位盛行"团拜"，员工聚集一团，互相拜年，下属给领导拜年，领导向所有员工拜年，表达感谢、慰勉之情。这就具有一定的组织文化含义。

2. 团圆、年夜饭

腊月三十（或闰年二十九）被称为除夕。除夕之夜，阖家团聚，从前家家点烛、焚香、祭祖，一起吃年夜饭（又称"合家欢"、年羹饭、年更饭、团年饭等），习惯上称"团年"。这是家庭团圆的重要时刻，多少年来，人们都看重这一时刻。不管路途多么遥远，在外地的儿孙多半要赶回家，和家人团聚。以前，一般是晚辈回到长辈所居住的地方，现在，由于工作和时间关系等原因，也有长辈到儿孙辈家里过年，地点变了，不变的是浓浓的血缘亲情。

年夜饭往往是一年之中吃得最丰盛的一次，通常要吃鱼，意为"年年有余"，还要吃肉做的丸子和象征团圆安乐的菜肴，在不同地方，要吃馄饨、饺子、长面、元宵、年糕等。年糕象征着中国人对在新的一年"喜事连连"、"步步高升"的美好祝愿。年节食品最能体现民俗的统一性和地方性。酒是新年仪式的重要饮品，新年酒也称春酒，一直到正月十五都算是饮新年酒。北方流行吃饺子，在除夕与新年交替之际，吃饺子以应"更岁交子"时间，表示辞旧迎新。为长辈祝岁祈寿是自古的年节传统。一家人在一起"守岁"，通宵守夜，期待着新的一年吉祥如意。年长者守岁为"辞旧岁"，年轻人守岁可为长辈增寿。

中央电视台从1983年开始，每年在大年三十主办"春节联欢晚会"，实际应为"除夕联欢晚会"。但有了这种形式后，改变了一家人话旧迎新、共同娱乐的状况。当然，也有很多家庭不为"春晚"所束缚，自己表演节目，或在一起打麻将、玩扑克等，或聊家常，其乐融融。

3. 拜年

"拜年"是"过年"必不可少的程序。正月拜年的传统由汉代正日新年拜贺的习俗发展而来。"拜"的原义就是祭祀，最重要的是祭拜祖先，腊月二十四（各地时间略有不同）就接回祖先过年。年复一年的祭祀团聚，巩固了家族的内聚意识。

以前拜年亦称拜节。宋吴自牧《梦粱录·正月》载："正月朔日，谓之元旦，俗呼为新年……士夫皆交相贺，细民男女，亦皆鲜服往来拜节。"明时改为拜年。明陆容《菽园杂记》之五《陈士元·俚言·拜年》载："旧时亲友登门互拜为拜年。"

拜年是体现晚辈对长者尊敬的一项礼节行为，也是辞旧岁迎新年的表达形式。

长辈给小孩压岁钱，用红纸包着，叫做"红包"，强调的是压岁钱的祝福意义。长辈要给小辈"压岁钱"。因"岁"与"祟"同音，人们认为"压岁钱"可以压住邪祟，保佑孩子们平平安安，顺利成长。

有的地方还时兴给"拜节钱"。当年娶的新媳妇给长辈拜年，长辈要给拜节钱，实际上是一种确认辈分的礼节性行为，表示认可和祝福，来年便不再给。当年嫁出去的姑娘，初三回到娘家，也要由嫂子领着给邻里或本族长辈拜年，长辈也要给拜节钱，表示关怀和祝福，待到来年也不再给。

拜年是欢乐喜庆的象征。民间讲究"冤家宜解不宜结"，即使平时有过矛盾和隔阂的人家，也要相互拜年，尽释前嫌。传统的拜年活动，很大程度上能起到化解矛盾、相互谅解、增进团结、加强友谊和感情的积极作用，也是中华民族传统礼教的一种延续方式。

城市和农村有明显的不同。在农村和小城镇，地方不大，一天或几天之内，主要的亲戚和朋友家都能走到。但在大中城市，由于距离的关系，交通不便，拜年形式逐渐淡化，不能一家一家去见面拜年。由于路途遥远、分隔各地，现在人们也采用多种方式拜年，如寄贺卡、打电话、发短信、发 E-mail，还可以通过电视拜年，等等，平常可能疏于联系，而这一段时间是人际互动最频繁的时期。

4. 聚会、聚餐

在现代，春节期间成为人们聚会、聚餐的重要时机。

春节法定假日 3 天，连同前后两个星期的星期六、星期日倒休，共 7 天假期，为亲戚、朋友、同学、同事、战友等聚会、聚餐，提供了机会。特别是不在一地的人平常难得一见，往往充分利用这 7 天假，相聚在一起，拍照、喝酒、吃饭、唱歌、玩乐，互通信息，互诉离情别意，互致问候，相约再见。

人是社会动物，人的本质是一切社会关系的总和。人与人少不了交际、交往。天增岁月人增寿，人们相互祝贺、相互致意，是一种联络感情的方式。

春节期间是聚会的良机，是人际互动的重要时刻，亲友相聚，其乐融融。

5. 国际上的"过年"和国际交流

在东亚一些国家也有过年的习俗，如韩国放假 3 天。

在世界各地，也吸引了越来越多的非华裔民众参加到过年活动中来。如美国纽约州，中国农历春节已成为该州法定假日。新加坡、马来西亚、印度尼西亚等都举行盛大的新春联欢活动。

人们越来越不局限于偏居一隅。华人更多地走向世界，而春节是联络全球华人感情的最好时机，这也是身份认同的表现。也有一些外国人到中国感受"年味"，体验"过年"的滋味。

二、传统与现代气息的融合

"过年"的主要内容一是喜庆，二是祭祀。在漫长的社会历史演进中，大型的祭祀活动、祭祀时间逐渐被礼仪化、节日化，也表现出人性化、理性化。古代注重祭祀仪式、祭典，现代则以欢庆仪式、活动为主。

春节承载了浓厚的传统，集中展示了民俗的风味和魅力。传统习俗千百年相传，包括祭祀、礼俗、饮食、服装、交往、祝福、祈愿等方面，寄托着美好的情感。

传统是历史的承载和民众记忆，代代相传，体现了历史的久远、传统的厚重，这是宝贵的历史文化遗产。

春节，洋溢着喜庆的气氛。"过年"是中国人和各地华人最盛大的节日，是精神家园的体现，也是民族凝聚力的展现。鞭炮声声，代表辞旧迎新。守岁压岁，寄托着深切的希望。

热烈的贺岁礼仪，不仅巩固了家族伦理关系，增进了家人的亲情，凝聚了人们的感情，而且使人们的社会关系得到调整，是人际交往的重要时机。

春节是古老的节日，承载着厚重的传统，在现代也包含了新的文化意蕴，具有一定的政治文化、经济文化、生态文化、信息文化、精神文化内涵。

春节是非物质文化遗产，有着深厚的精神文化意蕴。许多民俗活动都有强烈的感情和精神寄托，在相沿成习的礼俗、仪式背后，内蕴着人们的精神家园。总之，春节不只是一个节日，而包含着丰富的文化信息。

春节饮食习俗

春节，俗称"新年"、"过年"，是汉族以及其他一些民族最重要的节日，在中国香港、澳门、台湾以及新加坡、韩国、越南等国家也有法定假日，并越来越具有世界影响。春节期间的饮食习俗有着浓厚的文化意蕴。

我们现在所说的"春节"期间包括"过年"的一段日子，从农历十二月（腊月）二十三"小年"（"送灶神"）那天开始，一直到正月十五元宵节为止。

春节是中国人一个最隆重的节日，吃的花样最多，什么时候吃什么也很有讲究。

1. 报信儿的"腊八粥"

农历十二月初八名为"腊八节"。华北地区流传一首歌谣："老婆老婆你莫馋，过了腊八就是年。"腊八这天要吃应节令的腊八粥，有"报信儿的腊八粥"之说。

腊八节的前身是古代的腊日，腊日在上古时代是最重要的年终祭祀日。在这天陈上祭品，祭祀上天和自然万物之神，也祭祀祖先。腊八节是蜡、腊两种祭祀古仪的融合。《礼记·郊特牲》载："天子大腊八，伊耆氏始为蜡。蜡也者，索也，岁十二月合聚万物而索飨之也。"蜡祭祝词为："土反其宅，水归其壑，昆虫勿作，丰年若土，岁取千百。"（蔡邕：《独断》卷之上）

腊祭在汉代同样是岁终大祭，但主要是作为一个民俗节日，选定冬至后的一个戌日为腊日，相当于后世的大年三十。腊日祭祀品，在先秦以前以田猎所得禽兽充祭，秦汉祭以猪、羊。羊代表阴阳之阳，也是吉祥之祥。《说文》解："羊，祥也。"腊还有"接"的意义。《风俗通义·祀典》载："或曰：腊者，接也，新故交接，故大祭以报功也。"腊日处于新旧更替的交接点上。

南朝时期腊日已经固定在十二月八日。这天要吃腊八粥，在宋朝十分流行。《东京梦华录》说北宋开封府十二月初八日，"诸大寺作浴佛会，并送七宝五味粥与门徒，谓之'腊八粥'。都人是日各家亦以果子杂料煮粥而食也。"（《东京梦华录》卷十）腊八粥作为传统的节令食品，有特定的食物配方和烹制方法。腊八粥的原料为米和果品，如红枣、白果、核桃仁、栗子、桂圆、百合、莲子、杏仁、瓜子、花生等。腊八粥的食料都有民俗寓意，核桃表示和和美美，桂圆象征富贵团圆，百合象征百事和睦，红枣、花生比喻早生贵子，莲子心象征恩爱连心，橘脯、栗子象征大吉大利等。

北方民间还有泡腊八蒜的习俗。有一个说法："腊八粥、腊八蒜，放账的送信儿，欠债的还钱。"因为"蒜"和"算"谐音，进入腊月，年关将尽，该清算一年的债务。

2. 二十三，祭灶王

腊八过后是小年，在北方是腊月二十三，在南方是腊月二十四。河南开封年谣说："二十三，祭灶官；二十四，扫房子；二十五，打豆腐；二十六，蒸馒头；二十七，杀只鸡；二十八，杀只鸭；二十九，去灌酒；三十儿，贴门旗儿；初一，撅着屁股乱作揖！"[①] 河北邯郸民谣说："糖瓜祭灶二十三，离过年整八天；二十四，扫房子；二十五，做豆腐；二十六，蒸馒头；二十七，赶集上店买东西；二十八，把猪杀；二十九，做黄酒；三十，家家捏饺子。"

腊月二十三，又叫"祭灶节"。有种说法"官三民四船家五"，即官府祭灶在腊月二十三，一般民家在腊月二十四，水上船家则在腊月二十五。灶神是中华文化敬天畏神的表现之一。人们认为，灶王爷自上一年除夕以来一直留在家里，到了腊月二十三便要升天。送灶神的仪式称为"送灶"或"辞灶"，要煮甜汤圆祭拜，或用糖果和年糕，用灶糖或加糖的汤圆粘在灶门或灶神的嘴上，好甜甜他的嘴，给灶神"饯行"，让他"好话传上天，坏话丢一边"，同时也甜甜自己的嘴。

"糖瓜祭灶，新年来到。闺女要花，小子要炮，老婆子要吃新年糕，老头子要戴新呢帽。"这是流行于北方地区的新年歌谣，传递着人们欢庆新年的热切心情。

3. 二十五，磨豆腐，打年糕

"二十五，磨豆腐"，进入年节食品的准备阶段。家家都要磨上一些豆腐，做豆腐干、豆腐丝、豆腐圆子等。豆腐谐音"兜福"。豆腐干，闽南人称为豆干，谐音"大官"，也就是图个彩头。

年糕是传统的食品，制作原料有糯米粉和黏的黍米面等。过年吃年糕，意味着年年俱高，祈求一年更比一年高。明代北京人元旦早上起床吃黍米糕，称为"年年糕"。苏州年糕有"方头糕"、"糕元宝"、"条头糕"等。糍粑是南方许多地方的年节食品，还有易于保存的油炸食品和炒货，如炸麻花、炒花生、薯片等。

馒头也是传统年节食品。晋束皙《饼赋》称"三春之初，阴阳交至，至

---

① 《民俗》，1929，第53、54期合刊，109页。

时宴享，则馒头宜设"。明朝腊月二十四以后，"各家皆蒸点心"，包括糕饼馒头之类。

4. 年夜饭

腊月三十（或闰年二十九）被称为除夕。除夕之夜，阖家团聚，从前家家点烛、焚香、祭祖，一起吃年夜饭（又称"合家欢"、年羹饭、年更饭、分岁筵、团年饭等），习惯上称"团年"。这是家庭团圆的重要时刻，多少年来，人们都看重这一时刻。不管路途多么遥远，在外地的儿孙多半要赶回家，和家人团聚。

年夜饭往往是一年之中吃得最丰盛的一次，是家人的团圆聚餐。通常要吃鱼，意为"年年有余"，还要吃肉做的丸子，象征团团圆圆；还有其他菜肴，在不同地方，要吃馄饨、饺子、长面、元宵、年糕等。年糕象征着中国人对在新的一年"喜事连连"、"步步高升"的美好祝愿。年节食品最能体现民俗的统一性和地方性。酒是新年仪式的重要饮品，新年酒也称春酒，一直到正月十五都算是饮新年酒。

北方流行吃饺子，在除夕与新年交替之际，吃饺子以应"更岁交子"时间，表示辞旧迎新。为长辈祝岁祈寿是自古的年节传统。一家人在一起"守岁"，通宵守夜，期待着新的一年吉祥如意。年长者守岁为"辞旧岁"，年轻人守岁可为长辈增寿。

值得注意的是重视谐音，说吉利的、祝福的话，食物往往也跟谐音相关。旧时北京人过年时要吃荸荠，谐音"必齐"，没有回来的人也要给他摆一副碗筷，就是强调新年团聚。通常说"恭喜发财"，"吉祥如意"。鱼代表年年有余，肉丸子意味着团团圆圆，年糕表示步步高。客家人正月初七吃七样菜，包括芹菜（象征勤快）、蒜（象征计算）、葱（象征聪明）、芫荽（象征缘分）、韭菜（象征长久）、鱼（象征富余）、肉（表示富裕）等。有的地方时兴送橘子，以表吉利。

5. 春节聚餐

在现代，春节期间成为人们聚会、聚餐的重要时机。

人是社会动物，人的本质是一切社会关系的总和。人与人少不了交际、交往。天增岁月人增寿，人们相互祝贺、相互致意，是一种联络感情的方式。

春节期间是聚会的良机，是人际互动的重要时刻，亲友相聚，其乐融融。

6. 正月十五吃元宵

正月十五是元宵节，要吃元宵，南方称汤圆、圆子、浮圆子、水圆等，由糯米制成，或实心，或带馅。馅有豆沙、山楂、白糖、巧克力等，煮、蒸、煎、炸都可。

吃元宵象征团圆，寄托了人们对生活的美好愿望。

过完元宵节，过年就算落下帷幕。

春节的饮食习俗有着深厚的文化意蕴。最重要的是团圆、祈愿、祝福。

古城镇文化遗产保护

在中国，有许多历史文化名城，也有许多古村镇，有着久远的历史和独具的特色。古城镇文化遗产保护是一个系统工程，要从整体和全局着眼，做好规划，不断完善，切实收到成效。

1. 理清历史资源

每个城市、村镇都有自己的历史。深入挖掘古城镇的历史资源，保存珍贵的历史遗迹，展现古镇发展的历史脉络，这是"立城之本"。古城镇更具有丰厚的历史文化资源，这具有不可替代性。古城镇的名胜古迹，对了解其源头和发展轨迹具有重要意义。

2. 保存个性，展示风俗

城镇是人们活动的场所，居民是城镇的主人。一个城市、村镇的风气和习俗是历经多年而形成的，所流传下来的风俗正是一个地方区别于其他地方的特色。所谓"千里不同风，百里不同俗"，正由于有不同的风气、风格和风俗习惯，才形成了千姿百态的城市、村镇格局。民风、民俗，正体现了城市、村镇的个性色彩。如一些地方各以武术、剪纸、年画、风筝而闻名。

3. 注意语言特点

由于中国地域辽阔，民族众多，不同的地区使用不同的语言和方言，这也是不同地域显出明显差别之处。语种、方言没办法强求一致，反而是多样化的语言体现出不同的城市、村镇、地域特色。汉语的方言大致可分为北方官话、西南官话、吴越方言、粤方言、湘方言、赣方言、闽方言、客家话等。少数民族各有自己的语言。

4. 保护地方特产

地方特产能让人们把某种产品同某个城市、村镇联系起来，如"北京烤鸭""金华火腿""樟树药材""哈密瓜""黄桥烧饼"等，历时久远，口耳相传，使人们产生自然联想。

5. 确定城镇符号

城镇符号，包括市徽、城标、标志性建筑以及市树、市花等。这些体现了某个地方的特色和人们的认同。如应县的木塔、广州的木棉树、洛阳的牡丹花等。

6. 确立旅游特色

一个城镇除了有本地居民，还要大力吸引外来游客，提高知名度，推广旅游价值，让人慕名而来，又传名而去。如平遥古城在入选世界文化遗产后，游客翻了数番；井冈山将"红色旅游"和"绿色旅游"相结合，也吸引了不少游客。

7. 把握现实定位

一个城镇的定位，是由多方面因素决定的，包括地理位置、自然条件、历史形成、人口规模、民族构成、产业结构、文化环境、影响力，等等。对于已经定型的城镇，要突出现有优势，合理配置资源，在深度拓展上下功夫。对于正在成长中的城镇，则要开掘新的增长点，体现独有优势，塑造新的形象。城镇大小不同，但特色可以开发。随着条件的变化，也可能有不同的定位。

8. 提升城镇形象

城镇形象是一个复合系统，文化是城镇的"名片"，体现了城镇形象，也只有依靠文化，才能提升城镇形象。当然要有一定的经济实力为基础，而经济的发展必有文化的支撑。归根到底，还是文化的品位和特质决定着城镇的档次和风度。

中国一些城市在树立自己的城市品牌方面做了很大的努力。根据刘彦平等的总结，以下一些城市品牌形象比较鲜明：

乌鲁木齐："丝路联欧亚，油海托煤船"，包含了区位、历史和资源优势这三大要素。

武汉："琴台鹤楼绝唱，两江三镇善水"，包含了标志性景观、历史文化、区位地理特征、优势资源等要素，意象也很美好。

澳门："中西风韵，博采兼容"，突出了澳门最大的特征，同时，"博彩"

变"博采",澳门的形象,特别是产业形象,将更加丰厚饱满。

亳州:"神医有药圃,道德成酒乡",是强调亳州是华佗故里、老庄出生地,同时还是重要的中药产地,有着悠久的酿酒传统并拥有酒业名牌。

开封:"七朝帝京史,清明上河图",里面用了品牌杠杆的原理。[①]

每个城镇都要突出自己的优势和独特性,充分展示城镇个性和特色,从自然环境、历史、文化、建筑、产业、产品、管理和服务等方面提炼出城镇品牌,而贯穿其中的主线和灵魂是城镇文化。在"千城一面"的城市风格"同质化"时代,开发和运用城镇文化资源成为城镇从差异化竞争中脱颖而出的关键。

只有真正认识到文化的价值和力量,并恰当地应用到城镇品牌的建设之中,才能打造出具有个性特征和恒久价值的城镇品牌,提升城镇的综合竞争力。

人文世界是人的心灵港湾

人文及人文视野中的世界,是一个以人的内在精神为基础、以文化传统为负载的意义世界和价值世界。

人文(humanity),来源于拉丁词 humanitas(人性、教养),其意有:(1)人道或仁慈的性质或状态,慈爱或慷慨的行为或性情;(2)人性,人的属性;(3)人类;(4)人文学(或人文学科、人文科学)或人文学的研究。

汉语中的"人文"是指"人之文采",根据齐梁时代文学批评家刘勰的意见,"人之文采"是指人区别于动物的五性或五情,即"仁、义、礼、智、信"。唐代孔颖达依照对王弼《周易注》的理解,认为"人文"指的是古代的诗、书、礼、乐。唐代李贤的《后汉书注》中,"人文"或"人之文采"泛指一切人事。在中国古代,"人文"是指人区别于动物的各种人性及其外在的各种表现。

人文科学就是研究人文世界的学科,以人为中心,是贴近人、研究人本身的学科。语言是思维工具,文学是人的幻想,历史是人的记忆,哲学是人的思维成果。

---

① 刘彦平.品牌竞争成为城市竞争新焦点[EB/OL].2006-05-11http://www.sina.net.

　　人文科学研究人的文化生命，探讨人的生命存在和生命活动本身，即人的本质。人文科学能够提供价值体系，在建设人的精神家园中起到灵魂和支柱的作用。人文科学的思想理论内核具有稳定性，不会随社会生活的变化而很快变化，有一部分内容积淀下来，并转化为民族文化传统，得以长久地保存。人文科学的研究成果往往不具有明显的实际运用的价值，不具有也不追求实用性，是一种无形之用。人文科学在开掘人的内在精神世界、表达人的情感、把握人性的内蕴、体悟世界的价值、阐释文本的意义等方面有着科学所不能取代的作用，是人类文化不可分割的组成部分。

　　精神世界对于个体的人来说不是先天就有的，而是在后天的生活实践中建构起来的。人的精神世界的建构是一个复杂的过程，许多因素起作用，人文科学、社会科学、自然科学都起了作用。在精神世界中起主导作用的价值取向与理想追求，即一定的价值体系，只能由人文科学来建立。人文科学塑造的人的精神世界，是一个具有人文精神的世界，具有人性、实在性和安全感。

　　人文精神是人文文化的精神理念，是人文知识、人文素质的内化和升华。人文精神是从人文学科中提升出来的文化精髓、价值观念等，主要体现为：以人为中心，关切人类处境，开掘主体的内在感受，推崇觉智，追求美好，重在达就良善，实现浪漫情怀，向往健全完美的人格，等等。人文精神包含着对人的生存价值、人性的提升、人类的前途和命运等的关注。人文精神凝结为人的价值理性、道德情操、理想人格和精神境界。它不只是个人的理想或修养，而且还是一种终极关怀，是生命价值、精神价值的追求和体现，是一种精神气质和精神取向，追求理想境界。

　　人文世界就是人的精神寄托，是人的心灵港湾。

（原载《工人日报》，2013 年 3 月 25 日 06 版）

时代、学养和个性造就人文大师

　　时代需要大师，而大师不可多得，更为难得！

　　20 世纪上半叶，在中国出现了一批学贯中西，特别在人文领域（历史、考古、语言、文学、哲学等方面）取得卓著成就的大师，他们开风气之先，在一些学科领域做了奠基性工作，形成了独具特色的理论体系，创立了新的研究方法，极大地影响了我国的学术发展。

所谓"大师"，必得有独具只眼的眼光、广博精深的学养、扎实深厚的功底、超凡脱俗的见识、胸襟开阔的气度、伟大高尚的人格，在某个领域有卓越成就、开风气之先、启无数后学，留下了无愧于时代的学术精品，具有大智慧、大成就、大贡献者。

所谓"人文大师"，指在人文社会科学领域有卓越成就、并有重要影响的学术大师，他们学识渊博，造诣高深，学贯中西，会通新旧，视野开阔，卓尔不群，作出了开创性、奠基性贡献，特别在学术思想和研究方法上有突出贡献，在学术发展史上是无法绕过去的人物，并对后学有深远影响。

就中国人文社会科学一些重要领域做出开创性、奠基性贡献而言，学识广博、方法新颖和独特而言，我们特别属意于梁启超、王国维、陈寅恪、赵元任、李济、胡适、傅斯年、金岳霖、冯友兰。

这些人文大师主要集中在历史、考古、语言、文学、哲学等领域，取得了卓著成就，得益于其思想观念、思维方式的创新，特别在治学和研究时采用新方法，应用新工具，重视新材料；兼具中西学术之优长，他们既有深厚的中国传统文化之学养，又多有在世界著名学府留学或在国外游历之经历，眼界开阔，视野开放；或得名师指点和提携，深谙先哲大家经典之精髓，学识渊博，广吸深纳，而自有心得，能见人所未见，言人欲言而不能言，颇多新见，创立新说，奠定了中国现代学术的基础。

他们或因重大的学术发现，在一片荒地上开辟出新的路径，建立新的学术领域，成为新学科的开拓者和奠基者；或提出崭新的学术观点，为原有学科增添了丰富的资料和养分，推进了学科的发展，做出了树立里程碑式的贡献；或引进、创立了新的研究方法，在学术研究上披荆斩棘，使崎岖小路变通途，出现峰回路转、柳暗花明又一村的局面。

他们的成就并不局限于某一个方面，而是横跨几个领域，可谓通才。他们学识渊博、胸襟开阔、气度非凡，令人钦羡和敬仰，成为可以"超"而不可"越"的人物。

这些人文大师何以成为大师？有多种机缘，择其要者，包括以下方面：

1. 时代之机，环境之成

每一个时代有一个时代的主题和旨趣，也给学术大师的成长提供了机遇，如他们生当旧时代和新时代的过渡时期，需要有开一代风气之先的领军人物的思想启蒙和行为先导，梁启超、胡适等正当其任，可谓"既开风气又为师"。他们能把握时代的脉搏，掌握时代的精神，反映时代的要求。大师的成长需要一定的条件，社会环境、家庭环境、学术环境都关系重大。如果没有合适的土壤和养分，再伟岸的大树也不可能枝繁叶茂；如果条件恶劣，必将扼杀其生命力和创造力。

2. 求学之遇，师友之助

学而知之，学无止境。在求学路上，老师的指点极为重要，"经师易遇，人师难遭"，师承关系在大师成长的路上有着不可忽视的作用。如梁启超为康有为弟子，王国维得罗振玉提携，胡适深得杜威真传，胡适与傅斯年为半师半友关系，陈寅恪在多国游学，赵元任遍访世界著名语言学家，李济曾得丁文江帮助，金岳霖曾研究格林、拜访罗素，冯友兰曾受教于胡适、梁漱溟、杜威，等等。大师不可能遗世独立，需要师友的帮助；需要相互探讨、论辩的氛围；而教学相长，大有裨益。

3. 治学之道，立说之本

大师自有独特的治学之道，具有深厚的学术功底。他们皆学贯中西，既经中国传统文化的熏陶，又受西学的濡染，多有在欧、美、日等留学经历，接受新思想、新气息，而会通新旧；他们具有深思睿智，学识高深，极力创立新说，既重理性，又融入情感，坚持学术自由、独立，具有坚忍的毅力，通过多种途径，博学多闻，视野广阔，兼收并蓄，兴趣广泛，而学有专攻，自有心得。

他们以学术为职志，坚持学术本位；具有怀疑精神和批判意识，不拘守陈说，勇于探索新知；立说皆有凭据，实事求是，诚实严谨，所提出的观点、理论，都是经过全面收集资料、仔细比较，周密论证，反复推敲，直到认为无懈可击才提出和发表；纵横捭阖，阐发新说，确立了独特的学术思想和体系；崇尚学术独立自由，追求真理，拒绝接受强加于学术真理之上的任何霸道权威。

他们敢于创新、善于创新，把创新当做学术的生命，具有强烈的创新精神、创新意愿，并不断做出创新贡献。在学术领域具有宽容的精神，善于接纳不同的意见，不武断，不霸道，虚心向学，谦逊问学。遇到责难和质疑时，耐心听取，敢于承认失误，勇于自我反省，不固执，不拘泥，以不断改进，愈求精进。在学术研究上，有的放矢，目标明确，从实际出发，从需要解决的问题出发，不断进行理论探索，发现新问题，努力寻找解决问题的途径。

4. 方法之要，工具之用

大师在研究方法上均有独创，也有共性，如注重科学方法与人文方法结合，注重实证和考据，又兼具抽象辩证思维，既善综合、整合、融通，又工于分析、细化、考证；触类旁通，举一反三，文史哲互通，从多方面相互参证。发明新原则，创造新方法，运用新工具，研究新问题。他们注重掌握翔实的资料，不迷信前人的学说，进行一番怀疑、辨伪、考证的工作；在研究中重视利用新工具，开辟新途径，开创新生面。

5. 为人之德，品行之传

大师皆具有强烈的责任感、使命感，有崇高的学术愿望、强烈的社会担当意识、高尚的情操、优良的道德、宽广的胸襟、善良的品格、卓越的风范。

他们热爱祖国，抱有使中华民族自立于世界民族之林的愿望，具有对民族和社会的深切关怀；又具有国际视野和世界眼光，不拘泥于一地、一时、一事。他们人品高尚，追求人格完善，更重独立精神、自由思想，拒绝获取与探求真知相左的任何利益。他们具有坚忍不拔的精神和毅力，有坚强的意志，在学术道路上不畏艰难险阻，坚定信念，勇往直前。如果在学术上有成就而品质低劣者，不可能享有"大师"的声名。

6. 育人之业，开山之功

为人师表者，传道、授业、解惑，学高为师，身正为范。他们严于律己，宽以待人，以自己的情操和行为，感染学生和众人。

人文大师身处教育界、研究界，以学术为志业，以育才为宗旨，开创新风气，爱才、识才、护才，培育了许多人才，启迪无数后学，具有开山育人之功。在中国现代学术史上，他们"既开风气又为师"，成为不可绕过去的人物，无数后学都直接或间接地继承了他们的事业。这些人文大师影响了学风和世风，值得后人景仰和敬重，并从中获得深刻的启迪。

当然，大师并非在所有方面都"大"而"高"，他们也可能有失误，可能不拘小节，甚至在某些方面显示出一定的"迂"或"酸"，但这不能掩盖他们的学术光辉。

要造就大师，必须避免浮躁，避免急功近利。必须有"板凳要坐十年冷，文章不写一句空"的意志和情怀，潜心治学，循序渐进。

了解人文大师们的治学成就，特别是其奠基性工作，深入探究他们的创新方法，对于今天我们进行人文社会科学创新具有重要的启示意义，对科技创新也有借鉴价值。这对我们建设创新型国家具有重大的现实意义和长远的历史意义。

新的时代呼唤新的人文大师！

族谱的功用

毛泽东曾说过："搜集家谱、族谱加以研究，可以知道人类社会的发展规律，也可以为人文地理、聚落地理提供宝贵资料。"

人生于世，最先感受的就是家。人必先有家，在家庭中生活，受到最初的教育，父母言传身教对子女影响一生。敬祖尊老是中国人的传统美德，景仰、怀念祖先是人之常情。

"家""国"紧相连，家族的变迁往往与民族、国家的命运密切相关。"国"是由无数的"家"构成的，而同一族人也可能分布在不同的国家，终至形成同根同源、"天下一家"的理念。

家族承担着延续生命、凝聚情感的作用，在维系、保存传统文化方面具有核心地位。一个家族成员往往持有某种特定的情感，在共同祖先的旗帜下，凝聚成一股强大的力量，对祖先的思念和对先辈功业的自豪感，可以支撑一个家族的后代，为了家族的名誉、为了保持这种地位而不懈努力。先辈的教诲对后世是一种宝贵的精神财富，祖先的功业对后裔子孙是一种无形的激励力量。

中国有数百个姓，家族数不胜数。有名门望族，也有寒门小族，每个家族都有自己的历史，经历风云变幻，世代相传。家族的演变经历许多世代，经过多次迁徙，真可谓四海为家，但无论多么久远，慎终追远，都有一个共同的根、共同的源。家族史的变化，反映了社会、历史的变化，是多种因素综合作用的结果。

研究家族史，必定要依靠家谱、族谱。谱牒可以分为三大类：（1）以单一宗族为中心的族谱或宗谱；（2）一个宗族房派的支谱或家谱；（3）包括多个地域宗族的通谱、同宗谱或联宗谱。

谭其骧先生说："谱牒之不可靠者，官阶也，爵秩也，帝王作之祖，名人作之宗也。而内地移民史所需求于谱牒者，则并不在乎此，在乎其族姓之何时何地转徙而来……故谱牒不可靠，然唯此种材料，则为可靠也。"家族迁徙的路线、规模等方面的记载往往是真实的材料。

清朝非常注重家族在基层社会稳定中的作用。顺治九年（1652年），借鉴明朝经验，将朱元璋的《圣谕六言》（孝顺父母，恭敬长上，和睦乡里，教训子孙，各安生理，无作非为）颁行八旗和各省（《大清会典事例·礼部·风教·讲约一》）。康熙颁布《圣谕十六条》，即："敦孝悌以重人伦，笃宗族以昭雍睦，和乡党以息争讼，重农桑以足衣食，尚节俭以惜财用，隆学校以端士习，黜异端以崇正学，讲法律以儆愚顽，明礼让以厚风俗，务本业以定民志，训子弟以禁非为，息诬告以全善良，诫匿逃以免株连，完钱粮以省催科，联保甲以弭盗贼，解仇忿以重身命。"雍正把它扩充为《圣谕广训》。乾隆在下江南的巡游中给一些大家族颁赐匾额，体现了清朝"以孝治天下"的追求。清初族谱的修撰进入一个高峰期。尤其在南方修族谱更甚。

族谱记载了一个家族的发展源流以及家族的经济活动和活动范围，往往反映了家族与地方社会事务、地方权力格局的关系，家族与地方政治以及国家政治的关系等。有时国史及省、府、州、县志所缺载的内容可以通过族谱得到补正。

族谱记载了世系的传承、郡望堂号、家族迁徙的过程、祖先茔地、家法家规和人物事迹等，特别对世系和名人最为重视。家族名人的业绩在客观上能对族人产生激励作用。族规大多模仿中原传统大家族根据儒家说教而制定的族规、家训，具有文化规劝的意味。

当然，族谱中既存在真实的史料，也可能有附会夸饰的成分，需要认真、仔细对待。

（原载《工人日报》，2013年3月25日07版）

武财神关公与文财神比干比较

财神的起源颇为难考，所祭祀的神明也因时因地而有所不同。财神，一般认为有所谓"正财神"赵公明，"文财神"比干、范蠡，"武财神"关羽，还有"偏财神"五路神、利市仙官，"准财神"刘海蟾，还有五显财神、和合仙官、文昌帝君，等等。这些财神，又可分为文财神和武财神两大类。武财神主要有两位：赵公明和关公。赵公明又被称为正财神，武财神更多用来专指关公，即关羽。文财神主要有比干、范蠡、财帛星君和禄星等。旧时财神有文武之分，崇文尚武的人家各有所司。尚文的人家供奉文财神，尚武的人家敬祀武财神，文武之道虽不同，却都各有财发。

这里只对武财神关公和文财神比干做个比较。

武财神关公

关公即关羽，又称关帝、关圣帝君。在广大信众的心目中，关圣帝君也是一位武财神。关公在中国是一个家喻户晓、妇孺皆知的人物。关公重信义，忠勇感人，形象威武，而且能招财进宝，护财辟邪。民间传说关云长管过兵马站，长于算术，发明日清簿，讲信用，为商家所崇祀。关羽不仅是历史人物，经过几千年的历史演变为老百姓心目中的神像，也是古代各地商人修建山陕会馆中正殿所坐神像，威风八面，丹凤眼卧蚕眉。传说关羽塑像不能怒目圆睁，如若神像眼睛全睁开就要杀人（此乃中原地区老百姓所传扬千年来的说法）。

关羽，字云长，河东解梁宝池里下冯村（今山西运城解州）人，一说生于山西运城常平村。关羽仪表威武，武艺超群。《三国演义》称，关羽因原籍恶豪倚势凌人，遂杀恶豪后奔走江湖。其实，当时所杀之人乃解州盐池税吏，由于关羽将所贩私盐藏于竹杠之中，被税吏用木棍敲击时发现，税吏借机勒索，关羽不从，斗殴中失手将税吏杀死。从此，民间有了把获取不义之财称为"敲竹杠"的说法。东汉末年，关羽与刘备、张飞"桃园结义"，誓共生死，同起义兵，争雄天下。建安五年（公元200年），曹操出兵大败刘备。刘备投靠袁绍。曹操擒住了关羽，看中关羽为人忠义，拜为偏将军。后曹操察觉关羽心神无久留之意，便用大量金银珠宝、高官、美女来收买，但关羽丝毫不为钱财名利所动。当关羽得知刘备在袁绍处，立即封金挂印，过五关斩六将去寻刘备。刘备自立为汉中王，封关羽为五虎大将之首将。刘备建立蜀国，关羽守襄阳、定益州、督江陵，被封为前将军，攻败曹仁，镇守荆州，威震一时。曹操与司马懿设计，联合孙权共取荆州。建安二十四年冬，孙权用吕蒙计袭击荆州，关羽一时因骄傲轻失，兵败走麦城，被孙权部下所俘，蒙难于章乡（即湖北当阳县北）。

　　孙权将关羽父子首级献给曹操，因关羽曾经被曹操拜为偏将，深受礼遇，关羽杀袁绍将领颜良以报曹操恩德，所以曹操刻沉香木为躯，厚葬于洛阳，孙权只好以侯礼将其身躯葬于当阳。后主景耀三年，追封庄缪侯。《三国演义》将关羽的这段故事描述得淋漓尽致，乃至家喻户晓。

　　据说，关羽遇难后，阴魂不散，荡荡悠悠，直到荆州当阳县玉泉山上空大呼："还我头来！"山上老僧普静闻曰："昔非今是，一切休论……今将军为吕蒙所害，大呼'还我头来'，然则颜良、文丑（皆被关羽所杀）此等众人之头，又向谁索？"关羽恍然大悟，冤冤相报永无宁日，遂下决心皈依佛门。

　　千百年来，集忠孝节义于一身的关羽在人们心目中的地位是很高的，他勇猛、讲义气，是一位忠贞不贰、义薄云天的英雄，也是江湖义气的典范。

　　南北朝至唐朝是关帝信仰的形成期；宋元是发展期；明朝是盛行期；清朝是鼎盛期。

　　光大年间（公元567年）当阳县玉泉山首建关公庙。关公的阴魂在荆州大地徘徊了300多年。传说关公帮助隋朝智者大师兴建荆州玉泉寺，"生为英贤，没为神明……邦之兴废，于是乎系"（《重修玉泉关庙记》，载《全唐文》，卷六六四）这不仅是封建统治阶级对关公褒扬喝彩的产物，更是百姓精神生活的需要。统治阶级从封建道德的角度大肆宣扬关公的忠孝节义，使关公信仰在不太长的历史时间里蓬勃发展，主要表现在庙宇增多，达数十万座；关公的封号不断加多。传说关公被玉帝封为财神，隋代由鬼成神，宋代被宋徽宗封为"义勇武安王"，明代被尊为武圣，从而成为武财神，清朝财神信仰达到鼎盛，民国时期仍十分盛行。

　　隋朝时出现了大量的有关关公的神仙故事，到了唐朝，关公庙增加，文人墨客诗文或碑帖中常提及关公，并开始出现在家中悬挂关公神像。宋代封为"显灵王""忠惠公""崇宁真君""胎烈武安王""义勇武安王""壮穆义勇王""英济王"。元朝封为"显灵义勇武安英济王"。明万历十八年封为"协天护国忠义帝"、万历四十二年封为"三界伏魔大帝神威远镇天尊关圣帝君"。到了清代，清统治阶级认为自己能入主中原是得到了关公的神佑，所以，顺治皇帝特封关羽为"忠义神武灵佑仁勇威显护国保民精诚绥靖佑赞宣德关圣大帝"。

　　关公不仅被供奉为道教的神像，称为关圣帝君、武财神、关二爷、副玉皇（相当于现在的副总统）。佛教也追加关羽为护法神将（佛教另有关公韦陀量大护法一说），关羽在佛教中被尊称为伽蓝菩萨和护法神将。财神关公被山西会馆奉为关圣大帝，随着山西商人的足迹遍布全国，关公由武圣转变为全国敬拜的财神。在河南、山东、陕西、山西、甘肃、湖北以及南方沿海地带很多地方都有关羽的寺庙。在韩国首尔也有关帝庙。

关羽一生忠义勇武，坚贞不二，不为金银财宝所动，被佛、道、儒三教所崇信。明清时代，关羽极显，有"武王""武圣人"之尊，不但在佛教界位居伽蓝殿之尊，商贾们更是敬佩关公的忠诚和信义，把关公作为发财致富的守护神，奉为武财神。关公是忠诚信义为本的义财神，作为全能保护神、行业神和财神，也是保护商贾之神。明清时期，关公被尊为"武王""武圣人"，被世人附会成具有司命禄、佑科举、治病除灾、驱邪避恶等"全能"法力，为"万能之神"。

关帝信仰涉及各行各业。其影响可与尊孔相比，毫不逊色。明朝大文豪徐渭在《蜀汉关后祠祀记》之中说："蜀汉前将军关侯之神，与吾孔子之道并行于天下。然祠孔子者郡县而已，而侯则居九州之广，上自都城，下至墟落，虽烟火数家，亦靡不醵金构祠，肖像以临球马弓刀，穷其力之所办。而其醵也，虽妇女儿童，有欢欣踊跃，惟恐或后。以比于此事孔子者殆若过之。噫，亦盛矣！"

沈泓在《财神文化》一书中分析关公当财神的原因，主要有：

第一，关公十分善于理财，长于会计业务，曾设笔记法，发明日清簿。

第二，商人谈生意做买卖，最重义气和信用，关公信义俱全，追求公平，为商人所尊奉。

第三，传说关公逝后真神常回助战，助人取得胜利。

第四，道教职系排列中，关公被规定为财神。

第五，晋商为关公成为财神造势。

第六，哥老会、青洪帮等商人帮会都敬关公，人们把关公当做最高财神。

第七，关公作为财神形象体现了追求诚信的商业伦理需求。

第八，财神信仰自身具有传承不息的生命力。[①]

全国关帝庙众多，清乾隆时期仅北京就有二百多座。在民间，关公是位武财神，是保护商贾之神。民国时期有的地方将关羽与岳飞合祀于武庙。又

---

① 沈泓. 财神文化 [M]. 北京：中国物资出版社，2012：84-86.

说关帝庙里抽的签最准、最灵验，不少文人吟诗推波助澜。现在关帝信仰又进入了新的阶段，国内外出于市场经济的需要，崇拜关财神的人越来越多。供神的场所除了道教宫观，还有佛教场所，商业场所乃至家中都可以看到各色各样的关公神像。据说台湾有一百六十余座关帝庙。新竹后山普天宫的关羽神像连同台座高达四五十米。海外有华侨的地方大多供有关帝，他是义气的象征，更是保护神和财神。

文财神比干

文财神首推比干。民间年画中，比干的神像为文官打扮，头戴宰相纱帽，五绺长须，手捧如意，身着蟒袍，足登元宝。文财神的打扮与天官相似，二者的区别就是：天官神志慈祥，笑容满面；而文财神比干的神像面目严肃，脸庞清烁。在木版年画、民间雕塑、剪纸中，文财神的形象多是锦衣玉带、冠冕朝靴、脸色白净、面带笑容，一手持如意，一手托元宝；或一手持如意，一手抚膝盖。

比干为黄帝33代孙。据清程大中《四书逸笺》引《孟子杂记》云："王子干，封于比，叫比干。"比在今山东淄博一带，古人以封邑为氏，故称比干。在后世称殷比干，或商比干，也称子比干、林比干。比干为殷朝沫邑（今河南淇县）人，即"沫之乡矣"（《诗经·桑中》），古称朝歌。沫邑坐落在卫河、淇水之滨，太行山的东麓。

比干作为商王帝乙的弟弟、殷纣王的叔父，是一位忠义之臣，也是教抚、扶助幼主帝辛的元老，在纣王即位后担任少师（亚相、丞相），从政40多年，主张减轻赋税徭役，鼓励发展农牧业生产，提倡冶炼铸造，富国强兵。

殷纣王暴虐无道，荒淫失政。据《封神演义》：纣王听信妲己妖言，制造酷刑，杀戮谏臣。对纣王的无道、残暴行径，比干多次劝谏。比干和纣王一起到太庙祭祖，给他讲汤王惜民创业的故事："昔汤王时，天下大灾，饿殍塞途，王下车抚尸而哭，自责无德。又立即开仓济贫，饥者得食，寒者得衣，天下称颂。"又讲汤用伊尹、仲虺二贤为相，国力愈加强盛；盘庚迁殷，减轻民赋，被称为中兴贤王；武丁和奴隶一起砍柴、锄地，即位后任用傅说为相，使商朝复兴；祖甲饮酒不过三杯，惟恐过量误事；太甲悔过自新，改恶从善，成为名君。可是纣王毫不理会，并且极为反感，反而变本加厉，更加荒淫暴虐。

《史记·宋微子世家》云："纣王为淫泆，箕子谏不听。人或曰可以去矣。

箕子曰：为人臣谏不听而去，是彰君之恶，而自说于民，吾不忍为也。"箕子就装疯佯狂，纣王让人剪掉他的头发，把箕子关了起来，箕子在夜深人静的时候，弹琴抒发自己的悲苦，这首琴曲流传下来叫《箕子操曲》。微子知道劝也没用，只得抱着祖先的祭器远走他乡。

眼见殷商国势日衰，众叛亲离，社稷朝不保夕，比干痛心疾首。比干曾说："君有诤臣，父有诤子，士有诤友，下官身为谏臣，进退自然有尚尽之大义。"（《西河九龙族谱》）他以"有过则谏，不从则死"的勇气，认为："君有过而不以死争，则百姓何辜？"

公元前1047年殷历十月，比干连续三天进宫直谏，苦口婆心，希望纣王能够走正道，重新振兴成汤数百年的基业。他历数纣王暴政，直言："你今日之作为与先王之仁政背道而驰，若不改悔，天下危矣！"

纣王恼羞成怒，喝问比干："朕已下令，有言朕者，一律斩首。你难道不怕死吗？"比干凛然答道："君无道是臣之辱。观主过不谏非忠也，畏死不言非勇也，即谏不从且死，忠之至也。我的举动尽合大义，何惧死耳！"（《西河九龙族谱》）

纣王问比干何以自恃？比干曰："善行仁义所以自恃。"

纣怒道："吾闻圣人之心有七窍，信有诸乎？"遂令人当庭剖比干腹，挖其心。纣王向全国下诏说："比干妖言惑众，朕赐死摘其心。"比干惨死于暴君之手，终年63岁。

后传说，比干忠魂来到民间广散财宝。

比干生性耿直忠诚，公正无私，心被挖空后成了无心之人，正是因为无心无向，办事公道，人们相信他掌管财富必定公平可靠，所以被后人奉为财神。当时传说在比干荫佑下做买卖的人，无偏无向，公平交易，互不坑骗，所以比干广为世人所传颂和敬奉。

沈泓在《财神文化》一书中分析为何选比干为财神的原因主要有：

第一，无心无向才能办事公道，办事公道才能当财神。

第二，比干公正无心，没有偏心眼，而成为财神。

第三，古有比干占卜法，占卜首先是预测财源，故而比干成为财神。

第四，姜子牙追封比干为"文曲星"，掌人间禄马财源、福德兴庆之事。比干由文曲星变成文财神。

第五，玉皇大帝封比干为"天官文财尊神"。

第六，历代皇帝追封比干，由这些封号演变为财神。[①]

建于北魏时期的卫辉比干庙是中国第一座家庙，后为历代皇帝、文人及比干后裔祭拜。

比干的地位后来甚至超过赵公明和关公，被称为文财神正尊。建于北宋年间的山西平遥财神庙，供奉三尊财神爷，文财神比干居中，武财神赵公明和关公居左右两边。

始建于明末的台湾嘉义文财神庙敬奉比干，香火旺盛。

财神的文化意蕴

财神包含着浓厚的文化意蕴。财神是带来家财万贯、生财聚财的神仙，体现了人们对财富的向往和追求，是中国民间信仰的一种表现。

财神的成型和财神信仰的流行始于宋代，盛行于明清。

财神身负人们的求财祈富、劳动生财、经营聚财、避险增财和保护财富的多重责任，成为民众祈求招财进宝、生活富足的一个符号。

分析文财神和武财神的共同特点，都是忠义、公正、公道、无私，为后人景仰。文财神和武财神是民间最常见的财神。武财神面向屋外，或面向大门；文财神则面向室内，否则会认为向屋外送财。

崇文的人家或担任文职的人以及雇工多供奉文财神；尚武的人家或经商做老板的人以及当兵从事武职的人多供奉武财神。

通常年画《上关下财》中，关公在上，文财神在下。也有的把武财神关公和文财神比干同堂，或印在一张年画上。

财神文化不仅在中华民族文化中有很深的体现，而且传播到日本、越南、马来西亚、新加坡等许多国家。

家训族规中的孝道

【摘要】家训族规是家族发展的规范、族人行事的准则。家训族规中涉及孝道的内容比较多，如孝为立身之本，敬为孝先，显父母，耀祖宗，重家声，慈孝相应，俭以祭亲，孝始于事亲、终于报国，奉养父母尽心尽责，祭祀祖

---

① 沈泓. 财神文化［M］. 北京：中国物资出版社，2012：96-98.

先，联族敦亲。孝道教化的宗旨和积极内容可供借鉴，为构建和谐社会服务。

【关键词】　家训；族规；孝道；和谐社会

家训族规是家族发展的规范、族人行事的准则。中华民族自古以来就是一个崇尚孝道的民族。家训族规中涉及孝道的内容比较多，这是古代中国传统文化的重要组成部分，在当代也有着积极意义。

一、文献综述

史料记载，尧帝曾命令舜推行包括"子孝"在内的"五典之教"。先秦时期形成著名的"畴人之学"，即家庭世代相传的学问，已有《太公家教》传世。西周时周公曾诫子伯禽修养德行，礼贤下士。他在训诫康叔时甚至将"不孝不友"视为"无恶大憝"，规定绳之以法，"刑兹无赦"。《尔雅》云："善事父母曰孝。"《孝经·纪孝行》讲得很具体："孝子之事亲也，居则致其敬，养则致其乐，病则致其忧，丧则致其哀，祭则致其严。五者备矣，然后能事亲。"《论语》中也载有孔子教儿子孔鲤"学礼"的故事。

秦汉之间《孝经》问世后，汉代统治者不仅将该书规定为民众的必读书目，要五经博士兼通，而且皇帝还亲自讲授《孝经》，朝廷甚至推行"以孝治天下"的政策，由此孝道成为家训的核心内容和重要价值导向之一。秦汉以后，有东汉马援的《诫兄子严教书》、三国诸葛亮的《诫子书》、西晋杜预的《家诫》等，可视为家训的滥觞。北齐时，颜之推撰写了《颜氏家训》一书，比较全面和周详地阐述如何立身处世、处理家庭关系以及人际关系等准则，被公认为家训族规之祖。《颜氏家训·勉学》云："孝为百行之首。"[①] 唐代柳玭《柳氏家训》曰："立身以孝悌为基。"[②] 北宋司马光编《温公家范》10卷，汇集了儒家经典关于处理家庭关系的各项准则和历代符合儒家道德标准的范例，对后世影响很大。南宋赵鼎和陆游也有专门的家训传世。著名的家训有袁采的《袁氏世范》、郑文融的《郑氏规范》、庞尚鹏的《庞氏家训》、姚舜牧的《药言》、杨继盛的《杨忠愍公遗笔》、朱伯庐的《治家格言》、张英的《恒产琐言》、《聪训斋语》等。[③]

---

①　颜之推. 颜氏家训［M］. 长沙：岳麓书社出版，1999：101.

②　翟博. 中国家训经典［M］. 海口，海南出版社，2002：335.

③　翁福清，周新华编著. 中国古代家训集成［M］. 北京：中国国际广播出版社，1991：1.

　　在《古今图书集成》中，《家范典》多达 116 卷，分 31 部，各又再分 5 类，辑录了先秦至清初的大量家训资料。其中，颜之推的《颜氏家训》、司马光的《温公家范》和朱伯庐的《治家格言》分别代表了古代家训的成熟期、繁荣期和广泛推广期三个不同的时期。

　　魏晋南北朝时期，北齐颜之推的《颜氏家训》总结了前人家庭教育理论的成果，对治家修身、求学处世等问题进行了系统的论述，提出了家庭教育的一些理论和范畴，成为我国封建时代第一部完整的家庭教科书。宋人陈振孙在《直斋书录解题》中评此书说："古今家训，以此为祖。"清人王钺在《读书丛残》中也盛赞此书是"篇篇药石，言言龟鉴"。

　　到了宋代，家训进入繁荣阶段，不仅文献资料数量多，而且在教育理论和思想上也有了大的发展。北宋司马光的《温公家范》等著作，继承和发展了颜之推的家庭教育思想，全面系统地阐述了封建伦理关系、治家方法、身心修养和为人处世的道理，堪称家训中集大成者。此间在理学的影响之下，家训中"礼教"的气氛更为浓重，名分的拘束更为严格。

　　明清时期是传统家训广泛推广的时期。由于家训作用的日益彰显和统治阶级的大力倡导，家训理论在广大民众中广泛传播，形成了家训教育空前繁盛的局面。明洪武三十年九月，朱元璋亲自制订、颁布了《教民榜文》（也称《圣谕六言》等），将"孝顺父母"排在"圣谕"第一，足见对孝道教化的重视。明末清初朱伯庐的《治家格言》流传很广，影响巨大。它集中了治家教子的名言警句，仅用五百余字，阐述了人生的深刻道理，总结了古代的治家之道，成为官宦士绅、书香世家乃至普通百姓津津乐道的教子妙方和治家良策。

　　牛志平在《"家训"与中国传统家庭教育》① 一文中考察了中国传统家庭教育中家训的历史、家庭教育的主要内容、目的及经验等，指出：家训是指历代家长为教育子孙专门撰写的训导之辞，诸如家诫、家范、家规、家书等等。传统家庭教育的主要目的，是向子孙进行"齐家"的教育。齐家，谓和睦家庭，端正门风，垂范后代，即颜之推所谓"整齐门内，提斯子孙"、"礼为教本。"② 以礼教来规范人伦，就是向子孙传授孝悌之道。父慈子孝，意为

---

① 牛志平．"家训"与中国传统家庭教育［J］．海南师范大学学报（社会科学版），2012 (5)．

② 颜之推．颜氏家训［M］．长沙：岳麓书社，1999：1，23．

做父亲的应慈爱子女，做子女的应孝敬父母，重点是强调孝道。孝道是传统社会协调父母与子女关系的行为规范，也是儒家伦理道德的主要表现。对于孝的内涵，可归纳为五层意思：善事父母，养亲敬老；爱护身体，扬名显亲；娶妻生子，传宗接代；顺乎亲意，绝对服从；忠孝合一，移孝忠君。① 为了维护宗法家族内部的和睦，逐渐形成了宗法精神，宗法精神的核心是孝（子女对父母）、悌（兄弟之间）、贞（妻对夫）、顺（媳妇对公婆）。

陈延斌在《中国传统家训的孝道教化及其现代意蕴》一文中指出：孝道文化通过诸种教化途径渗透于国人的道德观念和立身处世的人生态度之中，而家训就是传统孝道传播、发展的重要载体和有效途径。孝作为一种从子女角度来处理代际关系的道德原则，包括以养事亲、以顺悦亲、以功显亲、以义谏亲、以祭念亲、以嗣继亲的丰富内涵。

第一，孝为立身之本。《周易·家人》卦辞中提出"教先从家始"、"正家而天下定"的主张。《礼记·大学》篇明确地将身修、家齐作为治国、平天下的根本。明代官吏姚舜牧在其家训《药言》开篇就把"孝"作为立身做人八个基本道德规范的首位。他说："孝悌忠信，礼义廉耻，此八字是八个柱子。有八柱始能成宇，有八字始克成人。"他进一步强调"孝"德在子弟品德培养中的根本地位在于："一孝立，万善从，是为孝子，是为完人。"在立身处世上，明代东林党领袖高攀龙在其《高子家训》中要求："立身以孝悌为本，以忠义为主，以廉洁为先，以诚实为要。"清代学者孙奇逢《孝友堂家训》将"孝"作为做人的根本之一，他说："父慈、子孝、兄友、弟恭，本之本也。"

第二，敬为孝先。传统家训的孝道训诫尤其强调对父母要精神赡养，以敬为先。明仁孝文皇后《内训》认为"敬"是孝之本，而"养"则是孝之末。"孝敬者，事亲之本也。养非难也，敬为难。以饮食孝奉为孝，斯末矣。"康熙也训诫诸皇子要孝敬父母，"惟持善心，行合道理"，"诚敬存心，实心体贴"。

第三，显父母、耀祖宗、重家声是孝的最高标准，既是传统家训孝道教化的重要内容，也是"大孝"的根本。晋代孝子王祥，在《遗令训子孙》的

_____

① 牛志平. 唐代孝道研究［M］//黄约瑟，刘健明. 隋唐史论集. 香港：香港大学亚洲研究中心，1993.

家训中告诫子弟要以信、德、孝、悌、让为立身之本。家训曰："扬名显亲，孝之至也；兄弟怡怡，宗族欣欣，悌之至也。"

第四，慈孝相应。不少家训都要求慈孝对应，尤其强调父辈率先以身立范。南朝宋大臣、文学家颜延之家训《庭诰》曰："欲求子孝必先慈，将责弟悌务为友。虽孝不待慈，而慈固植孝；悌非期友，而友亦立悌。"这就是说，慈、孝与友、悌是双向的而且以上对下的要求在先。司马光在《居家杂仪》中指出："父慈而子愈孝，子孝而父益慈。"明朝仁孝文皇后《内训》中甚至将"上慈"作为"下顺"的前提条件。

第五，俭以祭亲。以祭念亲也是传统家训孝道教化的重要内容，但家训大多嘱告子弟家人不必厚葬，薄葬亦孝。例如许汝霖的《德星堂家订》提出祭祀从简，将节省下来的费用"济孤寡而助婚丧，扩宗祠而立家塾"。清代石成金在为家人留下的《后事十条》家训中，告诉家人在他死后"不厚敛""不报丧""不开吊""不久停""不奢送""不荤供""不烧锞"，对他本人最好的悼念就是"凡出言行事，俱守我之仁厚勤俭，不堕家声，是即孝道矣"。

二、家训举隅——以《林氏家训》为例

家训重在训诫，而族规重在规训、约束，具有类似法律的强制性和家族的权威性，以"辅国家法制之所不及也"[①]。有些家族甚至家训族规重于国法，处理族内事务时，首先根据家族规约，然后顾及地方和国家的法律。

历代均以孝为德行之本，由孝敬父母，上推到祖辈，直到远古的先祖，其作用在于感恩报德、不忘根本、慎终追远、一脉相承。

明太子太保、刑部尚书林俊撰《林氏家训》十条，第一条就是"崇孝道"，内容如下：

孝始于事亲，终于报国，移孝以作忠，即显亲以全孝，此为大孝。

孝为立身大本。若不孝于亲则不能忠于国；友于兄弟；睦于宗乡党；合群于社会；必反为社会之蠹虫。

如何能使人人之行为皆善？请必自孝父母始。人能以父母待子女之心行事，则万善之本已立。由是而友兄弟，睦宗族，而笃乡里，由是而居乡则为善人，入仕则不为贪吏。

人子事亲，无论穷富，当以奉养为先。富者能备供甘旨，而贫者菽水承

---

① 王思治. 家族制度浅论 [M] //清史论稿. 成都：巴蜀书社，1987：19.

欢，各凭其力。务能承亲志，和颜婉语，不可貌奉心违，以贻父母忧。

子之孝，不如率媳妇以孝。媳妇居家之时多，洁奉饭起居，自较周到，故俗谓孝妇胜于孝子。

人之事亲，有一分力，则应尽一分力，不能稍有吝惜。有兄弟分家，各丰衣足食。而于父母身上应尽之责，竟彼此推诿，计较分毫，此谓之大不孝。

人之事亲，晨昏定省，久出必告，返为面亲。古人父母谢世后，若有远行，务必拜墓而去。

父母教育子女，未有先存子女报答之念者。子女幼而能志于学，长而能忠于事，进而能立德、立功、立言，为国家社会有用人才，皆所以报答父母教养之心，皆孝之大者。

亲有过失，子女当以婉言柔声委屈进谏。若亲志不从，则俟亲心愉悦时再说，不陷父母于不义，此为孝之一端。

坟墓乃先人藏骸之所，年时务须拜扫；家庙乃先祖神灵栖托之处，年节必修祭祀，力之所及，勿以代远而不顾，勿以路遥而不往。届时族人相处，正可以联族谊而敦一本之亲。

孔子曰："身体发肤，受之父母，不敢毁伤，孝之至也。"后世陋俗，有割股断指以疗亲病者，此迷信之谈，背人伦之旨，非子女行孝所当为。

葬亲陋俗，风水之说，谓先人葬佳地，后人可至富贵，从无此理，从无此事。所以历代家训，皆以此为戒。安先人体魄之地，惟择高埠，土质乾燥，僻静不易受人畜破坏之处为佳，从来贫富贵贱无常，与风水何干？古代帝王之家，亦同此理。今则火葬，事简费省。当视亲之生前意愿而行，不违亲意，即是尽孝。

旧俗丧亲，必请僧念经超度，声乐鼓吹，奢侈浪费，于死者何益？历代家训，谆谆告诫，应知警惕。

这里包含了丰富的内容。大致归纳如下：

第一，孝始于事亲，终于报国。"忠孝"体现了国家与家族的德行关系。"移孝作忠"、"求忠臣于孝子之门"是众所周知的名训。孝道的内涵之一是"忠孝合一，移孝忠君"。《孝经》曰："夫孝，始于事亲，中于事君，终于立身。"早在周朝，统治者已认识到，国家的稳定，首先是家庭、家族的稳定。而推行孝道，则是稳定家庭、家族生活最有效的手段。正如《论语·学而》所云："其为人也孝弟，而好犯上者，鲜矣；不好犯上而好作乱者，未之有也。君子务本，本立而道生。"

族规对此多所着墨，如林氏家庙追远堂的石柱联为"忠孝传家九龙衍派源流长，勋名报国双柱留芳世德长"。宋仁宗曾为林氏族谱题诗曰"忠孝有声天地老，古今无数子孙贤"，许多林氏后裔以此作为堂联。

第二，孝为立身大本，自孝父母始。孝父母，友兄弟，睦宗族，笃乡里，合社群，忠国家。这是一种由近及远、由小至大的秩序，体现了家庭——宗族——社会——国家的逻辑关系。

第三，奉养父母尽心尽责，为国效力，报答父母。有一分力则应尽一分力，幼而能志于学，长而能忠于事，进而能立德、立功、立言，为国家社会有用人才，这就是报答父母教养之恩的大孝。

第四，祭祀祖先，联族敦亲。每当年节，应拜扫先人坟墓、祭祀家庙，联族谊，遵亲意，尚节俭，尽孝道。

以林姓为例，以"露乌孝瑞"著称的孝子林攒，在《全唐文》中有"林孝子传"：

林孝子攒，泉州莆田县人。初举进士不第，仕塞垣。后仕不择禄，为福唐县尉，冀遂迎养。未果，闻亲有疾，奔还其家。行不俟车，食而失哺。及罹难疾，殆至殒绝。浆不濡口，往往三日或五日。自埏甓，营邱陇。及逾葬期，独庐墓侧。飞走助哀，神荐祉。故白马再集，甘露联降。泉州申使府，时贞元癸酉岁。李若初廉使兹地，深所嘉叹，遣从事亲往视验。会天久乾，露彩融释。攒拊膺大哭曰："自尽於其亲，人子常道。贞符之降，本非所望。向者所降，其福我耶？其祸我耶？今使车将至，苟非所验，非馀骸足顾，抑将殃乎州里矣。"逡巡愁四合，异香中来。触物氤氲，成甘露。焕然五色，曷然甘味。移时不消，千木同色。灵乌素质，翻翮来翔。阖郡共观，无不从验。以是悖者知敬，悍者知驯。既图其状，李公录以上奏。德宗敦劝孝道，降制褒异，命立双阙於其墓，旌表门闾。举宗皆蠲征徭，厚加爵饩，迨今号为阙下林家。欧阳詹曾序甘露述，备详其事。黄子曰：天道不远，感而遂通。林生因心之感，上达乎天。累降祥符，坐获旌表。是谓天爵，岂下万锺之贵！遂登名此书，以笃孝道云尔。

孝道是持家的基础。几乎每个家族都以孝道相承，以立家风，垂训子孙。

三、孝道教化的当代价值

孝悌之道是与血缘关系共生的天然的人伦之道，人伦之道是宗族凝聚的黏合剂。孝悌之道作为调和家族内部关系的行为准则，在团聚宗族、维持家族伦理秩序上发挥着独特的作用。

孝道教化的宗旨和积极内容可供借鉴，为构建和谐社会服务。

第一，吸取孝为立身之本的观念，尊老敬祖。传统家训孝道强调"立身以孝悌为本"、"一孝立，万善从，是为孝子，是为完人"，"忠臣出于孝门"，"百行孝为先"。孝德培养必须从小事、小处做实抓好。要从调适父母子女这一最基本的家庭伦理关系、从遵守孝德这一最基本的家庭道德规范抓起，并逐渐积淀、拓展，培养社会所要求的道德品质。

第二，良好家风陶冶。家风或门风，是一个家庭在世代生息、繁衍过程中形成的较为稳定的生活作风、传统习惯、道德面貌。纯朴、正派的家风对于家人良好道德品行的形成和巩固有着重要的影响。姚舜牧在《药言》中规定："长幼尊卑聚会时，又互相规诲，各求无忝于贤者之后，是为真清白耳。"《庞氏家训》中记载了庞氏家族聚谈形式，规定每月两次家族聚会，会上各述所闻，"或善恶之当鉴戒，或勤惰之当劝勉，或义所当为，或事所当己者，彼此据己见，次第言之。各倾耳而听，就事反观，勉加点检，此即德业相劝、过失相规之意"。这类似于今天的"民主生活会"，较好地发挥了孝睦治家的良好家风的陶冶作用。

第三，弘扬传统家训中敬为孝先、以功显亲以及慈孝相应等思想，认真吸取、借鉴传统家训孝道教化的积极内容，加强孝道教育，养成关爱、帮助父母长辈的良好道德行为习惯。"以功显亲"的孝德规范有其合理成分，培养为家庭、为国家、为社会成材的责任意识，从道德观上杜绝一切遗亲忧、致亲羞的不良行为。在包括道德教化在内的人生教化中，家长应平等相待，尊重子女的人格、尊严，将教化与引导结合起来。

第四，借鉴传统家训以身立教、注重践履的做法。传统家训在孝道教化方面不少行之有效的措施和经验，可以借鉴来为今天服务。比如，"以身立教"就是孝德培养的重要途径和核心原则。清初冯班《家戒》中说："君子之孝，莫大于教。子孙教得好，祖宗之业，便不坠于地。不教子弟，是大不孝，与无后等。"父母的言行在孩子心目中最有权威性，最具楷模的力量，在面对老人、长辈时以身示范，为孩子树立遵守孝德规范的楷模。强调践行，孝德是在实际生活实践中养成、积淀起来的，我们应该像传统家训的作者那样，从小事、小处加强教化，引导孩子在践行上着力，不断在生活实践中养成良好孝德。

家训族规中也有一些消极的内容，应注意甄别、取舍。在传统社会家族内部长幼尊卑的等级区别严格，家训族规中的孝悌之道主要强调的是下对上的孝敬，强调弟子对尊长的顺从，如清咸丰年间制订的湘阴狄氏《家规》有"入孝出弟，弟子宜然，属在梓桑，尤当恭敬。倘不孝子弟，出言无状，冒渎尊长者，带祠扑责"的严格规定。对于那些"大不孝"、"大不悌"者，处罚更为严厉，如削除族籍，逐出家门。今天，我们应该注重平等观念，父母以身作则，儿女孝亲敬老，相互帮助，这是和谐社会的重要准则。

注重家风和家教

家风是一个家庭的成员在共同生活中形成的较为稳定的传统风尚、风格、作风、道德面貌。家教即家庭教育，是贯穿人一生的教育。不论时代风云变幻，不论生活在何处，我们都要重视家庭建设，注重家风和家教。

中华民族自古以来就重视家庭、重视亲情，注重家风和家教。家和万事兴、享天伦之乐、尊老爱幼、长幼有序、贤妻良母、相夫教子、父慈子孝、祭祀祖先、勤俭持家、慎终追远等，都体现了中国人非常注重家庭观念。

家庭是社会的基本细胞，是人生的第一所学校。家，孕育生命，承载亲情，延续传统。家人，血脉相连，生死相依，是最亲近的人。唐代诗人孟郊的《游子吟》："慈母手中线，游子身上衣。临行密密缝，意恐迟迟归。谁言寸草心，报得三春晖。"生动表达了中国人深厚的家庭情结。

家风，是一个家庭的成员在共同生活中形成的较为稳定的传统风尚、风格、作风、道德面貌，或体现为家族世代生息、繁衍过程中形成的传统，具有独特的精神风貌。历代文人对家风都有论述，如北周庾信《哀江南赋》序："潘岳之文采，始述家风；陆机之辞赋，先陈世德。"宋司马光的《训俭示康》："习其家风。"宋辛弃疾的《水调歌头·题永丰杨少游提点一枝堂》："一葛一裘经岁，一钵一瓶终日，老子旧家风。"陈少平的《题载敬堂》："邻德里仁，克绍箕裘世泽；笔耕砚拓，长传诗礼家风。"元乔吉的《两世姻缘》第一折："是学的击玉敲金三百段，常则是撩云拨雨二十年，这家风愿天下有眼的休教见。"清袁枚的《随园诗话补遗》卷六："惺斋乃诗人稻园（汝霖）

司马之子，落笔绰有家风。"这些都是说家风的传承和沿袭。历史上有许多良好家风的范例，如孔融让梨、岳母刺字等，都流传甚广、影响深远。

家教，即家庭教育，是贯穿人一生的教育。传统的士绅家庭，家教十分严格，言教身教都以培养健康的人格为第一要义，讲究善、诚、勤、俭，对人要有同情心，自己有自尊心。幼年时期的人格启蒙会影响人的一生。家教特别体现在家训族规之中。家训族规是家族发展的规范、族人行事的准则。家训族规中涉及孝道的内容比较多，如孝为立身之本，敬为孝先，显父母，耀祖宗，重家声，慈孝相应，俭以祭亲，孝始于事亲、终于报国，奉养父母尽心尽责，祭祀祖先，联族敦亲，这是古代中国传统文化的重要组成部分，在当代也有着积极意义。

家训族规的宗旨和积极内容可供我们借鉴。

第一，确立良好家风，陶冶性情。纯朴、正派的家风对于家人良好道德品行的形成和巩固有着重要的影响。姚舜牧在《药言》中规定："长幼尊卑聚会时，又互相规诲，各求无忝于贤者之后，是为真清白耳。"《庞氏家训》中记载了庞氏家族聚谈形式，规定每月两次家族聚会，会上各述所闻，或善恶之当鉴戒，或勤惰之当劝勉，或义所当为，或事所当己者，彼此据己见，次第言之。各倾耳而听，就事反观，勉加点检，此即德业相劝、过失相规之意。

第二，尊老敬祖，奉行孝道。传统家训强调"立身以孝悌为本"，"一孝立，万善从，是为孝子，是为完人"，"忠臣出于孝门"，"百行孝为先"。孝德培养必须从小事、小处做实抓好。要从调适父母子女这一最基本的家庭伦理关系、从遵守孝德这一最基本的家庭道德规范入手，并逐渐积淀、拓展，推己及人，培养社会所要求的道德品质。

第三，遵守道德，明确责任。弘扬传统家训中敬为孝先、以功显亲以及慈孝相应等思想，养成关爱、帮助父母长辈的良好道德行为习惯。"以功显亲"的孝德规范有其合理成分，培养为家庭、为国家、为社会成材的责任意识，从道德观上杜绝一切遗亲忧、致亲羞的不良行为。在包括道德教化在内的人生教化中，家长应平等相待，尊重子女的人格、尊严，将教化与引导结合起来，把家庭道德和社会道德结合起来。

第四，以身立教，注重践履。清初冯班《家戒》中说："君子之孝，莫大于教。子孙教得好，祖宗之业，便不坠于地。不教子弟，是大不孝，与无后等。"父母的言行在孩子心目中最有权威性，最具楷模的力量，在面对老人、长辈时以身示范，为孩子树立遵守孝德规范的楷模。强调践行，良好家风是在实际生活中养成、积淀起来的，要从小事、小处加强教化，引导孩子在践行上着力，不断在生活实践中养成良好品德。

第五，助人为乐，奉献社会。家风与民风、社会风气紧密相连。如果每一个家庭都有良好的家风，把子女教育好，那么，社会风气也相应地会好。社会是由一个个人、一个个家庭组成的，要树立社会新风尚必然离不开大众的积极参与。如果每一个人都做到了真诚待人、守信用，那么整个社会也就变得处处充满真情、有序运行。

（原载《工人日报》，2015 年 4 月 13 日 06 版）

禅境宜春①

禅是梵文"禅那"的音译简称，意思是"静虑"。静也叫作"定"，虑也叫作"慧"或"观"。所谓"禅那"，就是在静心凝神的状态下进行冥想。定慧均等之妙体曰"禅那"，也就是佛家一般讲的参禅。禅来源于古代印度的瑜伽术，佛教把它作为一项重要的修行内容，小乘佛教的"三学"，大乘佛教的"六度"，都包含"禅定"在内，实际上都是指禅的修行。

禅和印度的瑜伽以及中国的气功一样，自古以来便有多种多样的具体修法，因而可以把禅分为不同的种类。不过大体来说，禅修的过程一般都是首先调整呼吸和身体姿势，使身心达到入定的状态，然后按照佛教的理念进行观想，从而达到印证和体验佛教理念的效果。由于禅修时人们根据不同的佛教理念进行观想，所以禅法便呈现为多种多样。在中国，禅修时大多采取打坐的方式，因而通常把禅修称为"打坐参禅"。水流云在，万物无住，一切自然地发生，这就是平常心。拥有一颗平常心，人生如行云流水，回归本真，这便是参透人生，便是禅。

---

① 邢东风　林　坚

《六祖坛经·坐禅品第五》："外离相即禅，内不乱即定。外禅内定，是为禅定。"外在无住无染的活用是禅，心内清楚明了的安住是定。所谓外禅内定，就是禅定一如。对外，而对五欲六尘、世间生死诸相能不动心，就是禅。对内，心里面了无贪爱染著，就是定。

禅分三大类十五种，即世间禅（包括根本味禅、根本净禅），出世禅（包括观禅、练禅、薰禅、修禅），出世间上上禅（包括自性禅、一切禅、难禅、一切门禅、善人禅、一切行禅、除恼禅、此世他世乐禅、清净净禅）。还有生活禅，目标是要实现禅生活，就是"觉悟人生，奉献人生"。"觉悟人生"即是观照在当下，破除烦恼；"奉献人生"即是发心在当下，成就众生。以般若智慧求觉悟，即是从生活禅进入禅生活的过程。以慈悲精神度众生，即是从禅生活回到生活禅的过程。生活禅的次第是：发菩提心，立般若见，修息道观，入生活禅。禅就在你的领悟、觉悟之中，出于平常心，回归自然境。禅来自于生活，是长期对生活积累的顿悟。

禅宗的核心思想为："不立文字，教外别传；直指人心，见性成佛。"以《楞伽经》《金刚经》《大乘起信论》为主要教义根据，代表作为《六祖坛经》。

禅学很早就传入中国，中国佛教的各个流派也都重视禅学，即便像法相宗、华严宗那样非常理论化的宗派，其实他们的学说也是一种禅学，只是这个方面不大受到重视而已。在中国佛教中，还有一些特别注重禅修的宗派，例如净土宗、天台宗、禅宗等，都是中国佛教的实践派，其中禅宗不仅历史悠久、影响广泛，而且有着丰富的思想文化内涵，在中国佛教乃至中国文化史上都占有非常重要的地位，也是今日中国文化发展的宝贵资源。

禅宗是中国佛教的一个宗派，也是中国佛教的代表。按照传统的说法，禅宗源于印度，当初释迦牟尼在灵山会上拈花示众，大弟子迦叶会心微笑，于是迦叶领会佛心，以后代代相传，到了第二十八代菩提达摩时，他把禅宗传入中国，下传慧可、僧璨、道信、弘忍、慧能，是为"东土六祖"。按照最新的研究成果来说，禅宗真正成为一个宗派，是从四祖道信和五祖弘忍时开始的。慧能的弟子中以南岳怀让和青原行思两家的法脉最盛，后来形成"五家七宗"，即南岳系的沩仰宗、临济宗，以及临济系的黄龙派和杨岐派，青原系的曹洞宗、云门宗、法眼宗。自南宋初年临济宗大慧宗杲起而倡话头禅，曹洞宗宏智正觉倡导默照禅。明朝中时净土宗兴起，此时佛教的特色为禅净合一，与儒、释、道三教合一。清末民初之际，有鉴于佛教的过于衰微，虚云大师起而中兴禅宗，为近代禅宗中兴之祖。虚云在近代传承临济，兼弘曹洞，又遥承了早已断流的法眼、沩仰、云门三宗，以一身兼嗣五宗法脉，承前启后，融会了五宗禅修法门，为禅宗的复兴打下了坚实的基础。

禅宗的流播地区主要为江南一带，集中于广东、湖南、湖北、江西、浙江一带。其中临济、曹洞两宗流传时间最久，影响甚广，不仅一直延续到现在，而且在历史上还传播到韩国、日本等地。

宜春佛教的历史源远流长，宜春与禅宗有着不解之缘，这里历来是禅宗的主要根据地。早在东晋时期，西域沙门徒昙便在靖安雷公尖创建了双林寺。唐宋中期，南岳怀让的弟子马祖道一禅师来此修行传法，踪迹几乎遍布宜春各地，门徒众多，禅法大盛。马祖是当时闻名天下的大禅师，他的弟子分布大江南北，从他开始，禅宗才如火如荼地展开，所以日本的权威学者把他称为中国禅宗的真正建立者。马祖圆寂以后，他的舍利葬在靖安的宝峰寺，谥号"大寂禅师"。由于马祖的影响，靖安的宝峰山在历史上一直是禅宗的重要据点。宜春地区至今还有许多马祖的遗迹，马祖说的"平常心是道"，至今还被人们用作口头禅。

马祖门下有三位大弟子，其中一人叫作百丈怀海，于唐德宗兴元元年到奉新的百丈山，在马祖去世以后，领众修行，人称"百丈禅师"。怀海创建《禅门规式》，就是后来所说的《百丈清规》，规定"学众皆入佛堂"，"一日不作，一日不食"，明确将农禅生活制度化，对后世禅林发生了深远的影响。唐元和九年，怀海圆寂，谥"大智禅师"。

宜丰的洞山是曹洞宗的发源地。良价禅师于唐宣宗大中末年来到洞山，提倡"五位君臣"。他的弟子本寂禅师后来到了宜黄的曹山，继承师法，禅法大成，是为"曹洞宗"。良价于唐懿宗咸通十年圆寂，舍利葬在洞山，谥号"悟本禅师"。

宜丰的黄檗山由希运禅师开辟。希运是马祖系统的高僧，曾从怀海禅师参学，住在宜丰的黄檗山，将马祖的学说发扬光大。又因宰相裴休支持，其禅风大盛于江南，影响甚广。他的《传心法要》和《宛陵录》，后来成为禅宗的经典性语录。希运圆寂后，舍利葬在宜丰黄檗山，谥号"断际禅师"，其塔至今还在。

希运门下有一位著名的弟子，就是临济义玄禅师。义玄在河北镇州建临济院，弘扬佛法，后来成为"临济宗"。说到历史上的禅宗，以前曾有"临天下，曹一角"的说法，就是说临济宗的势力遍天下，曹洞宗只占有一小部分，可见临济宗的影响之广。

沩仰宗的创始人是唐代高僧沩山灵祐和仰山慧寂两位禅师。沩山灵祐是百丈怀海的"上首弟子"，在湖南潭州的沩山修行传法，弟子慧寂住在袁州的大仰山，秉承师说传禅修道，师徒二人共创"沩仰家风"，后来成为"沩仰宗"。唐昭宗大顺二年，慧寂圆寂，舍利葬在仰山，谥号"智通禅师"。仰山在后代也是名僧辈出，一直是禅宗的重要据点。

宜春附近萍乡的杨岐山是佛教禅宗杨岐派的发源地，这一派的创始人方会禅师就是宜春人。方会禅师是北宋临济宗著名禅师石霜楚圆的弟子，在袁州杨岐山普明禅院（今萍乡上栗县杨岐山普通寺）修行传法，弘扬临济禅法，自成"杨岐派"，在宋代禅宗中有着重要的地位和影响。

说到宜春的周边，还有永修的云居山，这里的佛教不仅历史悠久，而且至今仍是中国佛教的著名道场、清修楷模。20世纪50年代，著名高僧、中国佛教协会名誉会长虚云老和尚以百岁高龄住持此山，开荒垦地，重建寺庙，培养人才，其弟子皆为现代中国佛教界的泰斗。以虚云为代表的云居山僧团，为近现代中国佛教的兴灭继绝、承前启后，保留下不可或缺的火种。杨岐山和云居山虽然在现代的行政区划上不属于宜春，但由于自然地理位置的接近，它们同属于宜春的禅宗聚落群的范畴。

禅宗"五家七宗"的大部分都发生在宜春，本地禅宗的历史盛况，在宋代诗人的作品中多有写照。北宋诗人黄庭坚诗云："我行高安过萍乡，七十二渡绕羊肠。水边林下逢纳子，东西南北古道场。"可见当时的佛教之盛。北宋诗人苏辙在宜丰黄檗山所见的"黄檗春芽大麦粗，倾山倒谷采无余"，南宋诗人范成大在宜春仰山所说的"兹事且置饱吃饭，梯田米贱如黄埃"，都生动地描绘了这里的农禅生活景象。

禅宗有着深厚的思想内涵和丰富的人生智慧。古代的禅宗教导人们保持内心的无住无染，面对五欲六尘、世间诸相而不动心，内心没有贪爱染著，保持淡定。本着平常心应对事物，回归本真，顺应自然，这样才是洒脱的生活。现代则有"生活禅"，由虚云大师的弟子净慧法师所提倡，其目标是实现"觉悟人生，奉献人生"。"觉悟人生"即是观照在当下，破除烦恼；"奉献人生"即是发心在当下，成就众生。以般若智慧求觉悟，即是从生活禅进入禅生活的过程。以慈悲精神度众生，即是从禅生活回到生活禅的过程。禅就在我们的领悟、觉悟之中，出于平常心，回归自然境。禅来自生活，用于生活，有益生活，本着禅的精神活在当下，可以使我们的生活变得清静、淡泊、祥和、充实。

禅宗的影响并不限于佛教，对中国传统文化也有广泛和深远的影响，包括语言文字的表达方式，文学艺术的形式风格、思想体系，民情风俗的习惯，国民素质、社会心理等等，其中有些内容已经潜移默化到我们的生活和文化当中，不管人们是否了解、是否承认，都不能不受到它的影响。

宜春是中国禅宗的根据地、大本营，这里曾经孕育滋养过中国传统文化中的一枝奇葩——禅宗，宜春对中国禅宗的贡献不可磨灭，宜春与禅宗文化的关系难解难分。宣传和提倡宜春的禅宗文化，对于理解宜春的历史文化底蕴、了解和利用宜春的历史文化资源、提升宜春的文化品位、打造宜春的现代文化，都具有重要的现实意义。禅宗文化是宜春地区最有特色、最具魅力、最值得自豪的文化品牌，应当充分地珍惜和爱护。

台湾生态印象

宝岛台湾森林茂密、植被丰富、山清水秀、鸟语花香，生态环境良好。我于 2014 年 11 月 9 日至 17 日访问台湾，除在嘉义中正大学、台北市立大学等进行学术交流之外，还考察了台北植物园、淡水红树林、阿里山等，对台湾生态建设有一个初步的印象，由此引发一些思考，试作管中窥豹，愿与大家分享。

一、台北植物园：闹市中的清静园林

台北植物园位于台北市西南侧中正区内的南海路上，占地面积 15 公顷，栽培面积约 11 公顷。所处位置离中正纪念堂、"总统府"都不远，毗邻历史博物馆、艺术教育馆、南海书院等，有"南海学园"之雅号。

1896 年日本占据台湾时，先在台北小南门外空地辟建苗圃，面积不到 5 公顷，后来由林业试验场管理，购地达到 15 公顷，分别自台湾各地或日本采运母树种植，并插名牌以资普及植物教育。1921 年中央研究所成立，将苗圃改名为台北植物园，且从全世界多方面收集树种培育。到 1930 年左右，植物园内已栽种 1120 种植物。可惜的是在第二次世界大战中，园区建设中辍，树木枯萎殆尽，至台湾光复后林业试验所将园区重行整理，同时积极引种栽植，如各种棕榈科植物，如大王椰子、亚历山大椰树，肯氏南洋杉，等等，汇集了世界各地的多样树种，逐渐成为今日盛况。

园区内栽种植物达 2000 余种，以亚热带树种为主，依植物分类系统与习性，分成十七个区种植，每个区域以不同的主题呈现，例如荷花池、十二生肖植物区、多肉植物区、蕨类植物区、《诗经》植物区、成语植物区、民俗植物区、沙漠植物区、棕榈科区，等等，以增加展示的系统性。每个区都设有解说牌，每种植物皆载明名称、产地及特性，便于参观者能清楚地认识每种植物。

令人印象特别深刻的是《诗经》植物区、成语植物区等。《诗经》中提到的植物，如菡萏（荷花）、蒲（香蒲）、蓼（水草）、葭（芦苇）、菼（荻）、黄（白茅）、苓（甘草）、茨（蒺藜）、藿（豆叶）、勺药（香草），等等，在这里展示出来，并加以解说其出自哪首。如荇菜（莕菜）："参差荇菜，左右流之。窈窕淑女，寤寐求之。"（《周南·关雎》）蘋（田字草）："于以采蘋？南涧之滨；于以采藻？于彼行潦。"（《召南·采蘋》）苹（浮萍）："呦呦鹿鸣，食野之苹。我有嘉宾，鼓瑟吹笙。"（《小雅·鹿鸣》）芣苢（车前草）："采采芣苢，薄言采之。采采芣苢，薄言有之。"（《芣苢》）漫步成语植物区，一边获得植物知识，一边对成语也有了更深的印象。"山重水复疑无路，柳暗花明又一村。"如此意象，怎不让人流连忘返？

园中还有清光绪年间所建的台湾布政使司衙门，现为台湾林业陈列馆，亦为三级古迹，令人发思古之幽情。园区中有导览步道，架高的木栈道与林间小碎石道，让前来的民众可以依循步道参观，融入游园的气氛。植物园东侧的科学馆除科学展览外，尚有星象表演、显微放映、科学电影及学术演讲等。园中另有其他文化机构，如孔孟学会、南海书院、教育电视台等，形成一个文教中心。

台北植物园为热带经济树种之栽植试验处所，它的一个突出特点是把花草树木与文化紧密联系起来，让人感受到浓郁的文化氛围，也是台北市知名的休闲公园。

二、淡水红树林：湿地森林景观

台湾新北市淡水河临近入海口附近，生长着成片的红树林，又称"水笔仔"。涨潮时，海水淹过红树林的枝干，茎叶浸泡在水里，看上去就像长在水面上的森林。由于红树林生长环境受海水涨潮、退潮的影响，也被称为"潮汐林"。这里由台湾农业委员会林务局罗东林区管理处管辖，建有红树林生态教育馆。

红树林具备一种特殊机能，能够适应潮间带干湿变化大、盐分高以及泥滩地缺氧的环境。茂密的红树林拦截河水带来一些有机物质，枯枝树叶落在泥滩地也增加土壤养分，成为鱼、虾、蟹、贝等的食物来源，各种鸟类也在这里觅食。还有各种水鸟飞来飞去，主要有小白鹭、夜鹭、黄头鹭、小水鸭、红冠水鸡等。在泥滩地里，招潮蟹自在横行，弹塗鱼在水洼间跳跃。弹塗鱼最能适应湿地生活，体型较小的弹塗鱼俗称泥猴或跳跳鱼，大弹塗鱼俗称花跳，身上带着非常漂亮的蓝色斑点。弹塗鱼可以离开水面到陆地活动，涨潮时会跳上红树林枝干，以躲避水中的掠食者。这些生物死亡后，分解产生的有机物流入海中，成为近海的主要营养源。红树林生物之间构成复杂的食物链，维持着各种生物间的平衡关系，形成一种有机的生态系统。

台湾作家韩韩的《红树林生在这里》（载《联合报》1981 年 1 月 1 日副刊"自然环境的关怀与参与"），以"报导文学"的形式唤醒人们的生态保护意识。红树林曾惨遭砍伐，所幸的是人们逐渐认识到了它的可贵，而得以恢复。在西方生态思潮的影响下，因应紧迫的生态危机，台湾出现了"自然写作"，出版了"自然公园"丛书，以大自然为母体，以优美动人的文句、发人深省的哲思，记录自然中的生命形态、人与自然之间微妙或整体的互动。

我漫步在架高的木栈道上，在红树林中穿插迂回，观赏飞鸟栖立枝头、鱼蟹水中悠游。淡水河一带呈现静谧、淡雅的风光。成片成片的红树林蔚为壮观，形成独特的近海湿地景象，令人难忘。

三、嘉义阿里山：神木、高山火车、民族植物志

"一二三到台湾，台湾有个阿里山，阿里山上有神木。"这首童谣道出了人们对阿里山的神往。相传 250 多年前，邹（曹）族有一个酋长名叫"阿巴里"，勇敢善猎，由达邦翻山越岭到阿里山打猎，满载而归，后经常带领族人进山打猎，所得甚丰。其族人敬仰英雄，便将此地称为"阿里山"。阿里山以森林、日出、云海、晚霞以及登山火车等"五奇"名闻遐迩。

　　阿里山森林游乐区位于嘉义县阿里山乡中山、中正、香林村。阿里山森林品种主要有红桧、柳杉林、毛地黄、高山鸭脚木、华山松、褐毛柳、杜鹃、铁杉林等。沿着巨木群栈道，共有36株千年红桧，生机盎然。据说好多大树在日本人统治时期被砍，如今只剩下树桩，有的像心型、有的像象鼻、有的像猪嘴。有的树已空心，但仍然高耸入云，说明它有着顽强的生命力！阿里山有很多神奇的故事，如"姐妹潭""兄弟树"传说。

　　阿里山森林火车久负盛名。早在1897年，日本统治台湾期间，林圯埔抚垦署长斋藤音作率领探险队勘察玉山，无意间发现阿里山的原始森林。1899年，日本技工小池三九郎向台湾总督府殖产局林务课上陈此事，成为开发森林铁道的契机。1900年，后藤新平担任台湾总督府铁道部部长，他与河合柿太郎对于19世纪末欧洲流行修筑的登山铁路都有很高的兴趣，1902年，河合柿太郎由嘉义经公田、达邦、十字路进入阿里山勘查，提出开发森林铁道的运材方案。1906年，阿里山森林铁道开工，但由于预算超支等问题，两年后停工。1910年，台湾总督府殖产局接手开发阿里山铁路，1912年12月25日，嘉义至二万平正式通车，其间有51个隧道和66座桥梁。从嘉义北门驿起点，经奋起湖、二万平，到阿里山，有"螺旋状铁道""Z字型爬升""62.5‰爬坡"等，具有罕见的特色。早期行驶蒸汽火车，后行驶柴油对号快车。沿着阿里山铁路，一路上可看到热带、暖带及温带三种林相。阿里山木材不断运下山，带动了阿里山地区及整个嘉义的开发，嘉义成为日治时期台湾第四大城市。阿里山车站原为森林铁路的第四分道站，1977年开工，1981年1月启用。2007年9月，阿里山新站开始启用，全站采用木结构，与周围园林融合为一体，成为阿里山森林游乐区的新地标。观光小火车从阿里山站到沼平站。另一条线路是从神木站到阿里山站。阿里山森林铁道享有世界性声誉，富有生态文化意涵。

　　《阿里山乡志》第五篇《植物志》是由植物学者进行田野调查而撰写的邹族植物志，记载了阿里山的地理气候属性、山地植群带及生态资源，指出："民族植物学又称民俗植物学，是探讨某地区之原住民（或民族），在现代文明入侵之前，长久以来对周围植物的利用方式，包括食、衣、住、行、娱乐、医疗、宗教、礼俗等日常生活中所使用到的植物，或特殊的制作过程，其目的在记录先民对植物的使用方式，保存先民珍贵的文化遗产，研究内容除原住民或居住该地区居民所使用的植物名称，鉴定其植物学名外，尚保存该植物的采集、栽培法、特殊用途的制作方法等。"《邹族植物之利用》则介绍了邹族起源传说、地域分布、考古遗迹、传统技艺、生命豆祭等，在植物利用部分涉及作物、香料植物、野菜、副食品、野外求生、编织及染料、狩猎、生活及童玩、建材、民俗、医疗植物，等等。

台湾中正大学台湾文学研究所浦忠勇、江宝钗，自然科学博物馆严新富等对阿里山邹民族植物叙述进行田野调查，认为"阿里山植物与其他山区植物完全不相同，它不只是一个自然世界，更是人们纳入生活形式的元素，记忆依附与认同滋生的所在，隐藏着无数可歌可泣的故事，充满了文化的魅力，是一个值得探索、观注的场域，其价值难以估量"。

阿里山是一个当之无愧的生态文化宝库！

四、台湾生态建设的启示

台湾在自然生态保育上，经历了一个由掠夺破坏到恢复、保育的过程。

台湾开始注重自然生态环境保育从 20 世纪 80 年代中期算起。之前的 20 多年，台湾工业和经济飞速发展，人口迅速增长，但对自然资源的掠夺和生态环境破坏严重，水、空气污染严重，环境质量日益恶化，民众怨声载道。20 世纪 80 年代初，层出不穷的环境自力救济事件、"反公害"、"反污染"的生态保育运动此起彼伏。依据对野生动物保育、野生植物及森林保育、自然保护区、综合性保育措施等四项因素的全面考察，将台湾自然生态保育的历程分为台湾开发先期（1895 年以前）、日据时期（1895—1945 年）、保育黑暗期（1946—1970 年）、保育启蒙期（1971—1980 年）、保育萌芽期（1981—1990 年）、保育成长期（1991 年以后）等六个阶段。自 20 世纪 80 年代以来，台湾自然生态环境保育由三股力量交织推动：一是由经济发展为中心走向经济发展兼顾环境保护与生态保育；二是民众环保意识的觉醒与环保运动的推动；三是环保力量的介入与推动。

经过 20 多年环境污染整治和生态环境保育，台湾的自然生态环境有了较为明显的改善，生态复育良好，生物多样化重新恢复正常。台湾自然生态环境保育的经验主要有：第一，制订和完善相关自然生态环境保育的政策法规。第二，调整产业结构，注重源头污染治理。第三，综合运用法律、行政与经济手段。第四，设立特殊保护区域。第五，环保组织和环保运动的推动作用。第六，广泛开展环境教育，不断提升全民环保素养。

台湾民间的环境保护组织纷纷成立、结盟，对各种环境政策和措施进行监督，成为台湾环境的监测计。生态环境与每个人的生活息息相关，保护环境，维持生态平衡，就是善待自己，尊重生命。

台湾生态建设给我们带来一些启示：第一，建章立制是根本，加强生态保护宣传教育、提高全民环保意识是关键。第二，要重视环境教育，近20年来，台湾的环境治理与生态保育取得良好成效的关键就是重视环境教育，增进了民众保护环境的知识、技能、态度及价值观，民众的环保意识、环境素质得到较大提升。第三，生态文明建设势在必行、刻不容缓。然而也存在一些问题，台湾民间力量较发达，在一些方面政府作为显得不突出，缺乏整体规划和长远可持续的考量。

走生态文明之路，已是当今世界发展的大趋势。其显著特征：一是尊重自然、保护自然，人与自然和谐相处；二是维护生态安全、保持生态平衡；三是可持续发展；四是崇尚清洁、绿色、低碳、环保；五是实现环境、资源、人口的协调发展；六是形成良好的生态意识和伦理道德。

台湾海峡水相连，两岸人民心相通。在环境保护和生态建设方面，应加强交流与合作，让我们共同的家园更美好！

（原载《生态文明世界》，2015年第2期）

第三辑　城市与社会

城市品牌的文化要素

对于城市品牌这个概念，美国杜克大学富奎商学院 Kevin Lane Keller 教授在《战略品牌管理》一书中解释道：像产品和人一样，地理位置或某一空间区域也可以成为品牌，即地理品牌。地理品牌可以认为是受众对于某一地理空间区域及这一地理空间区域所有供给的全部体验。城市品牌化就是从城市的层次去看待地理品牌，就是让人们了解和知道某一区域并将某种形象和联想与这个城市的存在自然联系在一起，让它的精神融入城市的每一个部分。

城市品牌战略，是为推进和加快城市的发展，在对城市的资源和潜力进行评估和挖掘的基础上，对城市形象的重塑和提升做出的具有全局意义的构想与决策，意在为城市的未来绘制美好图景。

根据我们对企业文化的研究，拓展到对城市文化的认识，城市文化体系应包括城市历史、现实定位、城市核心价值、城市科技教育文化要素、城市个性、市民风俗、产业亮点、特产、语言特点、旅游特色、城市符号、城市形象等方面。而城市品牌是城市文化体系的代表，是城市的无形资产。

我认为，打造城市品牌，必须着力发掘其中的文化要素，才能卓有成效。

1. 理清城市的历史资源

每个城市都有自己的历史，深入挖掘城市的历史资源，保存珍贵的历史遗迹，展现城市发展的历史脉络，这是一个城市的"立城之本"。历史久远的城市更具有丰厚的历史文化资源，这具有不可替代性。如北京拥有五项世界文化遗产（故宫、长城、周口店"北京人"遗址、颐和园、天坛），云南丽江古城保持完好，等等。一个城市的博物馆及名胜古迹，对了解城市的源头和发展轨迹具有重要意义。

2. 把握城市的现实定位

一个城市的定位，是由多方面因素决定的，包括地理位置、自然条件、历史形成、人口规模、民族构成、产业结构、文化环境、影响力，等等。对于已经定型的城市，要突出现有优势，合理配置资源，在深度拓展上下功夫。对于正在成长中的城市，则要开掘新的增长点，体现独有优势，塑造新的形象。按中国现有城市格局，包括直辖市、省会城市、副省级城市、地级市、县级市等。"级别"基本定型，但特色可以开发。随着条件的变化，也可能有不同的定位。如天津市把滨海新区作为一个响亮的子品牌，滨海新区已成为天津的动力之源和希望所在，为天津城市品牌注入了活力。

3. 提炼城市核心价值

价值是一个含义广泛的概念，这里所说的城市核心价值，是对一个城市具有根本性的、不可替代性意义的价值，是一个城市的"镇城之宝"，如北京作为中国的首都，上海作为国际化都市，深圳作为新兴的特区城市，桂林作为以山水闻名的城市，等等。

4. 珍重科技教育文化要素

文化包含思想、制度、行为和物质等层面，而集中体现在科技、教育、新闻出版、广播电视、文艺等领域。这是城市文化的软件与硬件的结合。如西昌卫星发射基地、长沙"岳麓书院"和湖南卫视城、无锡太湖影视基地等。山东曲阜市利用孔子故里和历史文化名城的特色优势，作为城市重要的无形资产。

5. 保存城市个性，展示市民风俗

城市是市民活动的场所，市民是城市的主人。一个城市的风气和习俗是历经多年而形成的，所流传下来的风俗正是一个城市区别于其他城市的地方。所谓"千里不同风，百里不同俗"，正由于有不同的风气、风格和风俗习惯，才形成了千姿百态的城市格局。城市市民的风俗，也正体现了城市的个性色彩。如成都的茶馆文化、潍坊的风筝文化等。

6. 锻造产业亮点，保护城市特产

城市产业和企业构成城市品牌的经济支撑，是城市品牌活力元素的重要来源。每个城市都应有自己的有特色的支柱产业和名牌产品。如攀枝花钢铁城、个旧锡都、大连造船业、景德镇陶瓷等。青岛的名牌产品（海尔、海信、青啤等）生产已成为城市的支柱产业，构建了城市强有力的总体美誉度，极大地提高了城市的吸引力。地方特产能让人们把某种产品同某个城市联系起来，如"北京烤鸭""金华火腿""樟树药材""哈密瓜"等，历时久远，口耳相传，使人们产生自然联想。

7. 注意语言特点

由于中国地域辽阔，民族众多，不同的地区使用不同的语言和方言，这也是不同城市显出明显差别之处。语种、方言没办法强求一致，反而是多样化的语言体现出不同的城市、地域特色。汉语的方言大致可分为北方官话、西南官话、吴越方言、粤方言、湘方言、赣方言、闽方言、客家话等。

8. 确立旅游特色

一个城市除了有本地居民，还要大力吸引外来游客，提高知名度，推广旅游价值，让人慕名而来，又传名而去。如平遥古城在入选世界文化遗产后，游客翻了数番；井冈山把"红色旅游"和"绿色旅游"相结合，也吸引了不少人。

9. 确定城市符号

城市符号，包括市徽、城标、标志性建筑以及市树、市花等。这些体现了一个城市的特色和市民的认同。如上海的东方明珠电视塔、广州的木棉树、洛阳的牡丹花等。

10. 提升城市形象

城市形象是一个复合系统，文化是城市的"名片"，体现了城市形象，也只有依靠文化，才能提升城市形象。当然要有一定的经济实力为基础，而经济的发展必有文化的支撑。归根到底，还是文化的品位和特质决定着城市的档次和风度。

每个城市都要突出自己的优势和独特性，充分展示城市个性和特色，从自然环境、历史、文化、建筑、产业、产品、管理和服务等方面提炼出城市品牌，而贯穿其中的主线和灵魂是城市文化。在"千城一面"的城市风格"同质化"时代，开发和运用城市文化资源成为城市从差异化竞争中脱颖而出的关键。

只有真正认识到文化的价值和力量，并恰当地应用到城市品牌的建设之中，才能打造出具有个性特征和恒久价值的城市品牌，提升城市的综合竞争力。

（原载《光明日报》，2007 年 3 月 2 日第 10 版）

实现"中国梦"需要总体设计

国家和社会的发展，应着眼未来和全局，进行总体设计和全面规划。发展规划应具有全球视野、长远眼光，而不能局限于一时一地。

"中国梦"是对中国未来的美好期盼。为使好梦成真，实现理想愿景，需要进行总体设计。近来，关于"顶层设计"的议论很多，意在从高层、顶层着眼。其实，"顶层设计"不如"总体设计"。"顶层设计"注重最高层，其思路是从上往下，以为"顶层设计"好了，中层、底层都可以跟上。而"总体设计"是一个系统工程，注重整体、全局、从上到下各个层面，各个层级有不同的功能和要求，强调系统配套、协调、整合。

"总体设计"由钱学森提出，是在航天工程中首先应用的方法。钱学森根据"两弹一星"成功的理论与实践明确指出：如何从中国现代化建设的全局出发，应用系统科学的观点、理论与方法，深入研究我们时代的重大课题——"如何组织管理现代化建设"，他倡导设立"总体设计部"。

在大科学、大技术、大工程时代，目标不可能靠一个人来完成，因为个人不可能精通整个工程系统所涉及的全部自然科学技术知识；也不可能有足够的时间来完成数量惊人的技术协调工作。这就要求以一种组织、一个集体来代替从前的单个指挥者，对这种大规模的工程进行协调指挥。这个组织叫"总体设计部"，它由熟悉系统各方面专业知识的技术人员组成，并由知识面比较宽广的专家负责领导。总体设计部设计的是系统的"总体"，是系统的"总体方案"，它是整个系统研制工作中必不可少的技术抓总单位。

钱学森指出：加快实现四个现代化，这是一场根本改变我国经济和技术落后面貌的伟大革命，为此，首先要从多方面改善生产关系，改善上层建筑，使之适应生产力的发展。与此同时，必须研究组织管理社会主义现代化建设的科学方法，以大大提高组织管理国家建设的水平。

进入20世纪以来，人类面临的大多是开放的复杂巨系统，社会就是一个特殊的开放的复杂巨系统。在研究社会发展这一复杂的问题时，提出的经验性假设往往是思辨的和定性的。如何解决从定性到定量的难题？以简单系统为对象的近代科学研究方法暴露出它的局限性。在科学向综合化、整体化发展的历史时刻，钱学森及其合作者提出从定性到定量综合集成法，在方法论上突破了近代科学的研究方法，其要点如下：

第一，综合集成法的基础是：收集与研究对象（系统）有关的情报、资料、数据及相关领域专家的实践经验。

第二，综合集成法的过程是：从收集得到的情报、资料、数据及相关领域专家的实践经验出发，从这些局部的、定性的知识出发，应用人机结合、以人为主的方法，充分利用计算机处理信息的能力，发挥人特有的智慧，实现信息与知识的综合集成。通过人机交互、反复对比、逐次逼近，实现从定性到定量的认识，从而能对经验性假设的正确性作出明确的结论，得出研究对象（系统）的整体的定量的认识。

第三，综合集成法的框架是：它的理论基础是思维科学，方法论基础是系统科学与数学，技术基础是以计算机为主的信息技术，哲学基础是实践论和认识论。

第四，综合集成法的组织形式是综合集成研讨体系，按照系统原理组织和进行，由下列三个子系统组成：（1）知识体系，包括各种科学理论、专家经验、情报资料、统计数据、常识性知识；（2）工具体系，以计算机为核心的多种高新技术的集成与融合所构成的机器体系；（3）专家体系，由与研究问题有关的专家组成。这三个体系构成高度智能化的人机结合体系，它不仅具有知识与信息采集、存储、传递、调用、分析与综合的功能，更重要的是具有产生新知识和智慧的功能，既可用来研究理论问题，又可用来解决实际问题。

钱学森的"总体设计"战略思想，对我们思考改革和发展的前景具有重要意义。国家和社会的发展，应着眼未来和全局，进行总体设计和全面规划，注重战略性、长远性、系统性，分别制定长远战略、中期目标、近期规划，根据实践发展和现实要求进行具体的调整。发展规划应具有全球视野、长远眼光，而不能局限于一时一地。

现代社会发展的"总体设计"，遵循以下原则：一是系统性原则，因为社会是一个有机整体，必须考虑各个子系统的功能，使社会要素相互协调、和谐发展，系统又是分层次的，要考虑各要素、结构之间的联系；二是主体性原则，社会主体及人的发展体现为一切社会活动的目的和社会价值目标，必须以人的自由全面发展为主线，推进经济、政治、文化的发展，改善人民物质文化生活；三是自组织原则，社会是一个内生的自组织系统，表现为自身具有不断发展和完善的能力，并能够适应变化着的外部环境而自我保持和自我更新；四是开放性原则，在世界普遍交往的条件下，要扩大交流，广泛利用外部有利环境，相互开放，共同发展。

（原载《瞭望》新闻周刊，2013 年 4 月 15 日第 15 期）

城市公共安全与每个人相关

城市人口、资源、环境存在的问题对城市管理提出了严峻的挑战，任何一个小的节点都可能成为危及城市公共安全的隐患。

城市的主体是人，城市公共安全与每个人都切实相关。随着中国城市化发展的进程，城市公共安全面临着严峻的挑战。自然灾害、事故灾难、公共卫生、社会治安、经济安全、信息安全、社会结构、恐怖活动甚至战争威胁都可能引发危机。城市安全危机是城市居民共同的生存基础或社会秩序面临破坏或严重威胁的临界状态。

中国政府对"突发公共事件"的分类主要包括：自然灾害、事故灾害、公共卫生事件、社会安全事件。应对危机事件的趋势，一是从危机事发应急管理转向事前预防、预警管理，二是危机管理对象扩展，包括从重视急性危机管理向重视慢性危机管理扩展，如生态危机管理、资源危机管理等；从重视有形危机管理向重视无形危机管理扩展，如关注文化安全、道德、信誉、心理等深层次问题。

城市所面临的风险很多，存在于生产、生活、生态各个方面，包括食品、住所、交通出行、日常生活、社会活动等各个领域和环节。

在生产安全领域，突出表现在水、电、煤气、物品供应等方面，任何一个环节出现问题都可能引发城市安全的危机。一些城市存在严重的火灾隐患，易燃易爆危险需要警惕，煤气安全也存在隐患。城市基础设施超负荷运行，降低了城市系统的安全系数。

在生活安全领域，突出表现在食品、药品、住所、信用卡、信息等方面，城市食品供应、公共卫生、医疗条件、居住环境、信息流通等都面临着复杂的问题，任何一个方面出现问题，都会影响到整个城市的公共安全，进而影响城市的正常运行和人们的日常生活。与食品安全有关的部门包括：农业、食品生产企业、质量监督、检验检疫、工商行政管理、商务、卫生、食品药品监督管理等，可谓"多口管理""众口难调"。但是，不安全的食物进到人的口里，就是人命关天的大事。

在生态安全领域，城市面临着资源短缺、生态环境破坏、污染严重等问题，突出体现在水资源困乏、河湖污染、土地污染、农作物和物种污染，带来人们健康危机。

现实状况是：城市人口超饱和，建筑空间拥挤，城市绿地减少，环境质量恶化，城市的安全性降低。城市人口、资源、环境存在的问题对城市管理提出了严峻的挑战，一个小的节点都可能成为危及城市公共安全的隐患。城市公共安全危机不仅对生命财产、社会秩序造成现实危害，而且对公众造成心理恐慌。

保障城市公共安全，需要各方面的共同努力，特别应注意确立城市公共安全意识，建立城市公共安全预警机制。城市公共安全意识，是对城市所面临的威胁、危险、危机的认识，应未雨绸缪，居安思危，有预警、防范意识，预先设想可能存在的风险、隐患，防患于未然，把风险控制在萌芽状态，尽力避免危险和危机。要加强对城市公共安全问题的研究，综合运用城市学、安全学、社会学、政治学、治安学、心理学、生态学、系统科学等的理论和方法，使城市公共安全治理既体现高度的科学精神，又体现深切的人文关怀。

应运用系统思维和复杂性思维，分析城市公共安全的问题，提出总体目标，进行层次分解，设想所有可能出现的问题，并从整体中予以考虑。从"应急处置"升级为对"事前、事发、事中、事后"全过程管理，对危机"生成、发展、爆发、消亡"全程监控管理。

要正确地进行安全预警、危机预警，就必须建立信息预警系统，获取足够的、准确的信息，综合各种情况。应把危机的前期控制过程纳入长远的战略目标、规划于管理之中。针对危机可能的演变情况制定各种预案，在时机成熟时依据预案采取防范措施。通过预警并采取有效措施，防止和消除一些危机事故的发生，或者在一定程度上控制危机的范围、程度，使其不致造成严重灾害。

应形成有效的安全管理体制、机制，制定应急预案体系，建立多重防线危机管理体系（包括风险管理、安全管理、应急管理、危机管理），加强风险应对、处置能力，对危机进行科学化、网络化、实时化、定量化、自动化、全程化管理。要做到不留死角，不留隐患，有案可查，有条不紊。

城市公共安全涉及城市中的人、财、物等方面，涉及交通、通信、水电、食品、卫生、建筑、治安、信息传播等。城市公共安全必须综合治理，从过去"专业条块分割管理"转为"各部门高度协同综合管理"，从单一管理主体转向多方参与管理，发挥市民、各种社会组织的作用，构筑一个全方位、立体化、多层次、综合性的危机应对合作网络。只有调动各种社会组织的资源和力量，充分发挥民众的作用，才能提高整个社会应对危机事件的能力，降低社会总成本，维持社会稳定和促进可持续发展。

（原载《瞭望》新闻周刊，2013年4月29日第17期）

尽快提高决策科学化水平

历史上由于决策失误造成过巨大损失，我们应该充分吸取教训，不能重蹈覆辙。

决策是领导、管理过程中的环节，是为了实现特定的目标或目的、为解决特定问题而形成某种方案、作出决定。决策以实现目标为宗旨，以行动为取向，具有很强的实践性和应用性。决策分为不同层次，最高层次是战略决策。

决策科学化是指决策者充分利用现代科学技术知识和方法来进行决策，采用科学合理的决策程序。核心是按照科学的精神、科学的态度提出方案，根据事实，把握历史和现状，着眼未来，基于可靠的知识和合理的价值观念，通过精密分析和测算，以达到最优化状态和效果。

历史上由于决策失误造成过很大损失，我们应该充分吸取教训，不能重蹈覆辙。新中国成立之初对于北京城的建设，有几种方案，如"梁（思成）陈（占祥）方案"、苏联专家方案等，结果"梁陈方案"未被采纳，接受了苏联专家的方案。其实，"梁陈方案"有很先进的设计理念，城市功能划分清晰，有利于人们的工作和生活。再如 20 世纪 50 年代的三门峡水库建设，尽管有水利专家反对，但还是开工建成了，结果造成泥沙淤积，水库没起到作用，反而给上下游都带来巨大的损失。

据说，20 世纪 80 年代初，有机构计算了 1949 年后因重大决策失误而导致的经济上的损失高达 1 万亿元人民币。当时的副总理万里提出"决策的科学化和民主化"，他指出只有这两个标准才能保障我们不再犯以前那种错误。

要努力避免决策失误，保证决策的科学性、权威性和严肃性。改革开放 30 多年的实践证明，在优化决策方式上，制度建设更具有根本性、全局性、稳定性和长期性。但是，目前在公共事务上决策拍脑袋、执行拍胸脯、问责拍屁股的"三拍"现象依然存在。必须依据现代科学决策原则，适应现代决策需要，以决策组织制度、"智囊"辅助制度、决策程序制度、决策评估与责任制度等为重点，加强现代科学决策的制度化建设。

决策科学化是对经验决策、自发决策的扬弃，它表现为决策程序和方法的科学化以及决策结果的有效性。决策活动从分析目标开始，明确要解决的问题、希望达到的目标，组织设计方案，进行科学论证，通过综合权衡，选择恰当的方案，从而作出正确的决策。对决策效果的评估是一个重要的环节，必须及时总结和反馈，这是决策科学化的重要保障。

在决策过程中，要以科学为根据，作出适当的、可行的、有益的决策，避免决策失误。科学决策，要求理性、冷静，经过充分的调查研究，选择可行的方案，力求以最小的成本实现最大的效益。决策需要决断，具有权威性和主导性。

决策需要充分利用各种科学知识和方法，不仅借助于社会科学及行为科学尤其是政治学、经济学、社会学、管理学、心理学的理论和方法，更需要有哲学思维，还要借助于数学、系统科学、信息技术、运筹学等的理论和方法。作出具体决策，不是简单地把这些学科知识和方法拼凑、堆积起来，而是要高屋建瓴，把这些知识和方法有机地统一起来，目标明确，指向清晰，具有强烈的针对性，又必须具有可操作性、可行性。

在决策过程中，需要发挥咨询系统或称参谋系统、智囊系统的作用，即由相关的专家、学者组成咨询系统，根据现实条件，参照历史经验和预测结果，以系统内外的各种信息为基础，集中专家们的集体智慧，运用科学的方法和成熟的技术手段，为科学决策提供方案和其他方面的咨询服务。思想库在现代决策中发挥着举足轻重的作用，它以改进决策为目标，由多学科的研究人员构成，运用现代科学方法及手段，具有相对独立性、客观性和创造性。

科学的决策原则是决策过程中的运行规律的概括和反映。主要包括：第一，准确收集信息。信息是作出决策、执行、评估和监测的依据，必须收集、传递、整理和应用准确、可靠、全面、系统的信息，并进行正确的分析判断。第二，科学预测后果。科学的预测是作出正确决策的基本前提之一，不预测后果的决策是盲目的决策。第三，遵循基本程序，就是提出目标、分析界定问题、设计方案、预测效果、作出抉择。第四，符合法律规定，建立专门的法律审查程序。第五，考虑可行性，充分考虑经济、技术、政治、文化、环境和社会心理等各方面的因素，具备可操作性。第六，互动反馈调整。决策者要跟专家以及社会公众进行双向信息交流，建立良好的互动关系，广泛地集中民智，充分反映民意。决策需要根据变化的情况及执行过程中的反馈进行及时的调整。

决策是面向未来的活动，要有前瞻视野、整体观照和系统思维。决策科学化成为当务之急，要经过多方面的评估、论证，博采众长，拣细择优，吸取正确的意见，预见可能的结果，反复权衡利弊，完善决策程序，提高决策水平，真正实现决策的科学化、民主化。

（原载《瞭望》新闻周刊，2013 年 8 月 5 日第 31 期）

城镇化的关键：做"大"城市，做"强"县镇

在大力推进城镇化的过程中，应抓住关键问题，统领全局。关键问题在于：做"大"城市，做"强"县镇。

城市是社会文明的象征，是包括一定的经济、政治、文化、生态、社会要素的人群聚集地。世界城市化的发展经历了"集聚—高度集聚—困境—分散"的发展过程。中国有众多的历史悠久的历史文化名城，但作为一种独立行政建制的市制却是一种舶来品。法律形式上的市制到晚清才出现。1918 年在广州设立的隶属于"中华民国军政府"的市政公所标志着具有独立行政功能的市制在中国正式出现。1921 年北京政府公布《市自治制》，在北京和青岛实行市制。民国时期是中国市制形成的重要阶段，到 1947 年 6 月，有建制市 69 个，其中 12 个行政院直辖市、57 个省辖市。市成为一级行政区划，在法律上具有地方自治性质，同西方国家的市建制类同。新中国成立以后，特别是改革开放以后随着"地改市"浪潮，设立了一大批建制市，包括省管市和管县的市以及县级市，总数达 350 个以上。

城市化初期，大量人口向城市特别是中心城市聚集，当达到饱和的程度时，出现了一系列的城市病，如交通拥堵、生活成本提高、城市功能高度集中、地价房价飞升等，从而导致城市的分散化趋向，城市的空间结构由高度集中逐步走向分散化结构。国际上的城市结构，是多中心、组团式的，单个城市规模不是很大，但有一定的分工，若干个城市连成一个城市带或城市群，而且城市的容量比传统的城市要大得多。大城市尤其要注意空间布局，卫星城的出现，就体现了现代化城市开放格局，以保证整体上的和谐。

城市规划，要把城市和人、自然环境作为一个整体，必须注意人与环境的和谐。人可以通过自己的活动能动地调节自身和自然环境的关系，使城市成为宜居城市，让城市生活更美好。合理的城市分区布局应体现层次性和节

奏性，使城市运行井然有序，人的活动方便、有序。城市规划的作用就是要规划、引导城市建设向有利于城市未来发展的方向前进。以人居为中心，降低建筑密度，与环境协调，追求更具文化品位的适宜人居住的场所，已成为城市中心空间结构发展的一个趋势。

城市是现代人类生活的中心。城镇化的过程是城市做"大"、县镇做"强"的过程。应弱化省级机构的权力，而作为统筹、协调、统计单位，加强市、县、镇的权力，把市做大，把县镇做强、做实，建设创新型城镇。真正干事、管事的，应是市、县、镇层级。

着眼于区域经济和文化的发展，有必要在省、市、自治区内，进行一定的区划调整。应以大中型城市为龙头，做大做强直辖市。省会城市可以适当兼并周边一些市县，如安徽省合肥市已把巢湖市纳入管辖范围。

可适当增加直辖市。新增直辖市必须具备以下条件：第一，必须是大的区域里的首位中心城市，同现有直辖市保持一定距离；第二，人口不能少于500万；第三，经济总量应高于全国大城市平均值，财政能够自给自足。如果把省会城市划成直辖市，涉及省会的搬迁，成本较高，因而可考虑在"双中心城市"的省中选择，如大连、青岛、厦门、深圳等。实际上，大连、青岛、厦门、深圳已是计划单列的副省级城市，升格为直辖市较有条件。从地理位置考虑，北方两个，南方两个，它们都是沿海开放城市，在国内外都有较大影响，已具备成为直辖市的条件。重庆成为直辖市后，已成为西南地区的龙头城市。直辖市可设区、县。

增加省辖市的设置，在行政级别上作为省与县的中间层次。经济规模、人口、地域达到一定条件的地区可以设立市，可以适当地合并相邻的县组成新的市。如江西原新余县、分宜县合并组成新余市，成为赣中一个区域中心城市。

考虑经济实力、地理状况、文化区域条件，加大中等城市规模，增强城市的聚集功能和集群效应。"市"着眼于发挥城市功能，可设一定的区，避免"市"下又设"县级市"或县的现象。取消市管县体制，减少中间环节，精简公务员队伍。

1986年设市标准规定：非农业人口6万人以上，年国民生产总值2亿元以上，已成为该地经济中心的镇，可以设置市的建制。总人口50万以下的县，县人民政府驻地所在镇的非农业人口10万以上，常住人口中农业人口不超过40%，年国民生产总值3亿元以上；或者总人口50万以上的县，县府所在镇的非农业人口一般在 12 万以上，年国民生产总值 4 亿元以上，可以撤县设市。1993 年国务院对 1986 年的设市标准又做了调整，调整的要点是采取分类指导的原则，增加了考察的指标。

为加速城镇化进程，应集并一些乡镇，逐步推进城乡一体化进程，不再有城市户口和农村户口之分。加强县城所在地的县镇建设，目标是城市化。

人们的生活和工作，以家庭和城市为单位。将来的发展，可能淡化"国籍"，而以市民身份出现，但保留有民族的特质，个人的身份以平常居住和生活的城市为立足点，也即生活在市民社会之中。

推进城镇化，应有新思路、新突破。强调以人为本、以人为核心的城镇化，城乡一体化。

对城镇化进程，应加强政治、经济、文化、社会、生态和人的发展几个方面的综合考核，努力建设宜居城镇、宜业城镇、和谐城镇、创新型城镇。

从行为方式看生态安全

生态安全关系到人的生存和生命安全，也关系到社会安全和国家安全，对此必须高度警醒。

生态安全，即生态系统是否处于不受或少受破坏和威胁的状态。我们面临生态危机的严重威胁，必须认真应对生态危机，保障生态安全，努力实现和谐生态。

生态危机的出现，一方面是自然生态系统本身的脆弱和演变导致的，另一方面是由于人类活动对生态系统施加影响，对科技的不当利用，对经济增长的过分追求，对自然资源的过度掠夺，造成严重的环境污染，威胁到生态系统的安全，影响到人的生存和发展。

当今社会面临的生态环境危机主要分为四种类型：第一，环境污染严重，包括大气污染、水污染、工业废物与生活垃圾、噪声污染、光污染，等等。我国大气的主要污染物排放总量仍处于较高水平，排放二氧化碳量仅次于美国。城市汽车尾气污染日益加重，已占空气二氧化碳污染负荷的 50%。城市空气污染严重。全世界十个大气污染最严重的城市中，中国就占 9 个！许多城市出现严重的雾霾天气。水资源短缺，水环境污染严重。城市生活垃圾和固体废弃物污染日益突出。工业垃圾和有毒废料成为环境安全的隐患。还有严重的噪声污染、光污染等。第二，生态破坏剧烈，主要表现为森林锐减、水土流失、荒漠化等，这是导致 20 世纪中叶以来自然灾害增多的主要原因。森林锐减是地球生态系统失去平衡的最重要的原因。由于水土流失、土地荒漠化、盐碱化、林草毁坏，导致土地退化非常突出。沙尘暴是土地荒漠化带来的直接恶果。中国是世界上生物多样性资源破坏比较严重的国家之一。近年来年，我国许多地方出现山体滑坡、泥石流、洪水等灾害，说明生态系统很脆弱，对人类生活和社会发展产生严重威胁。地震引发的次生自然灾害也与人类对自然的过度掠夺有关。第三，资源、能源危机突出。我国能源、矿产等重要战略资源日渐紧缺，如煤炭、石油、铝铁矿石和淡水、林木等日显短缺。在开发过程中，造成资源、能源的过度消耗和浪费，而且造成了严重的环境污染和生态破坏。第四，全球性环境影响加剧。包括生物多样性减少、臭氧层破坏、气候变暖、危险废弃物越境转移等，已成为全球性问题。

　　生态危机对自然界、人类和社会都造成巨大的风险，危害人民生命安全，阻碍经济发展，影响社会稳定、国家安全和可持续发展。一是危害生态安全。土壤、水源、气候、森林、草原等都是生态安全的重要组成部分。生态环境问题对生态系统造成不可逆的破坏。物种灭绝后不可再生，生态环境破坏造成的损失无可挽回。生态安全是生态系统得以延续的保障，也是人类社会安全的基础。二是威胁人类生存和发展。自然界是人们的衣食之源、寄生之所。人依靠自然才能生活，应该爱惜自然、敬畏自然，与自然和谐相处。以前，人自以为是自然的主人，在"征服自然"的口号下，人类向大自然索取甚至掠夺，大肆开采自然资源，蹂躏自然，自然界也给了人类毫不留情的报复！结果引起严重的生态危机，直至危及自己的生存。痛定思痛，人们必须走出"人类中心主义"的迷阵，尊重自然规律，努力掌握自然的奥秘，亲近自然，与自然和解。要倡导有机整体观，认识到世界上万事万物是相互连接在一起的有机整体，人类是生态系统的一部分。生态恶化影响人类的健康。许多疾病的发生和蔓延源于生活环境恶化。环境污染和生态破坏已成为影响人类健康的重要因素，甚至威胁人类的生存。造成社会经济系统的损失。三是影响国家安全和社会稳定。生态安全直接关系到国家安全。一个国家的生态系统遭到破坏，其经济基础就会随之衰退，影响社会稳定，可能引发人们不满和社会动荡。全球和国际环境问题，特别是关于气候变化、荒漠化、臭氧层保护、持久性有机污染物、生物多样性等国际公约的履约，对我国生态环境安全和社会经济发展产生重大影响。

可以说，生态危机和环境问题，根源于人的世界观和价值观。以往对生态环境的保护处于被动的状态，因为污染严重，不得不控制污染；有些工业项目影响生态环境，不得不予以限制；生态资源、能源被过度消耗和浪费，不得不加以保护。这是一种被动的、事后的行为方式。必须转变观念，把环境保护和生态建设转到积极的、主动、预先的、建设性方面，不局限于对环境污染的控制和治理，而更加强调对资源的积极利用。

全社会、全人类都必须履行维护生态安全的责任和义务，人人都要对保护生态尽职尽责，不以恶小而为之，不以善小而不为。面临生态破坏的情形，应自觉地承担建设和改善生态的责任和义务。每一个国家、每一个社会组织和机构都要尽到自己的责任，形成一种平等合作关系，共同保护和建设生态系统。

必须对国家生态安全进行全方位的、动态的监测，建立国家生态安全预警和防护机制。制定国家生态安全的衡量标准，努力使生态系统维持在能够满足当前需要又不致影响子孙后代满足其需要的能力的状态。加强生态、环境、资源和灾害的综合监测体系建设，主要集中在生态破坏、环境污染、生态灾害、国际生态壁垒等方面，及时提供预防和减轻生态灾害的先行决策信息，准确反映生态治理效果，及时掌握国家生态安全的状况和发展趋势。对不同地区，应根据其生态环境的不同状况，有重点、针对性地建立专项生态安全预警和防护体系，如气象预报体系、防汛体系、疫情预报和防治体系、动植物检疫体系、环境监测体系等。

解决生态安全问题，必须彻底检讨人类自身的行为方式、节制人类自身的欲望。总之，人类要发展，就面临着发展的风险。应对风险，必须从整体上考虑，着眼长远和未来，采取系统的、有效的措施，保障自然生态系统和人类社会的可持续发展。

（原载《瞭望》新闻周刊，2013 年 9 月 16 日第 37 期）

党风政风与社会风气

全面把握党风、政风与社会风气的关系，对于树立正气、遏制歪风邪气，实现社会和谐、文明发展，具有重要意义。

党中央强调抓党风建设，制定了关于改进工作作风、密切联系群众的八项规定，并决定开展党的群众路线教育实践活动。中共中央总书记习近平指出，党内脱离群众的现象大量存在，集中表现在形式主义、官僚主义、享乐主义和奢靡之风这"四风"上。

党风是指党和党员的作风，是世界观在行动中的表现。政风突出表现在干部的作风以及会风等方面。社会风气，是指社会大多数成员或社会群体精神风貌的总和。社会风气是在一定社会存在的基础上由社会成员某些经济的、政治的、思想的、文化的、伦理的、审美的观念综合凝结和转化而成的，它是一种带群众性的社会风貌和社会力量，是人们在社会公共生活中流行的爱好和习惯以及由此所表现的基本道德的状况，是在社会公共生活中拥有广泛影响力的行为方式。党风、政风与社会风气相互关联，相互作用。

党的作风关系党的形象，关系党的生死存亡，关系国家的前途命运。党的作风建设，不仅是新形势下全面推进党的建设的重要环节，而且是提高党的领导水平和执政水平、提高拒腐防变和抵御风险能力的重要切入点；不仅是全面建设小康社会的重要内容，而且是实现中华民族伟大复兴的重要保障。

作为党员来讲，其作风表现在思想、工作、生活等方面，这既有党组织对党员的要求，也有社会的要求，因为党代表着人民的利益。党的作风关乎人心向背，关乎党的生死存亡。要清醒地看到，党风廉政建设和反腐败斗争，不可能毕其功于一役。

社会风气的形成是由社会种种变化综合而成的，但政风还是起到一定的导向作用。孔子在回答学生"何为政"的问题时说："政者，正也。子帅以正，孰敢不正？"还说："其身正，不令而行；其身不正，虽令不从。"孔子还有一句名言："君子之德风，小人之德草，草上之风必偃。"就是说：在位者的品德好比风，在下之人的品德好比草，风把草向哪边吹，草就必定跟着向哪边倒。只要当政者以身作则，修己向善，老百姓自然会跟着向善，社会风尚自然也会跟着好起来。

理想的政风是民众对执政者的期望，也理应是执政者努力的方向。执掌公共权力的主体，对于尊重、倡导和维系良好社会风气具有主要的和基础性的作用。在现实中，部分干部缺乏官德，政风不正，存在欺上瞒下、弄虚作假等作风问题，干部制度的缺陷导致一些人只对上负责、对下不负责，严重影响到了社会公信力的确立和维系，对整个社会风气产生不良影响。所以，要敢于以亮短揭丑的勇气和态度查找问题，剖析原因，有的放矢，对症下药，切实改进作风。

社会风气体现为一定社会的流行倾向和总体行为方式。社会风尚、习气、习俗、风俗、社会礼仪、礼节、习惯等，乃相习积久而成，具有相当大的稳定性和凝固性。社会风气有其发生、发展、变化以至消亡的过程，是地方民众在特定的自然历史条件下对生活方式的选择，这种选择受特定时空的局限。

社会风气可分为进步的与落后的两种类型，既有积极的、良好的一类，也有消极的、丑陋的一类。进步的社会风气，是由进步的经济、政治、思想、文化观念和高尚的伦理道德及健康的审美观综合凝结转化而成的，对社会进步起着积极的作用。落后的社会风气是由落后的腐朽的经济、政治、思想、文化、伦理和审美观念综合凝结转化而成的，对社会发展起着消极的作用。风俗有善恶之分，需要正人心，以正风俗。

在社会急剧变革时期，社会风气的兴衰、生灭表现得更为激烈。随着时代和社会的变迁，社会风气发生着演变，也印证着时代进步和社会发展的轨迹。由于历史传统和地域文化的不同，社会风气表现为一定的时空特性，包括阶段性、地域性、辐射性等。风气具有传习性与扩散性，又有着难于变化移易的凝固性。风气形成是一个渐进的积累过程，它从不知不觉的细微处起步，逐渐向社会扩散，最终成为千万人的共识，世代传袭，即使它不利于社会的进步，要想变易它，也十分困难。风气有着较强的意识形态色彩，无论是保持社会和谐，还是腐蚀社会肌体，社会风气的影响既深且广，人们的思维方式、价值观念、生活习惯，无不受到它的制约。要实现改易风气的目的，需要持久艰巨的努力。

社会风气是一个时代精神面貌的风向标，是社会文明程度的标志，社会风气的好坏关乎国家和民族的命运。社会风气的好转，根本在于加强党风建设，重点在于包括党员、干部在内的社会先进群体的带头示范，健全民主法治，加强制度建设。

（原载《瞭望》新闻周刊，2013 年 11 月 11 日第 44 期）

城市文化与文化城市

城市文化分为三个层面：表层的文化是可视的城市形态，中层的文化是种种城市特有的习俗，深层的文化是城市的集体性格，是历史积淀下来的一个城市的灵魂。

城市是人类社会进入文明时代的鲜明标志。城市发展经历了从原始社会的中心聚落，到设防城堡、城寨，到专为护卫统治阶层的王城、王都，再发展到政治中心、经济中心、商贸中心以及交通枢纽、重要港埠、军事重镇等具有各种功能的阶段，到现代更多地转向文化城市。

任何城市有效的维系和发展都有赖于几个基本的系统：政治系统、经济系统、文化系统、社会系统、生态系统。政治系统提供一个城市的基本制度结构以及相应的规则、秩序，以保障城市的稳定和有效运行；经济系统提供一个城市的物质基础、各类设施和条件；文化系统提供城市精神、价值观、道德风尚、文学艺术等，代表着一个城市最具个性的色彩；社会系统维系城市生活正常运转的体制机制；生态系统为人们提供基本的生存条件和生活环境。这几个系统缺一不可，相互联系，共同运行。

城市是人类文明的载体，是文化传承的场所。城市不仅是人们日常生活的家园，而且拥有文化、记载和传承文化。城市文化是一个城市经过长期的历史演进，在各种文化融合中逐步发展，以其独有的历史背景和人文传统留下的烙印。

城市文化是特定的城市人群生存状况、行为方式、精神特征及城市风貌的总体形态，是体现城市生活的完整价值体系，是反映一个城市历史传统和精神世界的窗口。城市文化是由历代生活在城市中的众多市民创造的，人们的文化追求在其艺术的、知识的、科学的和观念的作用下有着突出的表现。

城市文化分为三个层面：表层的文化是可视的城市形态，中层的文化是种种城市特有的习俗，深层的文化是城市的集体性格，是历史积淀下来的一个城市的灵魂。城市文化特色是一个城市文化积淀的外在体现，是一个城市内在本质的外部表现，由历史沿革、地理特征、经济实力、对人口的吸引力影响力等多重因素共同作用、长期演化而来。

城市文化特色包含外在形象和内在素质。城市的外在形象由地貌、建筑、道路、广场、结构布局等构成；内在素质包括精神风貌、文明程度、社会风俗等因素。城市文化特色是让人们留下最深刻印象的原因，体现了一个城市的魅力，也是城市的生命力所在。城市文化代表着一个城市的精神核心、创造力、社会价值观念和行为方式。对于任何城市，历史都是极具个性的文化遗产，其精华是独特的城市精神。

城市文化是城市的物质环境和人文环境的统一，是城市外在形象与精神内质的统一，是城市的历史文化和现代文化的统一，是城市的"硬件"和"软件"的统一。城市文化保存城市记忆，明确城市定位，决定城市品质，展示城市风貌，塑造城市精神，支撑城市的发展。城市文化生活反映了市民整体的心理状态，是各种传统与习俗、思想与情感所构成的系统。

城市文化与城市经济、城市管理成为决定城市发展的三项要素。城市文化的发展推动着城市经济的发展和城市管理水平的提高。城市文化会通过对个人思想和情趣的净化、对心理及行为的渗透影响市民的整体素质。

深厚的、独特的文化底蕴是城市发展的重要源泉，也是城市的重要资源。城市文化成为重要的社会资本，支撑和决定着城市的发展进程。城市文化承载着人们的家园情感，深深地熔铸在城市的生命力、创造力和凝聚力之中。

城市文化是不断发展、更新的动态文化，是既保留传统特色又体现时代特征的文化，具有民族性、地域性，具有反映民族精神、地域特性的思维方式、生活品性、人格追求、艺术情趣等本质特征。城市文化的地域性特色是由特定区域的地理环境、气候条件、物质生活、民俗风情、社会风气、语言特点、文化传统等诸多因素综合作用下逐渐形成的，并在城市的规划布局、街道景观、建筑风格等方面得到展示。

文化是一个城市的名片，是一个城市向高端发展的必要保障。文化作为城市生存和发展的方式，能使人们的生活更有质量、更有品位、更有档次，能够更加关怀人的幸福、爱护人的生命、维护人的尊严、保障人的自由。

文化是城市的内核。文化对城市发展所起的作用是内在的而不是表面的、是长远的而不是暂时的。只有文化才能够真正展示城市的价值、品位和风尚，也只有文化能够成为一座城市凝聚力和自信心的源泉。

文化是城市的灵魂。文化既塑造城市的形象，又体现城市的气质，是城市文明程度、精神风貌和人们综合生活质量的重要标志。城市的文化形象决定了人们对一个城市的第一印象和整体印象。

在"千城一面"的城市风格"同质化"时代，开发和运用城市文化资源成为城市从差异化竞争中脱颖而出的关键。只有真正认识到文化的价值和力量，积极进行城市文化建设，才能塑造出具有个性特征和恒久价值的城市形象，提升城市的综合竞争力。

（原载《瞭望》新闻周刊，2013 年 12 月 24 日第 51 期）

官民关系透视

官和民只是角色不同，并不意味着官上民下、官高民低、官智民愚。作为社会公民，官民是平等的，特别是在法律面前，人人平等。

"官"是官员、干部、领导者、管理者，"民"是黎民、百姓、被领导者、被管理者。自然是先有民，后有官，官是从民中产生的。在等级社会中，古代曾分品，现代则分级。俗话说，"官大一级压死人"。还有所谓"父母官""官大脾气长"，甚至有人认为"官大学问高""上智下愚"。理清官民关系，无论是对官还是对民，都是必要的。

官出于民。官也是从民起步的，除非世袭，谁也不能一出世就注定当官。陈胜曾说："王侯将相，宁有种乎？"在注重出身门第的时代，"上品无寒门，下品无世族"，官宦子弟有更多的机会出将入相。在盛行科举制的时代，读书做官成为必由之路。很多人读书也就是为做官。

现在实行公务员制度，经过考试选拔，才能进入公务员队伍，但又分为政务人员和事务人员，分成不同的职级：有的有职有级，掌握实权；有的有级无职，即有级别而无实职。当官首先要有资格，有本事，有领导才能，有协调能力，也要有机遇。怀才不遇者自古就有。但不能说只有当官才能显示价值。历史上真正留名者有多少是由于其官职？脱颖而出者当了官，但不能忘了自己根在民间，首先具有"公民"身份，然后才是官员。

官应由真正能够代表人民利益、反映民众需求、代民立言、为民效力的人出任，特别是重要的职位，更应得民心、体现民意、为民认可。官作为民的代表，应考虑民众的利益、需求，想为民所想，言为民所言，行为民所需。

官应为民、亲民。"官"应该了解民众心声，反映民众呼声，"情为民所系，权为民所用，利为民所谋"。这样的官才是民众需要并认可和拥护的官。

官应服务于民。人们常说："领导干部是人民的公仆"，是人民的勤务员。既是公仆，就应切切实实为民服务，为民办事，为民解忧排难。"领导就是服务。"当官就要真正确立服务意识，把"为人民服务"渗透于灵魂深处，体现于一言一行之中。

官学于民，问政于民。官应善于挖掘、总结民众的聪明才智，充分调动广大人民群众的积极性，不能高高在上，而应不耻下问，问计于民，问政于民。先要当学生，才能当先生。不能摆官架子，自以为是，自高自大，而应经常深入民众，走群众路线，一切依靠群众，发挥群众的力量。

官信于民并取信于民。为官者要自信，更应相信民众，信任部下，放手让百姓积极工作，贡献自己的智慧和才干，而不能事必躬亲、越俎代庖。官必须有信誉，得到民众的信任和拥护、支持，当个好官、靠得住的官，而不要当劣官、不靠谱的官。

官有官样，民有民分。所谓"官样"，不是摆官架子，而是清楚官的责任，牢记自己的使命、职责、义务，用手中掌握的权力，调动人们的积极性，合理调控资源分配，驱动社会进步。

为官者须清廉自律，不盘剥、压榨民众，不欺上瞒下，不媚上压下。形成体制机制，使官不敢贪、不能贪、不必贪。清官自然会得到人民的爱戴和敬佩。官民相互支持，形成和谐的官民关系。

官率民，官引民。既是官，就应该比一般民众站得高，看得远，能够高瞻远瞩，而不能鼠目寸光，只注意眼前利益。官应有战略视野、系统思维，带领民众走向健康、幸福的道路；工作有成效，事业有奔头；生活有保障，衣食皆无忧；人格受尊重，精神得自由。

官民平等。官和民只是角色不同，并不意味着官上民下、官高民低、官智民愚。作为社会公民，官民是平等的，特别是在法律面前，人人平等，而不能让"官大于法"的现象出现。官应胸襟开阔，不与民争利。民不必对官仰视、诚惶诚恐、仰官之鼻息，而保持独立、自由的人格。

官由民监督。一旦为官，必须身正心正，接受民众监督，勇于接受批评，闻过则喜，有过就改，将功补过，而不能文过饰非、瞒天过海。民众自觉充当党风政风监督员，经常提醒、督促官员，使官员难有失足的机会。

官民比应适当。所谓适当，就是官民比例既不能过大也不应过小。官过多，会人浮于事，带来极大的负担。官太少，缺少干事的人，也不利于社会的正常运行。

官民同乐。官应"先天下之忧而忧，后天下之乐而乐"，以民之忧为忧，以民之乐为乐，不能以官之乐为民之喜、以官之忧为民之悲，也就是官民同悲同喜同苦同乐，官在民间，官融于民。

(原载《瞭望》新闻周刊，2014年1月7日第2期)

从另一个视角析"五位一体"

中国特色社会主义建设事业"五位一体"总体布局，包括经济建设、政治建设、文化建设、社会建设、生态文明建设。可以从求真、向善、臻美、启智、达圣几个方面来认识"五位一体"。

中共十八大提出中国特色社会主义建设事业"五位一体"总体布局，包括经济建设、政治建设、文化建设、社会建设、生态文明建设，相互联系，协同作用。

"五位一体"，可以从求真、向善、臻美、启智、达圣几个方面来认识。

从"求真"的角度来看，就是从实际存在的真相出发，实事求是，洞察本质，形成科学的世界观，以事实为依据，把握客观规律，坚持物质第一性，以物质文明建设为基础，紧紧抓住经济建设这个第一要务，加强经济管理，强调务实，脚踏实地，真抓实干，推进经济又好又快发展，实现经济富强、发达的目标，满足人民的基本物质需求，生活有切实保障。

从"向善"的角度来看，就是着眼于"善治"，遵循道德规范，履行道德义务和责任，尊重、善待自然和他人，完善政治文明建设，优化民主政治、法制道德建设，把政治管理科学化，促进政治良善发展，实现政治民主、清明的理想，形成优良的道德风尚，树立清风正气，端正党风、政风，保持良好的社会风气。

从"臻美"的角度来看，就是遵循美的规律和美感，发现、欣赏、维护世界的美，创造美的环境和美的生活，把精神文明建设落到实处，拓展文化建设，深化文化体制改革，加强文化事业和文化产业管理，促进文化多元化发展，实现文化繁荣、振兴的期望，形成美的氛围，让人们生活在美的世界。

从"启智"的角度来看，就是启迪智慧，开发、增长人的智能，完善素质教育，实行系统的、全面的、终身教育，健全体制机制，建设智慧城市、智慧乡村、智慧社会，切实推进社会文明建设，把社会建设精细化、智能化，创新社会治理方式，促进社会全面发展，实现社会和谐、进步的愿景。

从"达圣"的角度来看，就是放眼未来，追求神圣的境界，人以神圣性来度量自身，以生态文明建设为立足点，强化生态文明建设，深化、细化生态管理，改进生态治理，促进生态平衡发展，使人与自然和谐，平衡相安，和解共融，平等相宜，价值共享，永续相生，和谐文明，实现绿色发展、协调发展、可持续发展。

在这个过程中，目的是为了人，必须依靠人，以人为本，大力加强人力资源建设，明确人性化管理，保障人权，包括人的生存权和发展权，促进人的文明，实现人的全面、自由发展。

中共十八届三中全会提出推进国家治理体系和治理能力现代化，这是一个有机整体，相辅相成。国家治理体系包括经济、政治、文化、社会、生态文明和党的建设等各领域体制机制、法律法规安排，也即一整套紧密相连、相互协调的国家制度；国家治理能力则是运用国家制度管理社会各方面事务的能力，包括改革发展稳定、内政外交国防、治党治国治军等各个方面，涉及价值、主体、制度、技术等要素。

推进国家治理体系和治理能力现代化，关键是要构建一个现代化的国家治理结构。从主体结构看，包括政党、政府、市场、社会、公民。从内容结构看，包括经济、政治、文化、社会和生态治理体系，形成一个各方面互联互动、协调发展、整体运行的多维多向的复杂系统。政党、政府、市场、社会、公民共同构成创造国家治理价值的角色结构，在它们之间构建社会组合机制，创新和优化国家治理的主体网络。只有在与经济—政治—社会—文化—生态环境的能量交换平衡中，国家治理体系才可能使其能力和效能趋向优化和增强。

国家治理体系和治理能力是一个国家制度和制度执行能力的集中体现。中国的国家制度体系，是由根本政治制度、基本政治制度和基本经济制度，以及经济、政治、文化、社会、生态文明建设和党的建设等各领域的具体体制机制构成的。实现现代化的国家治理，必须形成系统完备、科学规范、运行有效的制度体系，使各方面制度更加成熟、更加定型。坚持系统治理、依法治理、综合治理、源头治理，推动制度体系和体制机制创新，注重科学性、战略性、长远性、系统性和有效性，推进治理能力的现代化。

国家治理体系现代化过程，必须是全面的系统的改革和改进，是各领域改革和改进的多方联动和系统集成，形成总体效应、取得总体效果。根据总体设计的战略部署，在进行国家治理的过程中，必须系统谋划、整体推进、综合施策。必须适应国家现代化总进程，提高国家机构履职能力，提高人民群众依法管理国家事务、经济社会文化事务、自身事务的能力，实现党、国家、社会各项事务治理制度化、规范化、程序化，提高运用中国特色社会主义制度有效治理国家的能力。

推进国家治理体系的现代化，需要战略思维、总体设计、统筹协调、整体推进、实践检验，以实现经济富强、政治民主、文化繁荣、社会和谐、生态美丽、人的全面发展的社会主义现代化建设目标为诉求。

（原载《瞭望》新闻周刊，2014 年 4 月 7 日第 14 期）

文化安全问题应引起高度关注

文化安全是国家安全体系的重要组成部分。文化安全不仅关涉社会的安全、稳定和发展，而且影响一个民族的历史地位和命运，对国家和民族的生存安全具有至关重要的意义。

贯彻落实总体国家安全观，必须既重视外部安全，又重视内部安全；既重视国土安全，又重视国民安全；既重视传统安全，又重视非传统安全，构建集政治、国土、军事、经济、文化、社会、科技、信息、生态、资源、核安全等于一体的国家安全体系。

文化安全是国家安全体系的重要组成部分，主要是针对当前国际关系中文化霸权损害其他国家尤其是发展中国家文化主权而提出的应对性概念，是指一个主权国家的文化价值体系免于遭受来自内部或外部文化因素的侵蚀、破坏或颠覆，保持自身的文化价值传统，吸纳和借鉴一切有益的文化成果并不断发展的状态。

文化安全问题主要来自两个方面：一是现代市场经济的发展与社会转型，致使国内各种思想激荡，文化商品化、市场化的倾向在思想、文化领域的渗透和泛滥，这是威胁文化安全的重要因素；另一方面，全球化进程中西方国家推行文化霸权与文化殖民，加速催生各种文化和意识形态方面的意外、变化和异己因素，全球化在推动各种文化相互渗透乃至融合的同时，也使各种文明之间、民族性与世界性之间、传统性与现代性之间激烈碰撞和冲突。

文化生存是民族生存的前提和条件。一旦民族文化遭遇威胁和侵略，必然要给民族和国家带来深刻的文化和民族危机，这就是国家文化安全问题。文化已成为国家利益构成中的一个重要组成部分，文化综合国力成为国家间利益均衡的一个重要参数和力量，因而，对文化乃至整个文化产业、文化市场的开发、控制、垄断和利用，文化"渗透"和"反渗透"、"入侵"和"反入侵"，成为全球化背景下国家间利益争夺的重要内容。

信息传播的全球化，使文化交流更为便捷，也使其冲突更为剧烈，文化安全成为一个突出的问题。新的信息环境对传统文化有很大的冲击，而文化传统因素对形成信息环境也有一定的作用。全球性信息传播系统的发展，改变了传统的国际传播的形式和内容。国际传播媒介以前主要执行对外宣传功能，现在则承担了文化输出和文化传播的任务。文化传播内容的丰富和形式的多样，一方面为不同文化的沟通和理解架设桥梁，另一方面也伴随着文化冲突和摩擦的加剧。

信息大国利用高速信息网进行文化侵略和政治渗透的可能性与破坏性日益加大。著名未来学家托夫勒说："谁掌握了信息，控制了网络，谁就将拥有整个世界。"目前，世界正在向着信息化迈进，无论是发达国家还是发展中国家，都在加速构建各类信息基础设施。但是，各国信息化发展很不平衡，发达国家和发展中国家的差距进一步拉大，出现新一代的"信息富国"和"信息穷国"。尼葛洛庞蒂提出了"信息霸权"的概念，指出：现在 Internet 上绝大部分信息的提供者是欧美国家，而且其网络系统从硬件到软件到各种标准，都是由发达国家来制造和制定的。无形之中，落后的、不发达的国家就受到了种种的控制。这种控制不仅在技术上，也在文化上表现出来。

发展中国家面临的文化安全问题更加突出。文化安全是以国家和社会意识形态为核心的民族凝聚力的安全。文化安全的核心是要维护一国的文化利益。国家在追求利益的过程中，行动领域从军备、人口和地理等传统层面转向经济、技术、文化和价值观方面。文化是一种软实力，通过精神文化和道德价值等，影响、诱惑、说服别人相信和同意某些行为准则、价值观念和制度安排。

文化安全具有一些特征：第一，相对独立性。所谓相对性，是指文化安全依赖于经济安全、政治安全、军事安全等；所谓独立性，指文化安全专指文化方面的状况。第二，具有较强的稳定性和隐蔽性。文化安全是最牢固、最不易被摧毁的一种安全形态，又是隐藏于国家安全中最深层的那部分。第三，具有民族性。一个国家的文化安全体现为一个民族国家的文化，是主权国家区别于其他国家的基本标志。

为了应对文化安全方面的危机，需要确立一个民族的文化自觉，增强民族文化的认同感；把软实力和硬实力结合，增强综合国力；在继承优秀文化传统的基础上推进文化创新，增强民族自信心和凝聚力；加强文化交流，发挥文化的外在效用，通过交流、合作化解文化冲突；在全球文化融合的大趋势下抵御西方腐朽文化的影响，弘扬本民族的优秀文化，提高国家和民族的文化竞争力。

（原载《瞭望》新闻周刊，2014 年 8 月 11 日第 32 期）

新媒体对文化生态的影响

新媒体构建的都是开放性的交互平台。因为参与主体的人数众多，范围广，主体之间的互动交流多，所以，各种文化形态和价值观都有机会通过新媒体表现出来。

　　新媒体（New Media）主要是指在计算机信息处理技术基础上产生的媒体形态，是相对于传统媒体（报刊、广播、电视）而言的以互联网、手机为代表的传播媒体，是所有人向大众实时交互地传递个性化数字复合信息的传播媒介。新媒体强调的是影音文字信息的整合，使人们获得视、听、触、动等多方位的体验。多媒体融合是新媒体的发展趋势。

　　文化是人类创造的物质文明和精神文明的总和。文化是人的生存方式和生活方式，是一定人群的思维模式和行为模式。文化生态则是建立在一定技术环境基础之上的文化状况或文化样态，它是人类在一定时期形成的文化活动形态和生活方式。

　　新媒体对文化生态产生了巨大的影响，主要表现在以下方面：

　　第一，新媒体改变了文化生产和传播的方式。如在博客、微博、微信传播中，用户同时具备了信息的生产者、传播者、接受者三种角色，使生产、传播和接受信息的方式产生了巨大的变化。一对一的传播是人际传播，通过私信、评价等功能，微博、微信吸收了即时通信的功能。一对多的传播是大众传播，对于公民新闻、名人微博等，很大程度上是大众传播，最初的信息从几个核心节点发出，其他用户像观看新闻一样围观事态的发展。多对多的传播，海量的信息使用户分流，根据不同的话题形成许多交流圈子。多种传播模式又与以人为节点构筑的多级传播网络杂糅在一起，形成多种形式的多级传播。新媒体融合了以往各种大众传媒的优势，能以文字、图像、声音同时发送信息，具有跨时空、可检索、超文本、交互性等特点，用户对感兴趣的信息可以下载、录音、录像，进行存储、整理、评说、复制、剪裁，并可以自由地调用和发送信息，更加接近自然的人际传播，使传统媒体带来的传播距离感大大减小。

　　第二，新媒体改变了人们沟通交流的方式，增强了文化的互动性特征。新媒体的特征是全球化、交互性、实时性、数字化等。新媒体实现了时空压缩，人们通过即时通信（IM）可以实现即时的互动，直接进行语音交流。新媒体是一种以人际关系为传播路径的即时性裂变式多级信息传播网络，使任何人通过一定的新媒体设备都可以相互对话。新媒体的媒介融合特征与多种传播方式有机结合，包括一对一的人际传播、一对多的公民新闻的大众传播、多对多的话题圈子传播，是人际传播和大众传播的综合。

第三，新媒体对文化的大众化产生持久的影响。传播的即时性和共享性，使所有人都得到了发言的机会，文化更趋大众化。另一方面，其海量信息传达出形形色色的观点，良莠不齐，甚至造成信息污染。新媒体对文化生态最显著的影响是草根文化的崛起。在参与性和互动性方面，新媒体比以往任何媒体都有优势。不论是博客、微博、SNS还是微信、陌陌都有进入门槛低、民众广泛参与的特征。可以预见，这种趋势必然会持续下去，并且新媒体的覆盖面会越来越广。

第四，新媒体反映了文化发展的后现代趋势，使整个文化生态表现出开放性和多元化的特征。互联网的出现一直都是朝着给人以更大的自由方向发展的，搜索引擎使人们获得更多的资讯，可以自由地获取信息，打破了传统的报纸、广播、电视的局限，使个体可以方便自主地获得信息，使地域上相隔万里的朋友可以在一起聊天。新媒体构建的都是开放性的交互平台。因为参与主体的人数众多，范围广，主体之间的互动交流多，所以，各种文化形态和价值观都有机会通过新媒体表现出来。

第五，新媒体体现了文化和技术的相互影响。新媒体的技术基础是数字技术。互联网时代文化的转向转化为需求的动力，促进技术的发展，技术不断提供给人增强自我表达能力和展现自我个性、维护个体权利的空间。文化的需求促进了技术的开发和进步，技术的进步又促进了多元文化的发展，这是一个相互影响、螺旋上升的过程。互联网传播呈现移动化、社交化、视频化的趋势，大数据、云计算等新技术得到广泛应用，技术推力和需求拉力不断促进文化发展。

第六，新媒体唤醒了个体的自我意识。中国的现代化进程中，多种价值观、文化表现形式涌现出来，人们在公共领域中的自我意识被唤醒。每个人都可以在法律法规许可的条件下传播信息、展现自我的个性。同时，个体虽然有了独立做出选择的机会，但由于受到多元价值观的影响，可能导致理性精神缺失。因此，面对新媒体，需要保持自我的理性，对海量的信息做出自己的判断和选择。

（原载《瞭望》新闻周刊，2014年9月9日第36期）

"公"、"私"关系辨析

公私关系本质上是公共利益和私人利益之间的关系。目前存在着公私不分、以权谋私、假公济私、损公肥私等现象，对社会风气有严重影响，亟须遏止和改进。

"公"、"私"概念很早就出现了。"公"是一种美德。古典意义上对"公共"的理解在于其政治理想的公共价值取向。现代意义上的"公共"与古典意义上的"公共"有本质区别，现代的"公共"强调私人权利的正当性，标示着对公私的理解由传统到现代的转型。"公"与"私"是相对而存在的。

在中国，"公"始终作为一种政治价值标准而存在，在中国文化中最普遍的含义是"普遍、全体，尤其指普遍的人间福祉或普遍的平等心"。儒、道、法、墨、杂等先秦诸子中的"公"都涉及这一内涵。20世纪初对中国传统政治文明的反思中，最终确立的是现在一直提倡的"政治集体主义"的意识形态观，"私利"在这种价值体系中仍然是被贬低、被压抑之物。

公私关系的产生与发展是一个自然历史过程，是由人们生存与发展的利益需要和现实利害所决定的。在原始社会，处于原始共产主义，一切都是公有的。剩余产品出现后，私有制产生。自古以来，历代当权者都把自己作为"公"的化身，"公天下"成为主流意识形态。对于"私"多为贬义的用法。

所谓公私关系，对于人类而言，天下为公，普天之下才是公。为了普天下所有的人才是为公。"行恣于己以为私。"公私关系本质上就是公共利益和私人利益之间的关系。从本质上说，公所指的是公共利益或共同利益，私则是指的个人和小集团的利益。

在个人与社会的关系上，集中地表现为个人利益和社会公共利益之间的矛盾，也就是人们通常所说的公私矛盾。近代社会，市场经济的发展推动了公共领域与私人领域的分化。在私人领域中，个人对利益的追求是合理的，在法律上表现为对个体自由、平等权利、私有财产的保护。而公共领域存在的合理性就在于消弭因强调个体权利而造成的社会的分裂，用公共利益去弥补个体社会中在私人领域里所追求和实现的利益的不完全性。

在统治型社会治理模式下，"私"指一种"以个人生活为中心"的取向，

"公"则是在以集体生活为中心取向为基础建立的占有形态和活动内容。在这种情况下，"私"相对于"公"，只是人群集合规模的大小，小的人群中的事相对于大的人群中的事来说属于"私"；反之则属于"公"。个人相对于群体来说，再大的事也属于私；而群体相对于个人来说，再小的事也属于公。在"公""私"边界不清晰的情况下，人们对"公"的渴望愈强烈，愈憧憬"大公无私"的状态。到了公私领域、公私部门的分化和分立已经成了现实的时候，人们反而更多地关注私人利益的实现。

公和私既是对立的，又是统一的，是对立统一的关系。一方面，公和私根本对立，相互排斥、相互斗争、相互否定。例如，公有制和私有制就是根本对立的。另一方面，公和私又是统一的，相互联系、相互依存、相互渗透。私与公是相对应而存在的，无私则无所谓公。

公和私都不是固定不变的，而是可变的。双方都可以依据一定的条件各向其对立的方面转化，公可以转化为私，私也可以转化为公。在这种转化过程中，条件是十分重要的。没有一定的条件，就不能实现其转化。

公私关系是现实社会生活的反映，不以任何人的意志为转移。人们的社会关系之所以复杂多样、盘根错节、变化无穷，归根到底，是由公私关系的不断变化和发展所决定的。

公共利益有大公和小公即范围的大小之分。例如：国家有国家的公共利益，民族有民族的公共利益，阶级有阶级的公共利益，一个省、市、县、乡镇、村、社区或企事业单位等，也同样有自己的公共利益。这就决定了公私关系必然带有明显的层次性。利益关系一般分为三级：国家利益、集体利益和个人利益。要处理好国家、集体和个人三者之间的利益关系。在分析和解决公私矛盾时，一定要坚持对具体问题进行具体分析。对于不同领域、不同方面和不同性质的公私矛盾，要用不同的方法去解决。

公共行政人员要遵纪守法，依法行政。法律制度将符合社会秩序良性运行的客观要求以理性化的形式予以固定，为行政人员的行为提供可参照的标准和准则，以公共利益的实现和社会秩序的稳定为旨归。法律制度在赋予行政人员权利的同时，明确规定了应该做什么、不应该做什么、应该怎样做、不应该怎样做，以及违反这些规定应承担的后果等。

当然，公共行政人员也有自己正当的私人利益，但是，私人利益不能通过非法地侵占公共利益来加以实现。当个人利益与公共利益发生矛盾时，个人利益要服从公共利益。

目前存在着公私不分、以权谋私、假公济私、损公肥私等现象，如公款吃喝、公费出国旅游、公车私用等，对社会风气有严重影响，亟需遏止和改进。

有一段名言："吏不畏吾严，而畏吾廉；民不服吾能，而服吾公。公则民不敢慢，廉则吏不敢欺。公生明，廉生威。"作为公职人员，要坚持操守，清正廉洁，克己奉公，严格要求，公私分明，公正无私，不谋私利，不以权谋私、假公济私、营私舞弊，不偏私袒护，做到自律、自鉴、自洁，不断完善自己的人格。

留住城市记忆和乡愁

城市是"靠记忆而存在的"。乡愁不仅仅是对乡村的留恋和思念，而是对故乡、故园甚至故国之恋。城市和乡村、传统和现代、实物和精神、本土和他乡，这些都是城市记忆和乡愁中相互缠绕的要素。

人们无论生活在城市还是乡村，对自己的故乡都会有浓厚的感情、深切的记忆和思念。城市布局、城市地标、城市景观、城市生活习俗都会给在当地生活的人们留下强烈的印记。曾经在乡村生活过的人，对田园风光、乡土气息、乡村习俗、乡规民约也都会留下深刻的记忆。如果离别久了，就会生出一种乡愁。乡愁，是记忆中的山、回味中的水，是堂前屋后的脚印，是包裹着泥土味的思念、忧思和愁念。

城市是文化的载体。一个城市的魅力在于其特色，它既是城市景观中极具活力的视觉要素，又是构成城市形象的精神和灵魂。特别是历史文化名城，经过几百年、上千年的积淀，形成了独特的文化品格，留下了不可磨灭的城市记忆。城市本身就是文化的产物，又是文化的舞台。

城市在形成、扩张和延续过程中，会留下一些被人们有意或无意间留存的历史遗迹，留下所代表时代的文化印痕和人们可以直接读取它们的"历史年轮"。一座城市各个历史时期的文化遗存就像一部部史书、一卷卷档案、一幅幅图画，记录着一个城市的沧桑岁月、变化历程。每个时代都在城市中留下了各自的印记，包括古代遗址、活动遗迹、传统建筑、历史街区，还有民间艺术和市井生活，它们都是构成一个城市记忆的重要内容。爱默生曾说：城市是"靠记忆而存在的"。城市和人一样也有记忆，有完整的生命演化历程，一代代人创造了它之后纷纷离去，而把记忆留在了城市中。城市的生命力和性格特征就存在于城市的每一寸土地、每一条街道、每一座建筑、每一片空间之中。

乡愁是具体的、可感的。乡愁不只是一种惆怅和忧伤，它也给人以信心，给人以鼓舞。乡愁体现了一种乡土情怀，不仅包含了对老宅、旧街、古井、古树等等的惦念，还包括了祖辈、亲人、故旧、伙伴等等之间的亲情关系。乡愁既有物质载体，又有人文因素，从中能够唤起文化认同。对故土的眷恋可以说是人类共同而永恒的情感。

乡愁不仅仅是对乡村的留恋和思念，还是对故乡、故园甚至故国之恋。城市和乡村、传统和现代、实物和精神、本土和他乡，这些都在城市记忆和乡愁中相互缠绕，显现了传统与现代的关联。人们离不开传统，但要在继承传统的同时进行创造性的转化。

在紧锣密鼓的城镇化进程中，城市空间、乡村格局都发生了巨大的变化。在"造城"运动中，城市边界不断拓展、城市规模不断扩大。一些城市对自身定位不清，缺乏对城市历史的全面认识，缺乏对本土文化的应有感情，反而淡化地域文化特色，简单地将高楼大厦视为现代化的标志，一味地追求"国际化"，到国外去搬"新、奇、怪、乱"的方案加以仿制，以西方建筑风格取代原有的地方风味，使地域文化特色面临灾难性破坏，不仅割断了地域文化的连续性，而且不自觉地在割断历史，让城市记忆淡化甚至消失，从而使城市变得"千城一面"，没有个性，成为"失去记忆的城市"。

在乡村，很多旧宅被拆，原住民搬进了成片集中兴建的小区，改变了原先的村落布局。如果过多地拆除老旧建筑，传统村落将不复存在。而一旦破坏，就再也回复不了原貌。近年来，我们遭遇了多少"破坏性建设"，把许多珍贵的文化遗产都丢掉了。对历史文化遗产的保护，我们绝不可掉以轻心，对此应确立强烈的保护意识，并使之成为自觉行动。

城市记忆是在城市发展的历史长河中一点一滴地积累起来的，包括地理环境、文化景观、历史街区、文物古迹、民居样式、特产小吃、社会习俗等等，众多物质的和非物质的文化遗产都是形成一座城市记忆的有力物证和精神纽带，也是城市文化价值的重要体现。在一些城市的"旧城改造""危旧房改造"过程中，往往实施过度的商业化运作，大拆大建，许多积淀了深厚人文信息的历史街区不复存在，一些名人故居或传统民居被无情摧毁，造成城市文化空间被破坏、历史文脉被割裂，最终导致城市记忆的破碎甚至消失。

更严重的是乡村在"失守"。城市在扩张过程中，往往占据了大量农田，毁掉湿地，填平池塘。许多村庄消失，农民被动地"进城""上楼"，再也没有了小桥流水、蝉鸣鸟啼的田园风光，再也没有了"晨兴理荒秽，带月荷锄归"的意境。乡村的失落、变形，已极大地改变了城乡的生态，这无疑是十分可惜的，应该引起各方面的重视。

（原载《瞭望》新闻周刊，2015年4月13日第15期）

城镇化进程中的城市记忆和乡愁

在紧锣密鼓的城镇化进程中，城市空间、乡村格局都发生了巨大的变化。生活在城市的市民对所在城市都有自己的记忆。城市布局、城市地标、城市景观、城市生活习俗都会留下强烈的印记。曾经在乡村生活过的人，对田园风光、乡土气息、乡村习俗、乡规民约也都会打下浓厚的烙印。如果离别久了，就会生出一种乡愁。乡愁，是记忆中的山、回味中的水，是堂前屋后的脚印，是包裹着泥土味的思念、忧思和愁念。或浓或淡、或远或近，那是一方水土给一方人留下的忆念和愁绪，无论走了多远，总离不开的一种情感寄托。

城市是流动的空间，时间是流动的记忆。人们常说"城市是石头的大书""城市是一面镜子""城市是文化的橱窗"，等等。德国的阿尔伯斯说过："城市好像一张欧洲古代用做书写的羊皮纸，人们将它不断刷洗再用，但总留下旧有的痕迹。"美国的刘易斯·芒福德说："城市是一种贮存和传输信息的特殊容器"、"如果说博物馆的城市和推广主要是由于大城市的缘故，那也意味着，大城市的主要作用之一是它本身也是一个博物馆：历史性城市，凭它本身的条件，由于它历史悠久，巨大而丰富，比任何别的地方保留着更多更大的文化标本珍品。"

城市是文化的载体。城市的中心作用既体现为文化的辐射作用和推动作用，也体现为对文化的吸引作用和消纳作用。一个城市的魅力在于其特色，它既是城市景观中极具活力的视觉要素，又是构成城市形象的精神和灵魂。特别是历史文化名城，经过几百年、上千年的积淀，形成了独特的文化品格，留下了不可磨灭的城市记忆。

城市是文化的舞台。刘易斯·芒福德说："城市是地理的织网的工艺品，是经济的组织制度的过程，是社会行为的剧场，集中统一体的美的象征。一方面，它是一般家庭及经济活动的物质基础；另一方面，它又是重大行为和表现人类高度文化的戏剧舞台。城市在培育艺术的态势，本身就是艺术；在创造剧场的态势，本身就是剧场。"城市本身就是文化的产物，又是文化的舞台。

城市在形成、扩张和延续过程中，会留下一些被人们有意或无意间留存的历史遗迹，留下所代表时代的文化印痕和人们可以直接读取它们的"历史年轮"。一座城市各个历史时期的文化遗存就像一部部史书、一卷卷档案、一幅幅图画，记录着一个城市的沧桑岁月、变化历程。每个时代都在城市中留下了各自的记忆，包括古代遗址、活动遗迹、传统建筑、历史街区，还有民间艺术和市井生活，等等，它们都是构成一个城市记忆的重要内容。爱默生曾说：城市"是靠记忆而存在的"。城市和人一样也有记忆，有完整的生命演化历程，一代代人创造了它之后纷纷离去，而把记忆留在了城市中。城市的生命力和性格特征、城市的历史和记忆，就存在于城市的每一寸土地、每一条街道、每一座建筑、每一片空间。如冯骥才所说："它们纵向地记忆着城市的史脉与传承，横向地展示着城市宽广深厚的阅历，并在这纵横之间交织出每个城市独有的个性。"当然，更多的城市记忆，是通过代代相传而不断延续的，而世代之间都会增加新的内容。城市生活留下了生命的热度、岁月的痕迹，是多种文化的积淀和融合而成的。

每个城市都有自己的独特之处。例如，北京的紫禁城、琉璃厂、胡同；上海的外滩、豫园、石库门；天津的劝业场、"五大道"别墅群、海河桥；广州的越秀山、沙面、"五羊"雕塑，等等，代表着独有的地方印记。西安、洛阳、开封、南京等曾经作为古都；扬州、徽州、九江、沙市等曾经作为商埠中心城市；苏州、杭州、景德镇、佛山等曾经作为手工业中心城市；广州、泉州、宁波、厦门曾经作为与海外进行贸易的重要城市；武汉、成都、太原、昆明等曾经作为地区性中心城市；大同、宣化、榆林、山海关等曾经作为军事重镇，它们在历史上都有各自的地域功能和文化特征，都留下了不同凡响的城市记忆。

一些城市则以文人墨客的描绘而留下独特印记。如南京："朱雀桥边野草花，乌衣巷口夕阳斜"；绍兴："三山万户巷盘曲，百桥十街水纵横"；济南："四面荷花三面柳，一城山色半城湖"；重庆："片叶沉浮巴子图，两江襟带浮图关"；桂林："群峰倒影山浮水，无山无水不入神"；苏州："万家前后皆临水，四槛高低尽见山"；扬州："两岸花柳全依水，一路楼台直到山"；杭州："水光潋滟晴方好，山色空濛雨亦奇"；常熟："七溪流水皆通海，十里青山半入城"；镇江："花有繁红识京口，树成嘉阴出城头"，等等。

城市的"破"与"立"在历史上曾有过深刻的教训。1953 年的一天，郑振铎在北京组织晚宴，谈到文物保护的问题，素有优雅美的林徽因冲动地指着时任北京市副市长的吴晗的鼻子大声谴责："你们真把古董给拆了，将来要后悔的！即使再把它恢复起来，充其量也只是假古董！"梁思成数次在会上被气哭。毛泽东的一句话给定了性："北京拆牌楼，城门打洞也哭鼻子。这是政治问题。"从 1954 年 1 月起，北京牌楼开始被大规模拆除。北京内城原有的 9 座城门，只余正阳门城楼、箭楼、德胜门箭楼，北京外城原有的 7 座城门，则无一遗存。1969 年，内城城墙被尽数拆除。病重中的林徽因曾绝望地追问："为什么我们在博物馆的玻璃橱里精心保存几块残砖碎瓦，同时却把保存完好的世界上独一无二的古建筑拆得片瓦不留呢？"北京有 800 多年的建都史、3000 多年的建城史，但在近年来，北京城市建设与文化遗产保护之间形成剧烈的矛盾。文化遗产所需要的周边环境，遭到了不同程度的冲击和破坏，最重要的是人为的毁损带给文化遗产无法挽回的损害！文物资源没有再生的可能，每个人对文化遗产保护都有责任。

故乡，是一个人出生和成长的地方。人们对故乡的记忆和认知，与故乡的自然资源环境、人文历史、传统文化紧密相连。故乡的山水田园、故乡的风土人情，都会留存在心中，会时时想念，一有机会就会拷贝、复现。

余光中的一首《乡愁》打动了多少人的心："小时候，乡愁是一枚小小的邮票，我在这头，母亲在那头。长大后，乡愁是一张窄窄的船票，我在这头，新娘在那头。后来啊，乡愁是一方矮矮的坟墓，我在外头，母亲在里头。而现在，乡愁是一湾浅浅的海峡，我在这头，大陆在那头。"乡愁，承载了浓浓的亲情、深深的乡情、久远的故园情。

乡愁是具体的、可感的。南方人的乡愁，往往以油菜花、田野蛙声、村前的古树等为代表；江南的生活方式衍生出深弄幽巷的地域文化空间。北方人的乡愁则以青纱帐、红高粱、吃不够的面食等为象征；一望无际的平原造就了北方城市开敞明朗的空间布局。客家人凭着同样的语言获得相互认同，但"身在异乡为异客"，而保留了独特的风俗，作为对原乡的忆念。

乡愁不只是一种惆怅，甚至是忧伤，也给人以信心，给人以鼓舞。乡愁体现了一种乡土情怀、一种文化萦怀，或者说乡愁就是一种文化。乡愁的要素，不仅包含老宅、旧街、古井、古树等，还包括祖辈、亲人、故旧、伙伴等。既有物质载体，又有人文因素，从中能够唤起文化认同。对故土的眷恋可以说是人类共同而永恒的情感。乡土情结应该受到尊重，记住乡愁，保持对故乡的认同，进而产生自豪感、优越感，"谁不说俺家乡好？"

乡愁不仅仅是乡村之愁，而是故乡、故园甚至故国之愁。乡愁也不仅仅是传统文化之愁，也包含了向现代化转型过程中的纠结和缠绕，显现了传统与现代的关联。人们离不开传统，但要在继承传统的同时进行创造性的转化。现代社会对传统文化与传统价值观带来了巨大的冲击。每个人都难以回到真正的"原生态"之中。

在"造城"运动中，城市边界不断拓展、城市规模不断扩大。一些城市对自身定位不清，缺乏对城市历史的全面认识，缺乏对本土文化的应有感情，反而淡化地域文化特色，简单地将高楼大厦视为现代化的标志，一味地追求"国际化"，到国外去搬"新、奇、怪、乱"的方案加以仿制，以西方建筑风格取代原有地方风味，使地域文化特色面临灾难性破坏，不仅割断了地域文化的连续性，而且不自觉地在割断历史，让城市记忆淡化甚至消失！城市变得"千城一面"，没有个性，成为"失去记忆的城市"。

现在，人们的迁徙、流动更加频繁，很多人都有过这样的经历："少小离家老大回，乡音未改鬓毛衰。儿童相见不相识，笑问客从何处来？"甚至找不到回家的路，或者找不到熟悉的家门！在乡村，很多旧宅被拆，搬进了成片集中兴建的小区，改变了原先的村落布局。如果过多的拆除老旧建筑，传统村落将不复存在。一旦破坏，就再也回复不了原貌。近年来，我们遭遇了多少"破坏性建设"，把许多珍贵的文化遗产都丢掉了！地域文化构筑了文化的多样性，人们在浓郁的地域文化氛围中耳濡目染，熏陶其脑，浸润其心，渗透于骨髓，以此区别于别的地方。鲜明可感的印象和记忆，赋予城市和乡村特有的品格和气质，折射出城乡居民的价值共识、生活情趣、习俗特征。历史文化遗产的保护，绝不可以掉以轻心，而应确立强烈的保护意识，成为人们的自觉行动。

城市记忆是在城市发展的历史长河中一点一滴地积累起来的，包括地理环境、文化景观、历史街区、文物古迹、民居样式、特产小吃、社会习俗，等等，众多物质的和非物质的文化遗产，都是形成一座城市记忆的有力物证和精神纽带，也是一座城市文化价值的重要体现。在一些城市的"旧城改造"、"危旧房改造"过程中，往往实施过度的商业化运作，大拆大建，许多积淀了深厚人文信息的历史街区不复存在，一些名人故居或传统民居被无情摧毁，造成城市文化空间被破坏、历史文脉被割裂，最终导致城市记忆的破碎甚至消失！

更严重的是乡村在"失守"！在城市扩张的"圈地运动"和"造城运动"中，往往占据了大量农田，毁掉湿地，填平池塘，大幅度扩充城市用地，许多村庄消失，农民被动地"进城""上楼"，再也没有了小桥流水、蝉鸣鸟叫的田园风光，再也没有了"晨兴理荒秽，带月荷锄归"的意境。乡村的失落、变形，已极大地改变了城乡的生态。这个过程我们还看不到边界，其前景对我们来说也是一片模糊。要下结论恐怕为时尚早。

城市和乡村、传统和现代、实物和精神、本土和他乡，这些都是城市记忆和乡愁中相互缠绕的要素。留住城市记忆，记住乡愁，是要让人们生活有回味，创造更美好的生活！

【参考文献】

[1] 单霁翔. 从"功能城市"走向"文化城市"[M]. 天津：天津大学出版社，2007.

[2] 刘欣奎. 首都体制下的北京规划建设管理：封建帝都600年与新中国首都60年 [M]. 北京：中国建筑工业出版社，2009.

[3] 祝尔娟，叶堂林，等. 北京建设世界城市与京津冀一体化发展 [M]. 北京：社会科学文献出版社，2014.

（原载《城市》，2015年第4期）

决策咨询中存在的问题及应对之道

决策与咨询相联系自古就有，如我国古代春秋战国时期，就有依靠具有谋略和特长的人才辅佐君王的做法，这种人被称为"士"。现代政府设立参事室，军队设置参谋部，就是从事咨询活动的机构。现代国家则越来越重视"智囊团"和"思想库"的作用，如各级各类政策研究机构以及各种咨询机构，等等。决策咨询机构应向"智库"转化，成为推进国家治理体系和治理能力现代化的重要力量。

一、决策咨询过程中存在的现实问题

决策和咨询，是既相联系又有区别的两个概念。决策，一般是指对重大问题做出选择和决定。决策是领导、管理过程中的环节，是为了实现特定的目标或目的、为解决特定问题而形成某种方案、做出决定。决策，以实现目标为宗旨，以行动为取向，具有很强的实践性、应用性。决策分为不同层次，最高层次是战略决策。咨询原意是商议询问，作为科学术语，是指某一领域的专家学者运用自己的知识、经验，为委托方提供智力服务，以帮助解决问题的行为。

决策咨询是一个复杂系统，在运行过程中存在一些问题，发挥功能的现状并不是很好。主要问题在于：

第一，决策问题复杂化。今天遇到的问题非常复杂，是一个系统的工程，需要多学科领域专家互动。

第二，制度缺乏。没有在制度层面上给决策咨询以准确定位，把科学决策、民主决策、广泛听取专家及社会各界意见落实下来。

第三，存在智力依附。相对西方国家形成了智力依附，按照人家思路去思考。由于西方话语霸权已经建立起来了，在思维方式上被这种话语霸权所格式化；另一方面，知识分子不甘于处于边缘地位，想挤进中心，其途径就是为国家当局提供智力服务。可能知识分子就失去了自己的独立性，不是针对自己国家的独立性，而是针对中心国的独立性。

第四，渠道不畅通。有些智库与政府需求没有有效衔接，咨询服务市场不发达。

第五，信息不对称。决策者与专家的信息不对称。

第六，经费欠缺。对决策咨询的价值，还没有得到充分的重视，不能提供充足的经费。

第七，能力欠缺。很多研究课题没有发挥应有的作用，质量、能力、水平、深度、前瞻性有待提升。

第八，智库服务被动，缺乏自主性、前瞻性。一些决策咨询机构还存在以下问题，即依托学科的地位不明、职能不硬以及生存不易。

二、解决问题的建议

（一）建立健全决策咨询制度

建立、完善决策咨询的体制、机制，对政府的决策起到监督和咨询作用。在决策过程中，需要发挥咨询系统或称参谋系统、智囊系统的作用，即由相关的专家、学者组成咨询系统，根据现实条件，参照历史经验和预测结果，以系统内外的各种信息为基础，集中专家们的集体智慧，运用科学的方法和成熟的技术手段，为科学决策提供方案和其他方面的咨询服务。思想库在现代决策中发挥着举足轻重的作用，它以改进决策为目标，由多学科的研究人员构成，运用现代科学方法及手段，具有相对独立性、客观性和创造性。

现代社会出现了咨询业，也称智业，是为委托方、服务对象提供所需要的信息、策划方案、谋略、可行性论证、决策方案的行业，是展示智力成果、提供智能服务的行业。咨询业的发展经历了局部咨询、综合咨询、战略咨询几个阶段。咨询业被称为"外脑"，它的价值在于它的中立性，保持客观、独立、中立、公正的态度。咨询业必须坚持独立自主，不受任何外在因素干扰。咨询机构不仅拥有各种人才，而且能吸取、协调各学科、各行业专家的意见，集其大成，进行综合分析，为科学决策提供充分的保障。咨询机构需要建立健全准确的信息系统、权威卓越的专家系统、快速便捷的反馈系统、公正有效的监督评估系统，等等。

（二）理顺决策者和决策咨询机构的关系

决策咨询的核心是知识和权力的关系问题，需要通过一定的机制把决策和思想库之间的关系理顺，这样才利于掌握知识的一方对政府的决策起到监督和咨询作用。

领导是决策的主体，承担着责任，政府官员需要有对意见的识见能力。专家则要保持独立思考和自由表达，充当参谋和智囊的作用，既要帮忙又不能添乱；既要解决问题又不能越位；既要有正面加深的提议，也要能够用合理的方式提出参考意见。为领导决策提出建议、意见、方案，要有远见，包括战略决策、战术、策略。从各个方面去论证，包括法律、理论、科学技术、历史等方面。要提高决策的质量，第一要真，就是事实、真实的情况。第二要准，数据、数字各个方面要准。第三要精，提的意见精炼、简明扼要。多方了解情况，研究事物本身的内在的本质性的规律，进行比较判断。第四是建议不越位，意见要到位，观点适当超前。决策是一个复杂的过程，有长期的战略决策，同时还有局部、某项事情的一个决策，还有具体的、临时的、事情突变，需要决断。决策以后，去调查，用事实督促检查，在督促检查中发现问题，再反馈，不越位，还得到位。

（三）转移部分政府职能

政府要转移出部分职能，智库的服务咨询功能将得到发展。国家在决策方面对智库的期望值越来越高，而随着社会的发展，所面临的问题也越来越复杂，风险越来越大，交叉综合类社团的功能就越来越凸显。政府依托专家进行决策咨询，也是决策者自身学习和提升能力的一个机会。决策者可依托专家和智库加深理解决策的知识和社会文化背景，升华对制度和政策的认知，从而细化政策目标和政策工具。

社团组织是社会与政府之间的桥梁和纽带，政府和专家之间要加强信任、联系、沟通。政府是决策者，政府剥离了一些职能交由社团来做。政府和社团管理部门不要急功近利，要对社团有耐心。社会组织提供决策咨询就是从科学理性的角度逐步打破社会思维惯性。社会组织为政府决策提供咨询服务，容易在政府和与社会公众的利益之间找到边界。实际上，任何决策问题一旦找到这个边界，就可以在政策层面有所创新。社团组织承接部分政府职能还能促进公民社会的成长，在有的公共领域更有利于唤醒公民的自我管理意识，规范公民的行为。

（四）提升决策咨询水平

提高决策的科学化、民主化水平，需要大力加强智库建设。运用社会系统工程的思想和方法，着眼未来和全局，针对决策咨询过程中存在的问题，进行诊断分析、战略规划，加强决策咨询机构服务决策功能的发挥，以支撑决策、服务决策，建设高水准、高效能的智库。

社会科学具有决策咨询功能，表现在它为决策者提供综合性基础；为决策提供专门的理论和方法，促进决策民主化、科学化；走向综合化应用型研究，为各类决策提供咨询服务。专家参与不只是在政策决策过程中具有重要性，在政策执行的过程中也具有重要作用。政策的明晰度以及地方政府的学习能力会直接影响政策的执行。学习的能力就是利用专家和智库进行政策的学习、提升、升华对制度和政策的认知，从而细化政策的目标和政策的工具的能力。

决策咨询机构要发挥作用，首先要有独立性，可以自由表达自己的意见。其次，要有担当意识，要有眼光、能力和责任心。由于历史及意识形态原因，第二次世界大战后新成立的民族国家对中心国存在智力依附关系。因而，要建立高质量的智库就需要消除智力依附。作为知识分子，尤其需要带头思考对国家民族发展承担什么责任的问题。为政府决策提供咨询服务，必须克服对他国主流意识形态的"智力依附"，既有世界眼光，也要从中国实际出发。建立多学科、跨领域的决策咨询专家队伍，不断提升理论和实际操作水平。

具体建议：

第一，从政府管理部门分离出一些职能由行业协会或学术社团承担，如政策研究、决策咨询、数据统计、市场监管、评估、奖励与处罚等。明确职责、权利和义务，调动各方面积极性，鼓励社会公民参与决策过程，使一些有条件和资质的社团组织更多地发挥"智库"的功能，集中优势，整合资源，整合多家社团组织的学科优势和合作资源，主动参与和推动有关城市治理、国家治理和创新发展等重大问题的研讨，打造多学科支撑的高层次的决策咨询的品牌。

第二，对挂靠在政府部门的事业单位性质的政策研究机构加以改革。这些机构隶属于政府部门，相对来说难以独立于这些部门利益进行研究，或者当其研究的观点与所属部门的利益不匹配时难以公开发表。而且，这些事业单位大多由于政府拨款有限，日常运行面临经费短缺的困难，它们一方面在体制之内运行，另一方面不得不采取市场化的方式来承接一些咨询项目，等等，这样实际上削弱了这些机构对重大政策问题的研究能力。对这些机构的改革可以通过分流的方式进行，其中一部分可以纳入政府部门，加强政府内部政策研究能力。一些有条件有品牌的政策研究机构可以与政府脱钩。政府应当对这类机构在一定的年限内保持部分资金支持，使其逐渐孵化成为相对独立的智库。

第三，对有条件的高校内的公共政策研究机构（如北京大学国家发展研究院、清华大学国情研究院、中国人民大学国家发展与战略研究院等）进行改造，鼓励它们借鉴国内外成功模式，重新梳理与大学的关系，提高研究机构的自主性，争取社会各方资金捐助，形成依托大学的一流智库。

第四，扶持一些基础好、有潜力的社团组织和民间智库。经过实践检验，使得一些大浪淘沙留下来的社团组织和民间智库具备了高速发展的潜力和希望。通过对社会上的智库进行筛选和招标的方式，让这些优秀的民间智库涌现出来，对其给予免税和其他优惠条件的支持，鼓励它们形成特色，成为中国智库发展的生力军。

大部门体制应以环境资源能源统一管理为突破口

目前关于资源、能源、环境的管理分属国土资源部、国家能源局、国家林业局、环境保护部、水利部、国家海洋局等部门，属于多头管理。资源开发、能源消费、环境保护三者之间是一个相互关联的有机整体。应以环境资源能源统一管理为突破口，整合相关管理部门，包括国土资源、能源（涉及石油、天然气、煤炭、电力等）、环境保护、林业、水利、海洋、气象等部门，进行统一协调、统筹兼顾。这样才能适应生态文明建设制度化的要求。

我国酝酿了很久的大部门体制由于种种原因一直没有得到大力推进，如大文化、大农业、大环境保护等管理体制，尽管千呼万唤，但"只闻楼梯响，不见人下来"，这在很大程度上影响了全面深化改革的进程。目前关于资源、能源、环境的管理分属国土资源部、国家能源局、国家林业局、环境保护部、水利部、国家海洋局等部门，属于多头管理，存在着缺位、错位的状况，也有着利益固化的藩篱。应以环境资源能源统一管理为突破口，切实推进国土资源、环境保护、能源利用和开发等工作的协调统一。

《环境保护法》规定：环境包括大气、水、海洋、土地、矿藏、森林、草原、野生动物、自然遗产、人文遗迹、自然保护区、风景名胜区、城市和乡村等。对环境保护领域应拓广，把生态建设、资源利用、能源开发和环境保护结合起来。中共十七大提出"建设生态文明"，具体表述为："基本形成节约能源资源和保护生态环境的产业结构、增长方式、消费模式。循环经济形成较大规模，可再生能源比重显著上升。主要污染物排放得到有效控制，生态环境质量明显改善。生态文明观念在全社会牢固树立。"中共十八大报告提出，要把生态文明建设放在突出地位，融入经济建设、政治建设、文化建设、社会建设各方面和全过程，努力建设美丽中国，实现中华民族永续发展。

我国面临着资源约束趋紧、环境污染严重、生态系统退化的严峻形势。生态系统是人类生存的衣食之源，环境与人们的生活密切相依，资源是人类生产、生活的基础，但目前的管理体制却体现为"五马分尸""九龙治水"。我国《宪法》明确规定："水流、森林、山岭、草原、荒地、滩涂等自然资源，都属于国家所有，即全民所有；由法律规定属于集体所有的森林和山岭、草原、荒地、滩涂除外。"国土空间及依附其上的资源能源环境，是重要的公共产品，既是我们这一代人生存发展的条件，也是子孙后代生存发展的基础。我国的国土空间分属好几个部门管理：耕地归国土资源部管，林地归林业局管，水面归水利部管，城市建成区归住房和城乡建设部管。各类自然保护地也被"五马分尸"：自然保护区是环境保护部管；风景名胜区一般由旅游局管，但自然遗产归住建部管，文化遗产则归文物局管；森林公园归林业局管；地质公园归国土资源部管；海洋岛屿自然保护区或海洋公园归海洋局管。一座山，可能分属环境保护部、林业局、旅游局、住建部、文物局、宗教事务局等管。这种支离破碎的管理制度，面临多个"婆婆"，多头管理，资金分散，表现为体制不合理、机制不健全，缺乏对生态系统的统筹管理，也带来了生态的系统性损害。生态环境是一个统一的整体，山水林田是一个系统，不能孤立地、分散地管理耕地、林地、湿地、河湖、海洋、草原，必须建立对国土空间进行统一管理的体制。

当今世界各国都非常重视建立完善的能源管理体制，以更加有效地保证所需要的安全和可靠的能源供应。我国现行的能源管理体制已难以适应经济和社会发展的需要，也难以有效地应对国际能源发展局势的变化。能源产业涉及石油、天然气、煤炭、电力等国民经济命脉部门，是关系到国计民生的国民经济重要产业。生态资源和能源矿藏是相互联系的，各行业之间的关联性和互动性很强，是一个有机的整体。土地、淡水、湿地、森林、草原、矿产等等，都属于国土资源，对其开发利用，涉及生态环境、城乡建设、经济、资源能源等多个领域的综合性很强的产业部门，单靠一个部门难以处理，需要从高层次上加强战略决策和统筹协调。新中国成立以来，我国在能源管理体制方面做了大量艰苦的探索，但现行能源管理体制仍然难以适应"大能源"的内在发展要求，各个专业领域各自为政，煤、电、油以及其他可再生能源的管理职能分散在十来个部门，没有一个集中的能源主管部门，在能源开发、能源消费和能源储备方面，尚没有形成统一规则、统一协调的管理局面。这种模式与我国的能源供应、储备和安全等方面的需求是不相适应的。

特别是现行的管理体制没有把能源与资源、环境等结合起来统筹考虑、统一管理，导致出现严重的问题。据调查，我国目前95%的一次性能源和80%的工业原材料依赖于开发矿产资源，在开发过程中，造成资源、能源的过度消耗和浪费，而且造成了严重的环境污染和生态破坏。例如我国许多城市存在的严重的"雾霾"，就是工业污染、汽车尾气、大气污染等多方面原因造成的。资源开发、能源消耗与环境污染并存，资源、能源利用不当造成环境污染，带来重大损失；能源短缺制约人类发展、影响生产和生活。生物多样性减少、森林锐减、水土流失、荒漠化、垃圾处理不当、危险废弃物转移扩散等，多种因素并发，使得问题越来越严重。

资源开发、能源消费、环境保护三者之间是一个相互关联的有机整体。资源、能源、环境都是自然的一部分，是自然生态系统长期演化的产物。资源为人类的生存发展提供了有形的生产资料，为人类的生产和生活提供物质基础。环境则为人类生存提供生命支持、废物吸纳、审美愉悦等功能，水、空气等环境要素为人类提供了赖以生存的物质资源；作为物质资料再生产的条件来说，环境为人类提供了获得生活资料的物质资源，人类生存和发展总是受到环境资源的约束。保护环境，实际上是在节约资源。能源为人类的生存发展提供动力支持。能源和环境是人类生存和社会发展的动力和基础，能源的开发和利用在不同程度上影响着环境的构成和质量。随着人类对自然资源利用趋势的加快加强，带来的是环境的破坏、资源的枯竭，并影响到能源的持续供给能力，从而影响到经济系统和生态系统，最终影响到人类的生存与发展。如何处理好资源开发、能源消费、环境保护的关系，是实现可持续发展的重要战略，关系到人类的生存和发展。

必须改变孤立的、单向的、片面的思维方式，确立整体的、多元的、全面的系统思维，把各种要素放在总体中予以考虑，从全局、宏观、战略方面进行思考。必须把环境、资源、能源结合起来，作为一个整体。

以往环境保护处于被动的状态，因为污染严重，不得不控制污染；有些工业项目影响生态环境，不得不予以限制；生态资源、能源被过度消耗和浪费，不得不加以保护。这是一种被动的、事后的行为方式。必须转变观念，把环境保护和生态建设转到积极的、主动的、预先的、建设性方面，不局限于对环境污染的控制和治理，而更加强调对资源的积极利用。环境的权利与义务必须统一。对自然资源的开发必须与对环境的保护和修复相平衡。加大环境保护的力度，建设环境友好型社会。环境保护以防治环境污染、改善生态环境、保护自然资源为目的。国土资源管理包括土地、矿藏的开发和利用的管理。水利、海洋都是可开发的资源，也与环境保护密切相关。气象、地震部门与生态系统紧密相连，与人类生活及生命安全密切相关。能源问题越来越突出，必须上升到国家战略来考虑。

当务之急，应在国家层面建立环境资源能源部，根据国家的重大战略需求，对国家在资源、能源、环境等领域进行整合，进行统一协调、统一管理；各地随之建立相应的管理机构，切实统筹负责。整合相关管理部门，包括国土资源部、国家能源局（涉及石油、天然气、煤炭、电力等）、环境保护部、水利部、国家林业局、国家海洋局、气象局、地震局等，进行统一协调、统筹兼顾。这些部门之间关联密切，共同构成一个大系统，这样才能适应生态文明建设制度化的要求。

让亿万群众的消费潜力成为拉动经济增长的强劲动力

李克强总理在 2015 年《政府工作报告》中指出："加快培育消费增长点。鼓励大众消费，控制'三公'消费。促进养老家政健康消费，壮大信息消费，提升旅游休闲消费，推动绿色消费，稳定住房消费，扩大教育文化体育消费。""把以互联网为载体、线上线下互动的新兴消费搞得红红火火。建立健全消费品质量安全监管、追溯、召回制度，严肃查处制售假冒伪劣行为，保护消费者合法权益。扩大消费要汇小溪成大河，让亿万群众的消费潜力成为拉动经济增长的强劲动力。"

这里有几个值得注意的亮点：

第一，让消费潜力成为经济增长的动力。经济增长靠什么来拉动？一方面，要靠科技创新、扩大生产、加大投资、加强基础设施建设等；另一方面，加快培育消费增长点，让亿万群众的消费潜力成为拉动经济增长的强劲动力。我国有 14 亿多人口，都需要消费，这里就蕴藏着巨大的消费潜力，加以适当培育，鼓励适度消费，就能拉动经济增长。充分发挥需求拉力，满足亿万群众的消费需求，这是一个巨大的市场。

第二，鼓励大众消费，控制"三公"消费。大众消费是满足大众生活（包括物质生活和精神文化生活）需要的消费，如衣、食、住、行、游、娱、学、养等方方面面，是男女老少都需要的消费。私人消费是与"三公（公款吃喝、公车、公费出国）"消费相对的，是完全正当的、满足基本需求的消费。在一定程度上，控制"三公"消费可以激励大众消费。减少不必要的公款吃喝，避免公车私用，限制公费出国，但不能限制亲友之间的聚会、来往，也不应限制自费出国旅游。

第三，促进基本消费和提升生活品质的消费。基本消费包括居家住房消费、育儿养老消费、家政服务消费、健康生活消费、信息流通消费等。近年来时兴旅游休闲消费，人口流动更加频繁，休闲时间越来越多，需要提升休闲的质量。推动绿色消费，即注重环境保护的消费，注重可持续发展的消费。扩大教育、文化、体育消费等，这是提升生活品质、健身养心所需要的，将逐渐增大消费比例。

第四，把新兴消费搞得红红火火。新兴消费主要是指以互联网为载体、线上线下互动的消费方式，要适应广大民众走进网络时代、开创新生活的需求，全面推进"三网"融合，加快建设光纤网络，大幅提升宽带网络速率，发展物流快递，让人们生活更顺畅、更便捷、更时尚。

第五，扩大服务消费。享有基本公共服务属于公民的权利。要扩大服务消费，就要确立服务理念，支持社会力量兴办各类服务机构。基本公共服务，一般包括保障基本民生需求的教育、就业、社会保障、医疗卫生、计划生育、住房保障、文化体育等领域的公共服务，广义上还包括与人民生活环境紧密关联的交通、通信、公用设施、环境保护等领域的公共服务，以及保障安全需要的公共安全、消费安全和国防安全等领域的公共服务。基本公共服务均等化，指全体公民都能公平可及地获得大致均等的基本公共服务，其核心是机会均等，而不是简单的平均化和无差异化。建立健全公共服务体系，对于切实保障人民群众最关心、最直接、最现实的利益，对于加快经济发展方式转变、扩大内需特别是消费需求，都具有十分重要的意义。目前，我国公共安全、食品安全、健康、养老方面的问题十分突出，生态安全、旅游、文化等服务需求旺盛，重点在这些方面寻求突破，将大有可为。

第六，保护消费者合法权益。必须建立健全消费品质量安全监管、追溯、召回制度，严肃查处制售假冒伪劣行为，保障食品安全、药品安全、住房安全、交通安全、信息安全、生态安全，等等，让人们放心消费，安心生活。

总之，扩大消费要汇小溪成大河，让亿万群众的消费潜力成为拉动经济增长的强劲动力。同时要理性消费、适度消费，厉行节约，反对浪费。要培育合理的消费文化，体现"学有所教、劳有所得、病有所医、老有所养、住有所居"的要求，完善包括公共教育、劳动就业服务、社会保障、基本社会服务、医疗卫生、人口计生、住房保障、公共文化等领域的基本公共服务体系。要牢牢抓住难得的历史机遇，顺应亿万民众过上更好生活的新期待，努力培育消费增长点，提升消费品位，推动经济社会协调发展，为全面建成小康社会夯实基础。满足人们的消费需求，让人们生活得更美好！

如何推动大众创业、万众创新

李克强总理在 2015 年《政府工作报告》中提出培育和催生经济社会发展新动力，一方面，增加公共产品和服务供给，加大政府对教育、卫生等的投入，鼓励社会参与，提高供给效率；另一方面，推动大众创业、万众创新。这既可以扩大就业、增加居民收入，又有利于促进社会纵向流动和公平正义。

社会是由亿万民众组成的，社会发展要依靠广大的人民群众，调动人们的积极性、创造性。我国有 14 亿人口、9 亿劳动力资源，人民勤劳而智慧，蕴藏着无穷的创造力。人人都是创业、创新主体，天天都有创业、创新机会，各行各业都需要创新。

创业，即创基立业、开创一番自己的事业。所谓"业"，包括事业、产业、企业、行业，等等。很多人都是白手起家，凭着聪明、智慧、勤劳、勇敢，抓住机遇，创造条件，扬一己之长，集众人之力，逐渐发展壮大，最终成功创业。正如鲁迅所说："地上本没有路，走的人多了，也便成了路。"一些企业和产业也是从无到有、从小到大、从弱到强逐步发展起来的。俗话说

"各行各业出状元"。行业包括农业、工业、交通、运输、采矿、能源、航空航天、化工、冶炼、建筑、房地产、餐饮、宾馆、电讯、服装、公益组织、广告、健康、保健、美容、教育、培训、媒体、出版、旅游、司法、律师、警察、消防、军人、体育运动、学术研究、演艺娱乐、医疗服务、艺术、设计、银行、金融、会计、保险业、因特网、咨询服务，等等。每个行业还可以再细分。创业是一个系统工程，包括创意、创见、创造、创举、创新、创势等。

创意是指独特、新颖、与众不同的富有创见的观念、想法、意念，是整个创业过程的开端。创意是提出问题和发现问题。创意要以知识和信息为基础，是有价值的灵感闪现。詹姆斯·W·杨格说，创意"说穿了不过是将原本存在的要素重新加以排列组合而已"。创见即创造性的见解，具有独特性、突破性、前瞻性。

创造是在创意的指引下发现新的事物、创造前所未有的东西，如提出新理论、发明新工具、构建新方法、产生新产品等。创造是创意的具体化和深化，是进一步组织加工问题和解决问题。创举就是新的举措、行动，是创意的落实和转化。

创新，人们一般的理解是破旧立新、推陈出新，也有革新、更新、创造之意。创新是指能为人类社会的文明和进步创造出有价值的、前所未有的新物质产品或精神产品的活动。英文的"Innovation"是熊彼特提出的概念，指"建立一种新的生产函数"，实现生产要素的"新组合"。创新包括企业、产品、技术、市场等方面，思维、战略、社会都需要创新。

创新的特性主要有：第一，创造性。就是创造新的事物，包括新的设想、新的实验、新的举措等。第二，新颖性。突破前人，破旧立新，不是模仿和再造，而具有新鲜、新颖的因素。第三，价值性。创新目标具有经济价值和社会价值。第四，先进性。相对于旧事物而言是先进的。第五，变革性。创新是变革旧事物的产物，即改变结构、功能等。第六，风险性。创新是面向未来的，又是动态的过程，具有一定的不可预测的风险性。

创新是人类活动的本质要求，又是人类的本性规定。有学者曾概括创新的本质，叫做"无中生有""有中生无""有无相生"。所谓"生"，就是说世界并非本来如此，并非一直如此，而是生生不息，日新月异。创新就是从被抛弃、被忽略、被认为"不可能""不必要"的"空白处"生出"有"来，独辟蹊径，别开生面，化腐朽为神奇。"无中生有"的前提是"有中生无"，即超越已有的成果，不为权威的结论所束缚，不为流行的观点所湮没，不因眼前的困难而退缩。所以，创新的本质就是"有无相生"。

创势就是创业之势、创新之势。创业、创新不是个人的事，而是整个社会的事业、人类的事业；不是权宜之计、一时之策，而是持续之方针、长久之战略，形成全员创业、全程创新之势。

大众创业，就要降低创业的门槛，提供创业的条件，实现创业的目标。能否成功创业，需要良好的基础和适合的多种条件。对民众来说，更需要的是勇敢创业的精神、不懈追求的激情、持之以恒的毅力、担当风险的意识。要有远见，能够高瞻远瞩、预测目标；有胆量，勇于尝试、探索，敢于冒风险，不怕失败、不惧艰难险阻；有信心，相信自己，相信未来；有能力，善于审时度势，把握机遇，寻求合作，领导团队，努力实现预定目标。

万众创新，就要充分发挥个体的主体能动性，主动、自主创新；但不是个人单打独斗，而是相互合作，集思广益，众志成城，共进共赢。千千万万个人行动起来，把潜力发挥出来，人人都有成功出彩的机会。千千万万个市场细胞活跃起来，必将汇聚成发展的巨大动能，一定能够顶住经济下行压力，让中国经济始终充满勃勃生机。

创新就是创造新东西、创造新业绩，在社会生活的方方面面都可以体现出来。人类正是凭借自身的创新能力和持续创新的历史活动，才离动物界越来越远，文明程度、智慧程度越来越高。在人类发展史上，中华民族历尽劫难而不衰，如今益加朝气蓬勃，靠的就是代代相传的那种不屈不挠的创新精神。创新，已经越来越受到人们的广泛关注，其重要性已越来越成为广泛的共识。

政府要在提供基本公共服务的基础上，创造适合创新的基本条件和环境，给市场和社会留足空间，鼓励、引导人们创业，为公平竞争搭好舞台。全社会要培育创业、创新文化，让人们在创造的过程中，更好地实现精神追求和自身价值。

个人和企业要勇于创业、创新。首先要有创业、创新精神，表现为改变现状的强烈愿望和冲动，要有一种不畏艰险、勇往直前的信念，树立志在必得、实现理想的信心，还要有高度的社会责任感，与社会发展趋势相契合。大众创业、万众创新，是意义深远、影响久远的事业，是势不可挡的伟大创举。

面向未来的规划至关紧要

规划是面向未来，对发展目标进行前瞻、展望，做出部署、计划、设计。改革主要是针对过去不合理、不规范、不完善的内容进行调整、修正、改进。治理主要是针对现实存在的问题进行整治、调理、管控。不能仅仅限于"五年规划"，应着眼于中长期规划，进行战略前瞻。

无论是个人，还是团体组织，乃至国家，都必须有目标和规划，即着眼于未来，为了实现理想和长远目标，要形成规划、计划，可分为长远目标、中期规划、近期计划。"凡事预则立，不预则废。"

目前，我国改革已进入深水区和攻坚期，面临紧迫的治理问题。凝聚改革共识难度加大，治理呈现复杂化的态势。改革是针对不合理、不规范、不完善的内容进行调整、修正、改进，治理是针对现实存在的问题进行整治、调理、管控。如果说改革主要是针对过去，治理主要是针对现实，那么规划则是面向未来，对发展目标进行前瞻、展望，做出部署、计划、设计。改革、治理、规划是相互联系的，缺一不可。关于改革、治理，在理论和实践方面都成为常用词，但对规划似乎重视不够，这其实是一个重大的战略问题。改革是与治理紧密相关的。如何改革？如何治理？则需要规划，着眼于伟大理想和长远目标，必须进行科学的、系统的规划。

规划与"总体设计"相联系。钱学森最早提出社会系统工程和"总体设计部"的思想并应用于实践。社会系统工程研究以社会综合治理为指向，通过制度、政策、法规等社会模式和规则的设计与建构，通过综合治理解决社会问题，促进社会发展。总体设计方法，包括顶层设计、中层支撑、基层探索、反馈调节、协同整合等。全面深化改革和推进治理现代化是一个有机整体，相辅相成。国家治理体系现代化过程必须是全面的系统的改革和改进，是各领域改革和改进的联动和集成，形成总体效应、取得总体效果。根据总体设计的战略部署，在进行治理的过程中，必须系统谋划、整体推进、综合施策。全面深化改革和推进国家治理体系和治理能力现代化是一项社会系统工程，必须着眼于长远，要制定长远规划、中期规划和近期规划，既有战略部署，又有战术安排、程序设计、操作规程，环环相扣，有机互动。

改革要与发展相匹配，要加强总体设计，各项改革要协同有序推进。要切实反映社会整体系统的复杂性，注重实践探索，循序渐进，稳步推进。把握全面深化改革的出发点和内在规律，以促进社会公平正义、增进人民福祉为出发点和落脚点，注意各项改革的关联性、系统性、耦合性。推进全面深化改革，要确定改革总体方案、路线图、时间表，注意可行性，落实具体化、项目化、责任化，要实现富强、民主、幸福、公平、正义、平等、和谐、开放，走向新的文明时代。改革是社会进步的动力和时代潮流；改革既是驱动力，也是凝聚力；既是方法路径，也是精神内核。对于全面建成小康社会，改革是贯穿始终的不变逻辑，也是实现这一宏伟目标的具体历史实践。全面深化改革的目标是坚持和完善中国特色社会主义制度，推进国家治理体系和治理能力现代化。法治是国家治理体系和治理能力现代化的重要保障。对于全面依法治国，改革是齐头并进的姊妹篇，全面深化改革需要法治保障，全面依法治国也需要深化改革。从严治党是执政党加强自身建设的必然要求；对于全面从严治党，改革是党自我净化、自我完善、自我革新、自我提高的根本途径，党的领导则是实现改革发展目标的根本保证，增强从严治党的系统性、预见性、创造性、实效性。

治理、改革的最终目标是实现善治。关于推进国家治理体系和治理能力现代化，要更新治理理念，逐步优化治理体制，丰富完善治理体系，努力提高治理能力。治理现代化的实质是制度现代化，中国当前最重要的任务是国家制度建设，从经济建设为中心转向制度建设为中心。国家治理体系可分为主体结构（包括政党、政府、市场、社会、公众）、内容结构（包括经济、政治、文化、社会、生态）等。政党、政府、市场、社会、公众共同构成创造国家治理价值的角色结构，在它们之间构建社会组合机制，创新和优化国家治理的主体网络。只有在经济—政治—社会—文化—生态环境系统的能量交换平衡中，国家治理体系才可能使其能力和效能趋向优化和增强。坚持系统治理、依法治理、综合治理、源头治理，推动制度体系和体制机制创新，推进治理能力的现代化。要形成系统完备、科学规范、运行有效的制度体系，提升治理能力，涉及学习与创新、借鉴与升华、开放与包容、自组织与他组织等。

面向未来的规划至关紧要。不能仅仅限于"五年规划"，应着眼于中长期规划，进行战略前瞻。要以重大问题为导向，发现紧迫的问题，针对具体问题，把握现实条件，开展调查研究。要确立战略思维、创新思维、底线思维、开放思维、互联网思维等。对问题进行总体分析、总体论证、总体协调、总体规划，确定改革的战略目标、战略重点、优先顺序、主攻方向、工作机制、推进方式。把改革、治理、规划联系起来，进行总体设计，这对于推进国家治理体系和治理能力现代化，实现中华民族伟大复兴的目标，具有重要的理论价值和现实意义。